dtv
premium

Andreas Kollender

Teori

Roman

Deutscher Taschenbuch Verlag

Originalausgabe
Mai 2000

www.dtv.de
Umschlagkonzept: Balk & Brumshagen
Umschlagbild: Ausschnitt des Gemäldes ›Resolution and Adventure
with fishing craft in Matavai Bay‹ (ca. 1773) von William Hodges
Satz: Fotosatz Reinhard Amann, Aichstetten
Gesetzt aus der Bembo 10,5/13· (QuarkXPress)
Druck und Bindung: Kösel, Kempten
Gedruckt auf säurefreiem, chlorfrei gebleichtem Papier
Printed in Germany · ISBN 3-423-24194-2

Für Heidi

Mein Dank gilt
Hanno Engelhardt

Gonzalo:
In der gemeinen Natur sollt' alles
Frucht bringen ohne Müh' und Schweiß; Verrat, Betrug,
Schwert, Speer, Geschütz, Notwendigkeit der Waffen
Gäb's nicht bei mir; es schaffte die Natur
Von freien Stücken alle Hüll' und Fülle,
Mein schuldlos Volk zu nähren.

Shakespeare, Der Sturm, II 1

Jeder von uns bewahrt mehr oder weniger verborgen eine Sehnsucht nach dem Nomadenleben.

(...) so überziehen sich die Weltkarten mit Benennungen, die Küstenlinie wird praktisch von lauter Vokabeln gezeichnet.

Michel Butor, ›Reisen und Schreiben‹

1

»Kennen Sie Tahiti?« fragte der Fremde.

Ich blickte auf und sah ihm in die Augen. An seinem Tisch war der letzte freie Platz im Wirtshaus gewesen, und ich hatte den Mann gefragt, ob ich mich zu ihm in die Nische setzen dürfe. Er hatte genickt, ein wenig gelächelt und aus dem Fenster in den Regen gesehen. Ich hatte ihn nicht weiter beachtet und nachgesonnen über die Ereignisse der letzten Tage.

Als ich im Januar 1794 von Deutschland nach Paris aufbrach, zur Revolution, ahnte ich weder, in welche Hölle ich geraten, noch daß ich diesen Fremden kennenlernen würde. Ich irrte seit sechs Tagen durch Kälte und Schneematsch und sah Tod und Angst, unsichere Augen und Blut auf den Steinen. Ich sah Leiterwagen durch brodelnde Menschenmassen gefahren werden, und auf den Wagen standen dicht an dicht Frauen und Männer jeden Alters, Greise und Vierzehnjährige, die zur nächsten Guillotine gebracht wurden. Die Reise in die Revolution hatte sich schon Minuten nach meiner Ankunft als eine Reise in den Tod offenbart.

Auf der letzten Seite meines Notizbuches, dieses Buches, um dessentwillen ich hier war, vermerkte ich Fragen. Die Körper und die Köpfe zum Beispiel. Wurden sie miteinander in die Massengräber vor der Stadt geschmissen, oder wurden die aufgeweichten roten Körbe unter den Guillotinen woanders entleert als die Karren mit den Rümpfen? Andere Fragezeichen markierten die Linie zwischen der Rue des Moulins, wo ich mich billig eingemietet hatte, und der Place de la Révolution, weil ich genau wissen wollte, welcher Weg von meiner Pension zum nächsten Fallbeil führte. Freiheit, Gleichheit, Brüderlichkeit hatte ich untereinander geschrieben, eingekringelt und mit einem großen Fragezeichen versehen. Ganz unten auf der letzten Seite meines Journals stand:

Warum gegen das Leben, warum für den Tod?

Und in all dem Kopfabschlagen und Entsetzen die Worte des Fremden: Kennen Sie Tahiti?

Er hatte hohle Wangen, und sein Haar war im Nacken zu einem Zopf gebunden. Der Kragen des weißen Hemdes war braun, die blaue Jacke abgewetzt. Der Fremde wirkte wie ein alter Mann, zäh und hager, der nicht akzeptieren will, daß er gebrechlich geworden ist. Seinen Augen entging keine Bewegung im Wirtshaus, kein Schrammen eines Stuhles auf dem Holzboden, kein Knall, wenn ein Weinkrug auf einen Tisch gesetzt wurde, und wenn er mich ansah, war sein Blick fest und stark. Es war ein Blick, dem man auswich. Des Fremden Brauen waren gehoben, als wolle er jeden Moment einen listigen Scherz machen über das Leben vor dem Hintergrund fallender Köpfe. Er nahm die Weinflasche hoch oben beim Hals und goß nach, und es sah aus, als rinne der Wein zwischen Daumen und Zeigefinger hervor.

Ob ich auch noch Wein wolle. »Der Braten ist gut, oder? Die Köche machen sich alle selbständig. Früher haben sie für die Ausbeuter arbeiten müssen. Für wen sie heute arbeiten, ist noch nicht klar. Im Paris dieser Tage kann man gut und billig essen. Trotz allem. Aber sagen Sie: Kennen Sie Tahiti?«

Er lächelte, als er den Namen der Insel aussprach. »Ich kenne Tahiti«, sagte er. »Ich bin um die Welt gesegelt. Und ich war auf Tahiti.« Er trank vom Wein, senkte den Blick, hob ihn wieder, hatte einen neuen Gedanken gefaßt und deutete mit dem Kinn in die Mitte des Gasthauses. Ich sah mich über die Schulter um und betrachtete die vier Männer, auf die der Fremde wies. Sie aßen Fleisch aus einer schwarzen Form, die in der Mitte ihres Tisches dampfte, und sie hatten Weinkrüge vor sich stehen. Sie lachten mit vollem Mund, winkten den Schankmädchen und drohten ihnen mit fettigem Zeigefinger, wenn sie nicht schnell genug nachfüllten.

»Henker«, sagte der Fremde. »Die Herren der Revolution. Die Henker bekommen in Paris drei Mahlzeiten pro Tag und Wein soviel sie wollen. Fleißige Männer, vor allem jetzt, da Robespierre ihr Auftraggeber ist. Manchmal sehe ich Kinder in Blutlachen spielen.« Er lehnte sich zurück, hustete und sah wieder aus dem Fenster. »Ich bin deutscher Revolutionär«, sagte er. »Ein Widerspruch in sich beinahe. In Deutschland sind hundert Dukaten auf meinen Kopf ausgesetzt, ein bißchen wenig für meinen Geschmack. Die Frauen und Männer, mit denen ich in Mainz einen Freistaat gegründet habe, werden dort massakriert. Ich bin Abgesandter der Mainzer Republik. Ich war Abgesandter. Zurück kann ich nicht ...« Er redete nicht weiter. Jedesmal, wenn er das Weinglas losließ, fuhr er mit Zeige- und Mittelfinger über eine unebene Stelle in der Tischplatte.

»Hätte damals der Krieg zwischen Rußland und den Türken nicht begonnen, wäre ich noch einmal in die Südsee gesegelt. Es war eine Expedition von fünf Schiffen geplant. Fünf Schiffe. Kapitän Grigory Ivanowitsch Mulowsky hatte mit mir über die Expedition geredet. Wir freundeten uns an. Und dann kam wieder das Töten dazwischen. Die Zarin sagte die Expedition ab. Ich erfuhr das am siebten Dezember 1787, ich erinnere mich nur zu genau an diesen Tag. Töten statt forschen. Ich kenne das gut.«

Er verschränkte die Arme vor der Brust und schüttelte den Kopf. »Ich für mein Teil werde nach Indien gehen, um weiter zu forschen. Seit die Preußen Mainz im Juli von General Custine zurückerobert haben, bin ich ohnehin ein Mann ohne Land.

Den rheinisch-deutschen Freistaat, der mich im März letzten Jahres nach Frankreich geschickt hat, um den Anschluß an die Französische Republik zu erwirken, gibt es nicht mehr. Es war ein kurzes Vergnügen.« Er fuhr sich mit ausgestrecktem Zeigefinger quer über die Kehle.

»Ich werde wieder fremde Kulturen ergründen und menschliche Verhaltensweisen aufschreiben und vergleichen. Die besten Bücher sind die, in denen kommentarlos geschildert wird, wie andere Menschen leben und denken. Georg Forster mein Name.«

Ein Hustenkrampf schüttelte ihn. Er preßte sich ein Tuch vor den Mund, schnappte nach Luft, gurgelte, hustete wieder und tupfte sich die Lippen ab. Er bat um Verzeihung, murmelte etwas von skorbutischem Rheuma, von Antarktis und Hungersnot an Bord und wiederholte noch einmal seinen Namen. »Georg Forster.«

Ich wußte, wen ich vor mir hatte. Das ganze gelehrte Europa kannte Georg Forster. Und seit er sich offen zu den Zielen der Revolution bekannt und in der Mainzer Republik die Regierungsarbeiten angenommen hatte, die das Volk ihm anvertraute, haßte das gelehrte Europa ihn. »Sie segelten mit Cook«, sagte ich.

»Ja, mit Cook. Der ist auch schon vierzehn Jahre tot. Auf Hawaii erschlagen. Der gute Cook hätte sich nicht immer so erregen sollen, wenn die Insulaner mal ein Besteck klauten. Seine Wutanfälle haben ihn das Leben gekostet. Ein so besonnener Mann.« Er hob die Brauen und kratzte sich am Scheitel. »Ein meist besonnener Mann, müßte ich sagen. Haben Sie mein Reisebuch gelesen? Wer etwas auf sich hält, hat mich gelesen.«

»Natürlich habe ich es gelesen.«

Er hustete wieder und trank gierig vom Wein. »Ich war sehr jung«, sagte er. »Das dürfen Sie bei der Lektüre nicht vergessen. Kommen Sie mich besuchen. Ich kann Ihnen Ereignisse der

Reise schildern, die nicht bekannt geworden sind. Aber eilen Sie. Ich weiß nicht, wann sich eine Möglichkeit nach Indien ergibt. Oder sonstwohin. Ich muß jetzt in den gottverfluchten Konvent. Kommen Sie übermorgen in das Haus der holländischen Patrioten. Dort wohne ich.«

Er setzte eine Kappe auf und verabschiedete sich. Ich sah ihm hinterher, wie er zwischen den Tischen zur Tür ging und für die Schankmädchen zur Seite trat, wenn die sich mit überladenen Tabletts ihren Weg bahnen mußten. Er öffnete die Tür, schlug den Kragen hoch und verschwand im Regen. Ich betrachtete die Stelle auf der Tischplatte, die er mit Zeige- und Mittelfinger gestreichelt hatte. Es war ein in kleinen Buchstaben eingeritztes Wort. Ich ging um den Tisch herum und setzte mich auf Forsters noch warmen Platz. Das Wort war ein Name: Therese. Schräg darunter war ein zweites Wort eingeritzt, dann aber durchgestrichen worden. Soweit ich es entziffern konnte, lautete es: Teori.

Als ich zwei Tage später die Kammer betrat, lag Forster voll bekleidet im Bett. Im Winterlicht, das durch die Fensterluke floß, sah Forster weiß aus und hatte schwarze Augenringe. Eine Landkarte lag auf seinem Schoß. Das Zimmer war eng und dunkel. Das Schreibpult vor dem Fenster war überfüllt mit Papierstößen. Abgebrannte Kerzen hatten Wachs über die Blätter vergossen und mit der Tischplatte verklebt. Skizzen von fremdländischen Waffen und Pflanzen hingen an den Wänden. An der Decke über dem Bett hing der Scherenschnitt eines Dreimasters unter vollen Segeln, und ich stellte mir vor, wie Forster jede Nacht vor dem Einschlafen als letztes dieses Schiff ansah.

Er bot mir Wein und trank selbst aus einer Flasche. Ich nahm ein Glas vom Schreibpult und goß ein, räumte den Stuhl von Manuskripten frei und setzte mich. Forster hatte sich auf die Ellenbogen gestützt.

»Sie fragen sich, wer Therese ist? Meine Frau. Mutter meiner

Töchter, der toten wie der lebendigen. Ein großes Glück, daß ich Therese noch nicht kannte, als ich mich auf der Resolution einschiffte. Meine Liebe zu ihr hat mich von keiner Reise abgehalten. Aber sie hat das Reisen schwerer gemacht. Das Heimweh wuchert, wenn ein Mann eine Frau zurückläßt. Reisen«, sagte er, »ist immer ein Streit mit sich selbst. Die Fahrt mit Cook war allumfassend. Eine Weltreise. Eine irgendwo wartende Liebe wäre zuviel gewesen. Ich habe Therese kürzlich in der Schweiz getroffen, wegen der Scheidungsformalitäten. Das ist eine andere Geschichte, die ich vielleicht eines Tags schreiben werde. Es ist immer gut, Schreibpläne im Kopf zu haben.«

Er ließ die Landkarte zu Boden gleiten und setzte sich auf. »Wie oft ist gestern das Beil gefallen, was meinen Sie? Hundertmal? Das ist keine Seltenheit im großen Kampf um Freiheit und wie die Worte alle heißen. Die Einsamkeit des Sterbenden ist viel schrecklicher als der Tod. Können Sie sich die Einsamkeit eines Matrosen vorstellen, der auf dem Weg nach Tahiti unbemerkt über Bord gefallen ist, der schreit und sein Schiff davonsegeln sieht? Um ihn herum Tausende Seemeilen Wasser und die kleiner werdende Silhouette des Schiffes. In ihm das gnadenlos funktionierende Gehirn. Er macht ein paar Züge, und das Hirn weiß, daß es nicht mehr die geringste Chance gibt.« Er hob den Zeigefinger. »Und andererseits: Das Glück des Mannes, der an der Brust einer Insulanerin liegt. In der Südsee hat Eros leichte Arbeit. Großer Himmel«, sagte er, »wohin bin ich damals gereist?«

Er stand auf, drückte sich die Hände ins Kreuz und sah aus dem Fenster.

2

Das eine Ende der Stelling lag auf den Steinen der Kaimauer, das andere in der Pforte des Schiffes. Zwischen Schiff und Stein schwappte ein Spalt braunen Wassers. Die Stelling wippte unter Georgs Schritten und schwang seinem Fuß nach. Georg betrat das Deck der Resolution. Er atmete tief ein, wollte die Arme ausbreiten und tanzen vor Freude, blieb aber mit angespannten Schultern stehen und wurde von einem Matrosen angestoßen, der ein Faß zu einer Ladeluke rollte. »Du stehst im Weg, Bürschchen«, sagte der Mann. Er rotzte Schleim über die Reling ins Wasser zwischen Bordwand und Kaimauer. Überall an Deck wurden Kisten getragen, Fässer gerollt, und Uniformierte riefen Befehle und wiesen mit gebieterischen Zeigefingern. Eine Kette von Männern warf sich kleine Säcke zu, der letzte Mann in der Kette reichte die Säcke in eine Luke hinab. Ein Sack platzte auf. Musketenkugeln prasselten auf die Planken und rollten zwischen den Füßen der Männer über das Deck. Ein Matrose sammelte sie Stück für Stück wieder auf, rieb sie an seiner Weste blank und ließ sie durch die hohle Hand in einen neuen Sack gleiten. Schweiß juckte in Georgs Achseln. Er spürte sein Herz bis in den Hals hinein schlagen.

Jemand sagte seinen Namen, und Georg wandte sich um. Ein schlaksiger Mann in Leutnantsuniform lächelte zu ihm herab. »Leutnant Clerke, Erster Offizier der Resolution. Sie sind Georg

Forster, nicht wahr?« Georg nickte. »Ich begrüße Sie herzlich an Bord, junger Mann. Ihr Vater besichtigt bereits Ihre Kabine. Wo haben Sie sich noch herumgetrieben, wenn ich fragen darf?«

Georgs Vater war augenblicklich an Bord gestürmt, als die Kutsche gehalten hatte. Georg hatte zugesehen, wie die Seekisten auf den Kai gestellt wurden, und er hatte den Kutscher bezahlt und sich bei ihm bedankt. Dann hatte er sich in ein dunkles Wirtshaus gesetzt und die Resolution in der Sonne betrachtet. Wenn er an der Stelle durchs Fenster sah, an der die Scheibe in den Rahmen überging und dicker wurde, wellte die Scheibe die Bordwand und verformte die Masten zu Schlangenlinien.

Georg räusperte sich. Er sei noch … fort gewesen, sagte er. Seine Wangen wurden heiß.

Clerke lächelte. Vor solch einer Reise sei es normal, nervös zu sein, sagte er. Er deutete auf die hölzerne Schreibunterlage, die Georg unter dem Arm trug. »Das Wichtigste haben Sie gleich bei sich. Das ist sehr gut. Für Ihr Alter sollen Sie schon einiges gesehen haben.«

Georg nickte. Er sei mit dem Vater im Auftrag der Zarin in Rußland gewesen, an der Wolga, um dort die deutschen Siedlungen zu inspizieren. Danach sei die ganze Familie von Deutschland nach England übergesiedelt.

»Für die nächsten Jahre wird das hier Ihre Heimat sein«, sagte Clerke. Er streckte das Kinn vor und wies mit beiden Zeigefingern auf die Bodenplanken.

Georg sah vom Achterdeck aus zum Bugspriet, er sah an den Masten hinauf in den Himmel und ließ die Takelage seinen Blick auf und ab führen. Kanonen standen fest vertäut hinter geschlossenen Luken. Über die Stelling kamen unaufhörlich Matrosen mit neuer Ladung. Das Schiff fraß alles.

Wenn er etwas trinken wolle: Kapitän Cook habe auf seinen Schiffen immer ein Faß Frischwasser am Großmast, aus dem sich jedermann bedienen könne, sagte Clerke. »Machen Sie sich mit dieser Welt vertraut. Ruhiger wird es erst, wenn wir auf See sind. Sie entschuldigen mich.«

Clerke ging zwischen den Männern hindurch, ohne jemanden zu berühren. Er sprach mit einem anderen Offizier, dem er die Hand auf die Schulter legte, und seine weiße Perücke ragte aus der Masse der Matrosen hervor.

Ein Mann mit einem großen, vernarbten Gesicht sah Georg an, nahm die qualmende Tabakspfeife aus dem Mund und wies damit auf das Wasserfaß hinter dem Großmast. »Hat er Ihnen davon erzählt? Das schönste Faß nützt nichts, wenn es kein Wasser mehr gibt. Und dazu kommt es schneller, als Sie sich vorstellen können. Die Hälfte der Mannschaft der ersten Reise hat die Fahrt nicht überlebt. Kent Patton, Schiffsarzt. Ich bin der einzige hier, der jeden einzelnen Mann persönlich kennenlernen wird.« Er steckte die Pfeife in den Mund, schwang sich den Seesack über die Schulter, federte das Gewicht in den Knien ab und ging den Achterniedergang hinab.

Georg atmete tief. Die Luft roch nach Salzwasser, Fisch und trockenem Holz. Er legte eine Hand auf die Reling, strich über das abgegriffene Holz und spannte die Muskeln, um die Aufregung abzuschütteln. Auf der Kaimauer zappelte etwas. Es bog sich silbern zusammen, schlug gerade, zuckte und reflektierte die Sonne. Es mußte ein Fisch sein, der unbeachtet von den Schaulustigen, den Matrosen und den Fahrern der Pferdekarren und Kutschen zwischen Kisten und Fischernetzen auf den Steinen zappelte. Georg ging zur Pforte. Notstengen mit darumgehängten Takeltauen wurden an Bord getragen. Er suchte eine Lücke in der Reihe der Matrosen. Er bewunderte das Geschick, mit dem die Seemänner aneinander vorbei über das schmale Brett balancierten. »Weg da«, schnauzte einer. Georg ging auf die Höhe des Besanmastes zurück. Er klemmte das Schreibpult fester unter den Arm, sah sich kurz um, nahm Anlauf und sprang mit einem Fuß auf die Reling, stieß sich ab, das andere Bein bereits in der Luft über dem Wasserspalt, und landete hart auf den Steinen. Die Leute sahen ihn verblüfft an. Er senkte den Blick. Der Fisch lag starr. Georg stieß ihn mit der Fußspitze an. Er sah dem Tier hinterher, das über die Kaimauer rutschte, ins Wasser gluckste, kurz verschwand und wieder an die Oberfläche kam, wo es metallisch glänzend zwischen ausgefransten Taustücken und einem braunen Apfel dümpelte.

»Sind Sie Forster?«

Georg drehte sich um und nickte.

»Ich bin Leutnant Pickersgill, Zweiter Offizier seiner Majestät Schiff Resolution. Bei allem Respekt, verlassen Sie nie wieder auf diese Art das Schiff.«

Georg nickte. Der Leutnant nickte ebenfalls und wandte sich ab, um mit einem »Vorwärts, vorwärts!« die Matrosen anzutreiben.

Eine weitere Kutsche fuhr vor. Ein Mann in schwarzen Kleidern mit weißer Hemdbrust stieg aus. Er betrachtete die Resolution, lachte und rieb sich die Hände. Der Kutscher band die Reisekiste vom Dach, und der Mann drückte ihm Geld in die Hand. Er griff ins Innere des Wagens, holte eine Zeichenmappe hervor, setzte sich auf die Kiste und schlug die Mappe auf. Georg stellte sich schräg hinter ihn. Mit wenigen Linien zeichnete der Mann den dickleibigen Rumpf der Resolution, zeichnete die Masttopps dünn, denn sie stachen in den Sonnenglanz, malte schleppende Matrosen und einen langen dünnen Offizier, der vom Achterdeck aus winkte. Als Georg hochsah, entdeckte er Clerke auf dem Achterdeck.

»Das erste Bild einer Reise, deren Ausgang niemand kennt. Mich persönlich erfreut das eher, als daß es mich schreckt«, sagte der Mann, schlug die Mappe zu und erhob sich. Er reichte Georg die Hand. Georg stellte sich vor. »Ah«, sagte der Mann, er habe schon von ihm und seinem Vater gehört. Es sei gut, zwei solide deutsche Männer als Ersatz für die überzüchteten Herren Banks und Solander von der Gesellschaft der Wissenschaft an Bord zu haben. Er kenne die beiden aus den Londoner Salons. Fähige Köpfe, die aber aus der Resolution ein schwimmendes Labor hätten machen wollen. Cook habe sich tatsächlich gegen die Wünsche der Herren durchgesetzt. »Ihr Glück, Mr. Forster.«

»Ganz bestimmt«, sagte Georg beiläufig und fragte nach dem Namen des Malers.

»William Hodges. Und ich sage Ihnen: Selbst mir fällt die Vorstellung schwer, daß wir erst in drei Jahren wieder hier sein werden.«

Gemeinsam faßten sie Hodges' Kiste an den Eisengriffen, und Georg ging zum zweiten Mal an Bord der Resolution. Der Equipagenmeister, der seinen Schreibtisch neben der Pforte aufgestellt hatte, las den Namen auf Hodges' Kiste. »Ich hoffe, Sie haben nicht noch so ein Ding dabei, Sir. Das müßte ich Ihnen abschlagen.«

»Die zweite Kiste kommt gleich«, sagte Hodges. »Darin habe ich eine Frau versteckt.«

»Lassen Sie sie hier. Ist besser für die Frau, Sir. Sie wird es Ihnen ewig danken.«

Clerke kam auf sie zu und hieß Hodges willkommen. Er wies einen Midshipman an, ihnen die Unterkünfte zu zeigen. Sie folgten dem Jungen den Niedergang hinab. Durch die Luken schienen gelbliche Lichtbalken, in denen Staubteile schwebten, Männer erstrahlten und wieder verschwanden. Georg wußte nicht, wo vorne und hinten war, er hörte Hühner gackern, roch Ziegenkot und bewunderte die Selbstverständlichkeit, mit der der Midshipman durch das Chaos eilte.

»Ihr Quartier, Mr. Forster«, sagte der Midshipman und wies auf eine schmale Tür. Georg winkte Hodges und drückte die Tür auf.

Die Kabine maß höchstens zwei mal zweieinhalb Meter. Sie hatte ein winziges quadratisches Fenster hinter einer Holzklappe, eine Doppelkoje, einen Tisch, einen Stuhl. Georgs Vater saß mit hängendem Kopf auf dem Stuhl. Georg schloß die Tür.

»So geht das nicht«, sagte sein Vater. »Sobald Cook an Bord kommt, werde ich ein anderes Quartier für uns fordern. Oder wenigstens für mich. Aber so geht das nicht.« Er stand auf und stieß mit dem Kopf an die Lampe, die von der Decke hing. »So kann man einen Reinhold Forster nicht abspeisen.«

Es klopfte, und ein Matrose schob die beiden Reisekisten der Forsters in die Kabine, wischte sich den Schweiß von der Stirn, grinste und zog die Tür wieder zu. Georg stellte das Schreibpult auf den Tisch.

Er sei der Bordwissenschaftler, er sei der Botaniker und Ethnologe dieser Expedition, sagte der Vater. Es könne doch nicht wahr sein, wie man hier mit ihm umspringe. Er schob die Unterlippe vor und wippte auf den Zehen. »Mach Ordnung«, sagte er und verließ die Kabine.

Georg schloß die Tür, schob eine der Kisten unter den Tisch und die andere unter das Fenster. »Zweiter Sitzplatz«, flüsterte er. Schlimmer als die Kutsche, in der er mit seinem Vater durch die Einöde Rußlands gefahren war, war das nicht. Es ging in den Stillen Ozean. Es ging nach Tahiti. Zeichnungen unbekannter Pflanzen, Tiere und Menschen würden an den Wänden der Kabine hängen, und vor dem Fenster lägen unbekannte Inseln. Er setzte sich auf die Kiste und streckte die Beine aus. Er hätte gerne eine Kabine für sich allein gehabt, auch wenn die noch kleiner gewesen wäre. Einen Ort zum Nachdenken und Tagebuch schreiben und zur Flucht vor den Menschen. Er hatte nicht darüber nachgedacht, wie es sein würde, jahrelang als Sekretär des Vaters eine Kabine mit ihm und seinen Launen teilen zu müssen. Er hatte bisher gar nicht über die Alltäglichkeiten der Reise nachgedacht. Ta-hi-ti, das war das bestimmende Wort.

Sein Vater hatte den Auftrag angeboten bekommen, als Wissenschaftler an der zweiten Weltumsegelung Cooks teilzunehmen, und sofort angenommen. Zur Bedingung hatte er gestellt, Georg als Sekretär mitnehmen zu dürfen. Georg schloß für einige Minuten die Augen. Die Resolution lag still, sie wartete.

Bis zum 13. Juli 1772. Am Morgen dieses Tages legte die Resolution ab und verließ den Hafen von Plymouth, gefolgt vom zweiten Schiff der Expedition, der Adventure unter Kapitän Tobias Furneaux.

3

Georg stand an der Reling und blickte zwischen dem Grüngrau Englands und dem Ozeanhorizont hin und her. Die Planken unter seinen Füßen waren eine Verzögerung der Bodenlosigkeit. Das Schiff war ein eigenes Element zwischen Erde und Wasser. Es bewegte sich in den Wellen, das Land war eine feste Horizontale. Die Resolution war 33 Meter lang und etwa 10 Meter breit, und wenn, wie jetzt, alle 120 Mann an Deck waren und sich auf dem Achterschiff versammelten, um ihr Land verschwimmen zu sehen, glich das Gedränge dem, das Georg auf den Straßen Londons erlebt hatte.

Das Schiff neigte sich über den Kiel, und die Schulter eines Matrosen berührte Georg am Arm. Er stellte sich so dicht an die Reling, daß das Holz an seine Rippen drückte.

Die Einzelheiten der Küste wurden von der Entfernung gefressen, Felder und Wiesen verloren die Farbe, Klippen die Härte und die Brandung ihr Getöse. Je weiter sich das Schiff vom Land entfernte, desto kühler wurde der Wind. Georg dachte an London und die gefährlichen Wirtshäuser, und er dachte an die Mädchen dort, an die Brüste in den Blusen und Kleidern. Würde das Schiff in einem Sturm scheitern und er mit der Resolution versinken, dann wäre er aus dieser Welt verschwunden, ohne je mit einer Frau geschlafen zu haben. Das Geld, das er als Übersetzer und Kaufmannsgehilfe verdient hatte, war vom Vater für den

Erhalt der Bibliothek und der Familie beschlagnahmt worden. Eines der Mädchen von Covent Garden wäre gekaufte Erfahrung gewesen, aber von Fleisch und Blut. Unter den Besatzungsmitgliedern der Resolution war keine Frau. »Mannschaft« war ein treffendes Wort. Von Frauen wußte er nichts, außer daß sie wichtig waren und begehrenswert und geheimnisvoll und Männer weinen konnten um eine Frau, wenn sie nur genug getrunken hatten. Wenn das Bedürfnis nach einer Frau so überwältigend war, mußte das Heimweh der Erfahrenen unendlich sein.

Georg hielt England zwar nicht für seine Heimat, aber auch sein Herz raste, als der Ozean die dünne Linie immer weiter überschwemmte, und nichts war Georg so fremd wie die Resolution und ihre Männer.

Er sah zur Adventure hinüber. Kapitän Furneaux war kurz vor dem Auslaufen auf der Resolution gewesen, hatte mit Cook geredet und die Einstellung der Kendall- und Arnold-Uhren verglichen. Furneaux hatte gestottert und dem Kapitän nicht ein einziges Mal in die Augen gesehen. Die Adventure war kleiner als die Resolution und lag schräg in der See. Georg beobachtete, wie sie Wolkenschatten durchfuhr und ihre Segel wieder hell wurden, wenn sie in der Sonne schwamm.

Im Vergleich zu den Kriegsschiffen in Plymouth waren die Schiffe der Expedition winzig. Dreidecker mit über 100 Kanonen hatten dort gelegen, die Bordwände höher als die Häuser am Hafen, die Großstenge so dick wie der Hauptmast der Resolution. »Irgendwann werden diese Schiffe in die Südsee fahren«, hatte Hodges gesagt.

England war nicht mehr zu sehen. Der Leuchtturm von Eddiestone war als letztes Zeichen am Horizont versunken. Es gab nur noch Meer und Himmel. Ein Spatz saß im Großmast. Zwiebackreste, die Matrosen ihm hingehalten hatten, hatten ihn zum Schiff verurteilt.

Hodges stand an der Achterreling und hielt sich den Skizzenblock schräg vor den Bauch.

Was er malen wolle, fragte Georg.

»Den Horizont.«

»Sie könnten das Bild in Ermangelung eines Fensters in Ihre Kabine hängen.«

»Keine schlechte Idee. Im Vergleich zu mir bewohnen Sie einen Palast.« Hodges zeichnete eine Waagerechte, die das Blatt in ein Drittel zu zwei Drittel teilte, sagte »Sehr gut« und spähte aufs Meer. Clerke trat zu ihnen und fragte, ob er einen Blick auf Hodges' Arbeit werfen dürfe, und streckte die Hand nach dem Skizzenblock aus. Hodges bekam rote Ohren und reichte dem Leutnant die Mappe. Als gebe es dort viel zu sehen, blickte Clerke lange auf das Papier.

»Der Horizont.« Er machte eine Pause. »Als Seefahrer wollen wir nicht vergessen, daß es die augenscheinlich an eben diesem Horizont versinkenden Schiffe waren, die einen Magellan in seiner Vermutung von der Erde als Kugel bestätigten.« Er gab Hodges die Mappe, lächelte und ging zum Steuermann zurück.

Hodges verschwand unter Deck. Georg ging an der windabgewandten Reling entlang zum Bugspriet. Matrosen zurrten Taue fest. Einer schmierte die Lafette des Steuerbord-Buggeschützes. Georg grüßte die Männer. Sie nickten. Viele von ihnen sahen ihn mit schrägen Augenbrauen an, ließen den Blick über seinen langen Körper schweifen und guckten, als gebe es keinen Grund, Georg ernst zu nehmen. Die wenigen anderen Siebzehnjährigen an Bord, der Schiffsjunge und die Midshipmen, wirkten kräftiger als er und waren braungebrannt.

Er hatte von Matrosen gehört, die sich auf den Krieg freuten. Der bringe Abwechslung, Prisengelder und den Tod verhaßter Offiziere. Cook galt als gerecht, und Matrosen, die die erste Reise miterlebt hatten, sagten, er verlange von keinem seiner Männer soviel wie von sich selbst. Francis Drake sollte ein ähnlicher Seefahrer gewesen sein. Georg kannte sie alle, die Entdeckungsreisenden. Er hatte alle Texte gelesen, die während und über die Fahrten geschrieben worden waren. Den Bericht des Kapitäns Louis-Antoine von Bougainville, der mit der Fregatte Boudeuse nach Kapitän Wallis der zweite Europäer auf Tahiti gewesen war, hatte er ins Englische übersetzt. Bougainville hatte von Tahiti als vom »Garten Eden« geschrieben und von »süßer Freude und allen Anzeichen des Glücks«. Georgs bildhaftes Denken hatte mit der Lektüre dieser Reiseberichte begonnen. Die Schriften hatten Augen und Denken auf immer miteinander verbunden und ihn erkennen lassen, daß Literatur Bilder brauchte. Auf papierenen Meeren kannte er sich aus. Er leckte sich die Lippen, sie schmeckten nach Salz.

Am Abend trafen sie sich in der Kapitänskajüte zum Essen. Reinhold und Georg Forster, Mr. Hodges, Dr. Patton, der Astronom Wales, die Leutnants Clerke und Pickersgill und Leutnant Cooper von den Seesoldaten. Leutnant Edgecumb hatte Wache. Burns, der Stewart des Kapitäns, öffnete ihnen die Tür. Cook stand in Uniform am Tisch, stützte die Fäuste auf die Platte und bewegte sich mit dem Schiff, als seien seine Füße mit den Planken verwachsen. Er grüßte die Männer und reichte jedem die Hand.

Georg setzte sich an die Tafel des berühmtesten Seemanns der Welt. Sein Vater sah aus den Heckfenstern, aus den Steuer- und Backbordfenstern und betrachtete Cooks Schreibtisch mit den nautischen Geräten, Papieren und Mappen. Die Neuen an Bord hatten Unglaubliches von der Kapitänskajüte gehört, sie solle sieben Schritte messen, sechs Fenster haben, eine Vorratskammer sowie einen Verschlag zum Schlafen. Georgs Vater verzog die Mundwinkel, als er all das bestätigt fand. Clerke hatte die Hände links und rechts des Tellers und Brauen und Mundwinkel leicht gehoben. Pickersgill musterte, genau wie Georg, einen Mann nach dem anderen. Leutnant Cooper, in der roten Uniform der Seesoldaten, erschien Georg wie ein Bauer, der allmorgendlich um vier aufstand, um zähe Äcker zu pflügen. Der Astronom Wales war klein und zierlich, Dr. Patton stützte das Kinn in eine Hand, die eher Kälber aus Kühen quälen konnte, als Medizin in kleinen Dosierungen zu verabreichen. Hodges, in Schwarz und Weiß, drehte das Weinglas in der Rechten. Cook saß am Kopf der Tafel. Er war ein ernster Mann mit breitem Gesicht und einer langen Nase.

Während Burns Schweinebraten und Sauerkraut auftrug, berichtete Cook von den Depeschen der Admiralität und des Lords Sandwich und klärte die Anwesenden offiziell über Ziel und Auftrag der Expedition auf. Neben der Vermessung weiterer Küstenabschnitte Neuseelands und dem Versuch der Ansiedlung von Nutztieren und -pflanzen auf einigen Inseln des Stillen Ozeans ging es vorrangig um die Forschung nach dem Südland hinter den Packeisgrenzen am Südpol. »Terra Australis, und ich möchte hinzufügen: Terra Australis incognita, ist sozusagen die Überschrift unserer Expedition.«

Außerdem sollten die Kendall- und Arnold-Chronometer auf ihre Zuverlässigkeit geprüft und als Navigationshilfen zur Längengradbestimmung erprobt werden. Cook verlor nicht ein Wort über Tahiti, nicht eins über die Kälte der Antarktis. Es war, als fahre er mit dem Zeigefinger über eine Seekarte und nicht mit einem Schiff durchs Meer.

Es klopfte, und Furneaux erschien. Er salutierte, bat um Verzeihung für die Verspätung und schüttelte jedem die Hand. Er stieß Hodges' Weinglas um und räusperte sich. Die Kapitänsuniform war ihm zu groß, und er bewegte den Kopf ruckartig wie ein Vogel.

Ob es nicht doch möglich sei, ein anderes Quartier zu bekommen, fragte Georgs Vater, lächelte kurz und zog dann die Brauen ernst. Cook antwortete, eine Expedition sei keine Vergnügungsfahrt, das habe selbst Mr. Banks lernen müssen. Pickersgill sagte, ein Schiff sei etwas für Männer.

Bei allem Respekt, sagte Georgs Vater, er werde sich bei der Admiralität beschweren. »Ich denke nicht, daß mein Quartier dem angemessen ist, was mich erwartet.«

»Sie werden sich schnell daran gewöhnen, Mr. Forster«, sagte Clerke. »Seereisen stellen immer eine gewisse Mühsal dar. Aber wenn wir erst einmal in unbekanntes Gebiet vordringen, wird Ihr Forschergeist keine Zeit mehr finden, sich mit der Enge des Quartiers zu beschäftigen.«

»Zum Wohl, erst einmal, Gentlemen. Zum Wohl«, beruhigte Cook die Gemüter und hob sein Weinglas.

Georg war mit Abstand der Jüngste in der Runde. Pickersgill mochte der Nächstältere sein, war aber sicher schon Ende zwanzig und damit zehn Jahre älter als Georg. Georg beobachtete, wie kreuz und quer über den Tisch Blicke getauscht wurden. Cook schien in Gedanken eine Liste durchzugehen. Er sah einen der Männer nach dem anderen an, hob mal die Brauen, verzog mal den Mund oder nickte. Cooper brachte einen Toast auf den König aus und leitete ein Gespräch über die Probleme in Amerika und die Folgen des Siebenjährigen Krieges für Indien und Kanada ein. Genau wie der Kapitän sei auch er in Quebec dabei gewesen. Clerke machte dem Kapitän ein Kompliment dazu, mit welcher Beharrlichkeit er allnächtlich die Bojen in den St. Lorenz-Strom gesetzt habe, die die Franzosen tagsüber wieder herausfischten. Beharrlichkeit und Gleichmut seien des Kapitäns große Vorzüge, sagte Clerke, an Georg gewandt. Cook hob abwehrend die Hände. Er erzählte von den Indianern.

»Während des Krieges haben die Franzosen es besser verstanden, Bündnisse mit den Indianern zu schließen. Im Umgang mit den Eingeborenen sehe ich große Versäumnisse auf unserer Seite. Wir werden beweisen, daß wir fremde Kulturen zu akzeptieren wissen.«

Georgs Vater murmelte, daß seine Kabine ein Versäumnis sei.

»Wir werden auf unserer Reise Menschen kennenlernen, Mr. Forster«, sagte Cook und klopfte mit dem Zeigefinger auf den Tisch, »die unsere Könige nicht kennen, unseren Gott nicht und unsere Sitten nicht. Das ist eine große Herausforderung.«

Als die Resolution sich in ein Wellental neigte, rutschten die Gläser von Hodges und den beiden Forsters über den Tisch. Die anderen Männer hatten immer einen Finger am Boden der Gläser.

»Landratten«, sagte Cooper.

Die Heckfenster, die im Sonnenuntergang orange gebrannt hatten, wurden von oben nach unten dunkelblau. Georg hatte Lust auf mehr Wein. Der Alkohol nahm die Anspannung des ersten Tages. Aber die Vorräte waren streng rationiert, und das Extraglas am heutigen Abend war ein Willkommensgruß des Kapitäns, der damit einer Geselligkeit gehuldigt hatte, die er wahrscheinlich für überflüssig hielt. Cook verabschiedete sie und erbat sich ein Gespräch mit Clerke.

»Ich protestiere noch einmal«, sagte Georgs Vater.

Cook sah ihn an.

»Nun?«

Als Cook wieder nichts sagte, packte der Vater Georg am Arm. »Komm mit!« sagte er.

Georg befreite seinen Arm mit einem Ruck, blieb zögernd in der Tür stehen und sah dem wütenden Rücken seines Vaters hinterher. Er fragte Clerke, ob die erste Weltumsegelung mit Kapitän Cook schön gewesen sei.

»Schön?« Clerke dachte eine Minute lang nach, während Cook eine Karte ausrollte und Burns anwies, den Tisch aufzuräumen. »Ja, es war schön.«

Georg folgte den Rufen des Vaters.

Später stand er im Abendlicht auf dem Achterdeck. Eine Vergnügungstour hätte die Reise werden können, dachte er, ein freudvolles Forschen. Die halbe Welt wußte von der Expedition. Sollte ein Krieg ausbrechen, hätte die Resolution durch einen Ausweis der Royal Society freie Fahrt in allen Gewässern. Aber was nützte das, wenn schon beim ersten gemeinsamen Abendessen gestritten wurde? In einem ordentlichen Drama, dachte er, wird ein Konflikt aufgebaut und poltert nicht in der ersten Szene des ersten Aktes auf die Bühne. »Vater, Vater, Vater«, murmelte er. Es würde schwer werden für den Alten, sich unterzuordnen.

Beim Gedanken an eine Reise mit James Cook waren Georg die buntesten Bilder erschienen, Tahiti, Sonnenschein, Insulanerinnen und Lagerfeuer, aber keine zwei mal zwei Meter große Kabine für zwei Männer und drei Jahre. Da sein Vater ein weniger genügsamer Mensch war als er, konnte er seine Enttäuschung verstehen.

Der Himmel wurde schwarz, Sterne leuchteten und der Wind kühlte ab. Georg schlug den Kragen seiner Jacke hoch und wärmte die Hände in den Taschen. Obwohl er müde war, wollte er an Deck bleiben und den ersten Tag der Reise so lange wie möglich erleben.

Pickersgill war es, der ihn am Großmast dösend fand und ihn wachrüttelte. »Sie sind auf einem Schiff seiner Majestät, Mister. Benehmen Sie sich wie ein Gentleman!«

Georg rieb sich die Augen. Pickersgill atmete tief, sah aufs Meer und dann wieder Georg an. »Junge, Junge«, sagte er. »Bleiben Sie mit mir auf Wache. Aber wenn Sie auch nur ein Auge zutun, schmeiß ich Sie über Bord.«

Georg begleitete den jungen Leutnant zum Achterdeck. Pickersgill zählte die Bezeichnungen der Segel auf: Klüver, Fock von Royal und Bram bis Hauptfock, Stagsegel seien nicht gesetzt. Das seien Segel, die man zwischen die Masten hissen könne, Großstengestagsegel sei doch ein schönes Wort für einen schreibenden Menschen, oder? Danach sagte Pickersgill kein Wort mehr.

Georg stand Wache. Stunde um Stunde. Als im Morgengrauen Clerke übernahm und auch Cook an Deck erschien, zitterten Georgs Knie, und seine Augen brannten. Clerke nahm Pickersgills Meldung über Wind und Kurs entgegen. Pickersgill wünschte eine gute Nacht, und Georg schwankte auf steifen Beinen den Niedergang hinab, verlief sich, verwechselte den Groß- mit dem Fockmast und fragte schließlich einen Mann, der einen Eimer Kartoffeln trug, wo sein Quartier sei. Der Mann wies mit den Daumen über die Schulter. Georg stieß gegen einen Hühnerkäfig, stolperte über Tauwerk und fand die Tür zur Kammer. Sein Vater schnarchte. Georg kletterte unausgezogen in die Koje und schlief sofort ein. Minuten später, so erschien es ihm, weckte ihn der Vater zum Frühstück.

In den ersten Tagen ließ Cook die Mannschaft an den Segeln exerzieren. Er lächelte zufrieden, wenn das Schiff seinen Befehlen gehorchte. »Den Wind können wir nicht beeinflussen Mr. Forster, aber wenn wir richtig gut sind, können wir ihn zu unserem Diener machen«, sagte Cook. Auf dem Achterdeck unterrichtete Pickersgill die Midshipmen in Navigation. Er nickte, als Georg sich zu den Jungen stellte und sich den Vortrag anhörte. Lunare Tabellen, Sextant, Chronometer, Seekarten. Die Position eines Schiffes auf einem Meer ohne Anhaltspunkte zu bestimmen sei heute, dank der Chronometer, nicht mehr so schwer wie noch vor wenigen Jahren. Sonne und Sterne könne man als Regularien benutzen.

»Das Geniale an Segelschiffen ist, daß wir nichts anderes brauchen als Wind, Gentlemen. Wer den Wind nicht liebt, kann nie Seemann werden«, sagte Pickersgill.

Die Formulierung gefiel Georg gut. Er trug sie in sein Tagebuch ein und ärgerte sich, von Pickersgill einen Satz gehört zu haben, den er gerne als seine Findung ausgegeben hätte.

Die Sonne, die Ruhe und der Weitblick beruhigten auch seinen Vater. Georg freute sich, ihn an der Reling zu sehen, wo er mit Wales scherzte oder die Unterarme aufstützte und auf den Ozean hinausblickte.

»Natur tut gut«, sagte Georg zu Hodges. »Ist die Sonne nicht ein bewunderungswürdiger Körper?«

Ein Sturm zerfetzte den Himmel.

Meer und Wind ließen die Resolution auffahren, hinabstürzen in ein Wellental, sich schräg legen und wieder in den Himmel taumeln. Blitze hackten.

Das Frühstück bei Cook war kurz. Die Neulinge erhoben sich vom Essen und verließen wortlos die Kajüte, eine Hand vor dem Mund, um einen Platz an der Reling zu finden. Über Deck waren spinnennetzartig Taue gespannt. Georg hangelte sich mit saurem Gaumen an den Sicherungen entlang, rutschte, stieß sich, hielt aber den Mund geschlossen, um nicht auf Deck zu kotzen. Er sah, daß Wales von zwei Matrosen ein Tau umgeschlungen bekam. Was in dicken Schüben aus dem Mann herausbrach, konnte kaum in ihm Platz gefunden haben. Georg gelangte zur Reling und spie in dem Moment, in dem ein Brecher unter dem Schiff herwalzte und an der Bordwand emporkrachte. Einem Wiederkäuer gleich bekam er all das mit, was er bereits gegessen und angedaut hatte. Hodges lachte mit glasigen Augen und gelben Krümeln im Haar. Georgs Vater schimpfte, spie in hohem Bogen, schimpfte, spie wieder. Mit kopfstehendem Magen stierte Georg in die Masten. Die Seemänner refften die Segel, standen in den Pferden und zerrten am Tuch, als schiene die Sonne. Von achtern aus winkten die Masten der Adventure, verschwanden, stürmten hinauf und die Segel flatterten, und Georg verdrehte die Augen und spuckte weiter. Die Offiziere waren jetzt alle an Deck. Ein Midshipman hißte Signale. Brecher wuschen das Schiff.

Ob Hühner auch kotzten, fragte Hodges. Jedes Lebewesen

kotze hier, brüllte Georgs Vater, jedes verfluchte Lebewesen. »Nur diese englischen Offiziere nicht.«

Sie sollten an Deck bleiben, riet ihnen Dr. Patton. Unter Deck empfinde man die Bewegung als viel schlimmer. Tief atmen. Es sei ja nur ein kleiner Sturm, der keinerlei Gefahr für ein Schiff wie die Resolution bedeute. »Wenn es wirklich gefährlich wäre, wären die ersten von Ihnen längst ertrunken. Das geht ruckzuck.« Jetzt reffe man nur die Segel und reite die paar Wellen ab.

Georg fror, zitterte und fluchte. Er sah Pickersgill auf dem Achterdeck, der Leutnant redete mit Clerke und Cook, zeigte in die Segel und nickte dem Kapitän zu. Die Leutnants lachten, und sogar Cook schien kurz zu lächeln.

Der Sturm jagte sie zwei Tage. Es war gut, zu Beginn der Reise seekrank geworden zu sein und die Macht des Ozeans kennengelernt und Achtung und Respekt vor ihm gewonnen zu haben, dachte Georg.

»Fürchten und lieben, wie eine Frau«, sagte Hodges.

Er spreche wie ein alter Hase, sagte Patton. Der Doktor versorgte die Seekranken mit einem Gemisch aus Portwein, Zucker und Gewürzen, und außer Hodges, der behauptete, in seiner Kabine bis zu den Knöcheln in sich selbst zu stehen, vertrugen die Kranken diese Medizin gut. Patton versicherte, wer die Seekrankheit hinter sich habe, werde sie nicht noch einmal bekommen. Es sei denn, man weile lange an Land, aber das würde ihnen sicher nicht glücken, außer die Resolution scheitere an einer Küste oder würde im Eis zerquetscht.

»Alles möglich«, sagte Georgs Vater. Wenn er mit Georg und Wales allein war, machte er Cook für den Sturm verantwortlich. Erst das Desaster mit dieser unwürdigen Kabine und jetzt dieser Sturm, dem man bestimmt irgendwie hätte ausweichen können, aber Cook habe sich ja von Beginn an als sturer Bock erwiesen. »Wir werden ein paar Zeilen über diesen Herrn in unseren Bericht schreiben, mein Sohn.«

Georg gab zu bedenken, daß Admirale den Text entgegennehmen und korrekturlesen würden.

»Da werden die mir nicht auch noch reinreden. Ich schreibe hier. Ich.«

Der Sturm verschwand so plötzlich, wie er gekommen war. Der morgendliche Schiffszwieback blieb im Magen, und Farbe kehrte in die unrasierten Gesichter der Schreiber, Wissenschaftler und Maler zurück. Er werde das malen, sagte Hodges. »Ein atemberaubendes Naturereignis.« Trotz allen persönlichen Elends sei das doch sehr, sehr aufregend und inspirativ gewesen.

»Ich weiß nicht, woher Sie dieses Wohlwollen nehmen, Mr. Hodges«, sagte Georgs Vater. »Ich jedenfalls möchte vorschlagen, im nächsten Sturm anders zu reagieren und nicht stur den Kurs zu halten.« Clerke erwiderte, das sei kein Sturm gewesen, und daß die Seekrankheit das ihre beigetragen habe, den Eindruck zu erschweren.

»Ich fand es großartig«, entfuhr es Georg. Im Durcheinander von Himmel, Wind, Wellen und Regen hatte er sich, nachdem sein Magen leer war, frei und leicht gefühlt, als habe der Sturm ihm Ballast entrissen.

Alle Blicke versammelten sich auf ihm. Er hatte noch eine Kante Zwieback im Mund und angelte sie mit der Zunge aus der Wangentasche, um nicht mit ausgebeultem Gesicht dazusitzen.

»Auf Ihre Gesundheit müssen Sie allerdings achtgeben«, sagte Dr. Patton. »Sie sind einer dieser dünnen Jungen, so ein zäher Hund. Das schützt Sie. Aber bei wirklich langen Anstrengungen kann es schwer für Sie werden. Bedenken Sie, daß Sie Ihren Arsch so bald nicht wieder nach England bekommen.«

Die Luvseite des Achterdecks war dem Kapitän und dem diensttuenden Leutnant vorbehalten. Georg, sein Vater, Hodges und Patton standen an der Leereling.

»Erstaunlich langweilig, das Ganze«, sagte Georgs Vater.

Georg kannte Langeweile allenfalls aus der russischen Steppe. Außer in den Tagen der Kutschfahrt war ihm nie langweilig gewesen. Die Wasserwüste bewegte sich ständig, das machte einen großen Unterschied zu ländlicher Ödnis, das Meer war nie still, und nicht umsonst, dachte Georg, gibt es die Vorstellung, daß man am Meer leichter nachdenken konnte als an anderen Orten. Für ihn galt es Tagebuch zu schreiben, das tägliche Diktat des Vaters aufzunehmen, und es gab eine kleine, vergitterte Bibliothek an Bord, deren Bücher ein erstklassiges Mittel gegen jede Art von Langeweile waren. Auch Kapitän Bougainvilles Reisebericht stand in der Bibliothek. Bougainville war mit den Insulanern gut zurechtgekommen. Daß er auf einheimische Papuas hatte schießen müssen, mußte Resultat eines bösen Zufalls und fatalen Mißverständnisses gewesen sein. Bougainvilles Beschreibung Tahitis hatte weit mehr zur Züchtung der Paradiesvorstellung beigetragen als die trockenen Worte von Wallis. Bougainville war nicht nur Seemann, er war ein gebildeter Hedonist, das unterschied ihn von Wallis und wahrscheinlich auch von Cook, den Georg sich nicht mit einem Band Homer oder Shakespeare auf einem Divan vorstellen konnte.

»Wie soll Tahiti all den Sehnsüchten gerecht werden, die ihm aus Tausenden von Meilen zugetragen werden?« fragte Hodges. Er sei gespannt.

»Die Frage ist auch, welche Dumpfheit im Kopf eines Europäers herrscht, der von Tahiti träumt«, sagte Dr. Patton. »Wer zu Hause nicht klarkommt, kommt woanders ebensowenig klar.«

»Wir sind Wissenschaftler. Uns interessieren andere Dinge«, sagte Georgs Vater.

Georg räusperte sich. Er ging zum Wasserfaß und trank eine Kelle. Einige Matrosen fütterten den Spatzen, der dem Schiff von Plymouth aus gefolgt war. Der Vogel saß auf dem Zeigefinger eines Mannes, und ein anderer hielt ihm die hohle Hand mit Brotkrumen hin. Die Männer lachten, wenn der Vogel nach dem Krümel pickte. Sie streichelten ihm die Kehle. »Iß schön, mein Junge, Georg der Dritte wird sich freuen.« Georg fragte sich, wieso der König von England sich freuen würde. Wollten die Männer den Vogel all die Jahre an Bord behalten, füttern und pflegen und ihn dem König zum Geschenk machen?

Als Georg der Dritte zwei Tage später den Spatzen verspeist hatte, sich die Pfoten leckte und sich unter die Lafette eines Vierpfünders legte, wußte Georg, daß der König einen vierbeinigen Namensvetter hatte.

4

Am Abend des 28. Juli wurden die Resolution und die Adventure einer Flaute wegen von Booten in den Hafen von Funchal auf Madeira gezogen. Nachdem die Schiffe an den unbewohnten Desertas vorbeigesegelt waren und dann die Küste hinab, war das erste Ziel der Reise erreicht. Die Mannschaften verbrachten die Nacht an Bord. Georg sah mit den Männern hinüber zum Halbkreis der Lichter Funchals. »Das macht Freude«, sagte er zu Hodges. Es sei elementarer, eine Stadt über den Wasserweg zu erreichen als über Land. Makellosigkeit bestimme eine Insel, wenn man sie vom Schiff aus sichte. Selbst die Desertas, die fruchtlose Felshaufen voller Spinnen sein sollten, hatten Sehnsucht gemacht, sie zu betreten.

Am Morgen kam ein Quarantäneoffizier an Bord, erkundigte sich bei Cook nach Reiseverlauf und Gesundheitszustand und berichtete von Übergriffen der Pest aus der Levante. Gegen Mittag gingen Cook und eine Delegation von Offizieren und Wissenschaftlern an Land. Als Georg aus der Gig auf die Pier stieg, schwankte der Boden unter seinen Füßen, und er ging breitbeinig wie die Seeleute.

»Alles gut einprägen! Madeira ist das erste Kapitel«, sagte sein Vater. Von der Resolution aus hatte Funchal mit den weißen Häusern und den aus allen Mauerritzen leuchtenden Blumen sauber gewirkt. Jetzt zeigten sich die Straßen ungepflastert und glitschig vom letzten Regen. Unrat verfaulte an Hausecken, Farbe blätterte, Ratten nagten. Der Vater ging vor Georg und deutete mit dem Zeigefinger auf große Büsche von Paradiesvogelblumen, hob dann denselben Zeigefinger und sah kurz und streng zu Georg zurück. Hodges beobachtete das und sah Georg mit hoch erhobenen Brauen an.

Der englische Kaufmann Loughnan, von dem die Expedition Proviant übernehmen sollte, lud die Delegation in sein Haus ein und bot den Wissenschaftlern an zu bleiben, solange die Schiffe im Hafen lägen.

Cook erklärte sich einverstanden. Georgs Vater erwiderte, er brauche das Einverständnis des Kapitäns nicht. Diesmal lächelte selbst Clerke nicht. Der Leutnant sagte, Forster möge sich doch beruhigen. Clerke, dachte Georg, war ein Mann, der die innere Ruhe lebte wie römische Stoiker. Er verlor nie die Haltung und ging klug und von einer Art Weltamüsement getragen durchs Leben. Nur andauerndes schlechtes Benehmen eines Menschen, dem er nicht ausweichen konnte, brachte ihn aus der Fassung.

Abends bei Loughnan wurden eine Fischtafel und Krüge kühlen Weißweins serviert. Drei einheimische Mädchen reichten Schüsseln und Terrinen, gossen nach und räumten ab. Sie waren apathisch. Georg versuchte, wenigstens einer von ihnen in die Augen zu sehen, aber wenn ihre Blicke sich trafen, sah das Mädchen zu Boden. Als die Mädchen das Eßzimmer verließen, sagte Georg danke. Weder die Mädchen noch einer der Männer am Tisch reagierten darauf.

Im Gästezimmer diktierte der Vater Zahlen zu Einwohnern, Weinerzeugung, Eukalyptuskulturen. Georg hatte die Daten im Kopf und kannte von Leutnant Edgecumb auch die Längen- und Breitengrade Funchals. Er zeichnete aus dem Gedächtnis eine Skizze des Hafens und der Festung, durch deren Schießscharten Kanonenrohre aufs Wasser und auf jeden Ankömmling zeigten.

»Ein Weinbauer auf Madeira bekommt ein Zehntel dessen, was er erarbeitet«, schrieb er. Nachdem sein Vater eingeschlafen war, ging Georg in den Garten. Er setzte sich auf eine Bank, atmete die Nachtluft und genoß das Alleinsein.

Am nächsten Vormittag führte ein Einheimischer die Männer durch die Berge und erklärte den Reisenden Verlauf und Erbauung der Levadas, der Bewässerungsgräben, die von arabischen Sklaven angelegt worden waren. Er nannte die Besitzer eleganter Landhäuser: »Wilson«, »Rodrigues«, und brachte sie dann in ein Tal, in dem die Hütten der Traubenpflücker und ziehenden Händler im Wind zitterten. Der Mann treffe eine kontrastreiche Auswahl, sagte Georg. Hodges wies auf eine Frau. »Das ist das richtige Motiv für eine Skizze«, sagte er. Auf dem Rücken der Frau tummelten sich Kinder, während die Frau mit einem Holzlöffel in einem Trog graues Waschwasser rührte.

Georgs Vater sah Vögeln hinterher, die über die Eukalyptusbäume wegflogen. »Notieren«, befahl er. »Von falco nisus über corvus pica bis hin zu fringilla domestica et montana gibt es hier beinahe alles an gefiederten Zeitgenossen. Ganz wunderbar, diese Fülle.«

Georg tippte Hodges an und zeigte in eine Baumkrone. »Hirundo urbica. Eine Rauchschwalbe.«

Am ersten August gingen die Schiffe erneut unter Segel. Sie fuhren parallel der westafrikanischen Küste Richtung Süden.

Der Wind definierte die Körper. Wenn Georg an Deck war, spürte er sein Gesicht, die Ohren bis in die Ohrengänge hinein, die Feuchtigkeit der Augen, den Hals, die Hände, und er hatte Lust, sich auszuziehen und sich im Wind zu drehen, damit der den ganzen Körper beschrieb.

Die Besatzung schrubbte und polierte, flickte und prüfte. Cook war mit dem Achterdeck verwachsen. Georg hätte gern mit ihm geplaudert. Trotz der Berühmtheit seit seiner Fahrt mit der Endeavour war Cook bescheiden und ruhig. Georg wußte, daß er verheiratet war, und fragte sich manchmal, wie Cook zu seiner Frau war. Der Kapitän mußte von Leidenschaften getrieben sein, er war Autodidakt und hatte während der ersten Reise Hunderttausende von Seemeilen hinter sich gebracht, die halbe Mannschaft durch Krankheit verloren, um nur ein Jahr danach diese zweite Reise anzutreten. Aber Leidenschaft war ihm nicht anzumerken, er war zurückhaltend, korrekt, fachmännisch. Ein persönliches Gespräch hatten sie noch nicht geführt. Georg wollte vermeiden, daß der Schatten des Vaters auf ihn fiel. So häufig Cook und der Vater auch kalte Bemerkungen tauschten, der Kapitän hatte Georg immer freundlich behandelt. Während des Sturms war Georg ihm einmal unter Deck begegnet, und Cook hatte gefragt: »Na, alles in Ordnung?«. Georg hatte genickt, sich nach vorne gebeugt und dem Kapitän direkt vor die Füße gespien. »Wegmachen«, hatte Cook gesagt. Für das Benehmen seines Vaters schämte sich Georg. Aber er sah sich außerstande, seinen Vater zu kritisieren, denn er war ihm dankbar, dankbar, daß er ihn mitgenommen hatte, und das flüsterte er ihm eines Nachts zu. »Vielen, vielen Dank, Vater.« Und dann wollte er ihn darum bitten, sein Verhalten zu überdenken, tat es aber trotz der Dunkelheit nicht.

Er hatte seinem Vater nicht nur diese Reise zu verdanken, Reinhold Forster, der Prediger und Naturwissenschaftler aus Nassenhuben bei Danzig, hatte Georg auch alte Sprachen gelehrt und Philosophie und die Wissenschaft der Natur, er hatte seinen Sohn mit auf die beschwerliche Reise nach Rußland genommen, als der Junge gerade zehn Jahre alt war, ein Kind, das eine erste Ahnung von der Größe der Welt bekam.

Reinhold Forster hatte seinem Sohn früh vertraut, und jetzt waren sie hier an Bord der Resolution. Georg erinnerte sich an Leutnant Clerkes Worte, als in der Kapitänskajüte wieder über den Krieg geredet worden war. Die großen Kämpfe seien die, die wir gegen uns selbst austragen, hatte Clerke gesagt. Und außerdem fahre man ja nicht in den Krieg.

Fliegende Fische flohen vor gefräßigen Feinden, sie sprangen aus dem Wasser, schnellten wieder hinein, durchschossen einen Wellenkamm – und das alles aus Angst. Aber selbst das Verlassen ihres Elements rettete sie nicht, wenn Tölpel übers Wasser strichen und im Sturzflug die Silberlinge aus der Luft schnappten.

»Pelecanus piscator«, sagte Georg zu Hodges und zeigte auf einen Tölpel, der einen kreuzartigen Schatten warf und einen Fisch im Schnabel trug. »Flora und Fauna zählen ebenso zu unserer Forschung wie die Ethnien.«

Hodges lachte. »Ich hoffe, Sie bauen bis Tahiti Ihre Schüchternheit ab, Mr. Forster. Sonst haben Sie nichts von den Ethnien.«

Georgs Vater fragte, ob Georg alle bisher gesichteten Vögel notiert und katalogisiert habe. Georg ging in die glutheiße Kabine und schrieb einige Stunden. Er war allein mit den Notizen, Tabellen und Skizzen, dem Schreibpult und dem Schweiß, der an ihm herunterlief. Er pfiff ein Liedchen durch die Zähne.

Unter Deck gingen Matrosen mit Räucherkesseln um, um die Feuchtigkeit aus der Resolution zu trocknen, Hängematten und Bettzeug waren an Deck gebracht worden, um auszulüften. Das Bilgewasser in den untersten Ecken stank und faulte. Solche Details, dachte Georg, gehörten in einen Reisebericht. Sein Vater war anderer Ansicht. Er wollte von solchen Einzelheiten nichts wissen. Und so fing Georg an, sich neben dem offiziellen Bericht, den er als Sekretär erstellte, immer mehr eigene Notizen zu machen. Seine Tagebuchaufzeichnungen. Er stand auf und öffnete das Fenster. Der Wind kam von Afrika.

Georg schrieb. Es hatte ihn vergnügt, Lomonossows ›Kurze russische Geschichte‹ zu übersetzen, den Reisebericht des Kapitäns Bougainville zu übersetzen war eine fabelhafte Erfahrung, und jetzt selbst an einer Expedition teilzunehmen und darüber zu schreiben war höchste Erfüllung. Und das mit siebzehn Jahren. Wenn es irgendwie gelänge, wollte er in späteren Jahren und eigenverantwortlich an einer weiteren Expedition teilnehmen.

Schreiben und Reisen hatten viel gemein. Es war Bewegung, Kultur von körperlich-geistiger Bewegung. Er sah in den Spiegel. Er war braun geworden. Er dachte an Dr. Pattons Worte, daß er zäh sei, sein schlanker Körper aber auf Dauer nicht widerstandsfähig, und er sah sich unter Zeltbahnen am Strande Tahitis liegen und von Insulanerinnen mit schwarzen Augen und langem Haar gepflegt werden, und wenn sie sich zu ihm beugten, um ihm Wasser zu reichen, waren ihre Brüste ganz dicht vor seinem Gesicht, und er wurde gesund. Sie waren noch weit von Tahiti. Sie mußten zum Kap von Afrika und dann ins Eis, wo die Linien auf der Karte große Lücken hatten, wo nichts war, wo nur sie sein würden.

Während der ruhigen Tage auf der Fahrt zum Kap verlor die Resolution ihren ersten Mann.

Georg sah auf das Meer. Er spürte die anderen Männer nicht, die Matrosen beim täglichen Putzen und Ausbessern, nicht Leutnant Clerke, gerade und wachsam auf dem Achterdeck, nicht einmal den Maler Hodges, der dicht neben ihm stand. Er war allein. Er dachte an den Mann, dessen Namen er durch den Tod erfahren hatte: Howard, William Howard. Zimmermann. Über Bord gegangen. Bei Reparaturarbeiten am Heck der Resolution ins Wasser gestürzt und zurückgeblieben. Niemand hatte seine Schreie gehört. Oder hatte er nicht geschrien? Hatte er gewußt, daß die Wache seinen Sturz bemerken würde, gewußt, daß einer der Männer, deren Wachsamkeit ihr Beruf war, ihn winken sehen würde, oder wenigstens die Männer der Adventure, die steuerbord querab segelte? Wissen, gewußt haben – das Wissen war nichts Festes, es war etwas mehr als Vermutung. Es versank im Ozean. Howard konnte – im Gegensatz zu den meisten Seemännern – schwimmen, hatte ein Matrose gesagt. Weg war er. Einfach weg. Geschrien oder nicht, er war fort. Sterben. Tot sein. William Howard im Atlantischen Ozean. Er taucht wieder auf, nachdem er rücklings ins Meer gestürzt ist. Er hat Wasser in den Augen, den Ohren, im Mund. Salz. Er sieht das Heck des Schiffes, sieht sogar den Rücken des wachhabenden Offiziers, er sieht die Fenster von Cooks Kajüte, und er ruft, lacht vielleicht, weil er ins Wasser gefallen ist. Die Kameraden werden lachen. Aber die Resolution hat Wind in den Segeln, das Wasser, das ihr Bug teilt, quirlt am Heck zusammen, umrauscht das Ruderblatt, und Howards Lachen verkrampft. Er winkt, winkt mit beiden Armen. Er schreit. Was schreit er? Den Namen des Schiffes Resolution, den Namen des Wachhabenden, eines Freundes, schreit er den Namen des großen Kapitäns Cook oder den seiner Frau, die in England zurückgeblieben ist, oder schreit er nur Hilfe? Die Resolution segelt. Sie dreht nicht bei. Kein Boot wird zu Wasser gelassen. Howard schwimmt ihr hinterher, macht Zug um Zug, schnell und kraftvoll, drückt mit den Armen, stößt mit den Beinen, spuckt Salzwasser aus, schwimmt, und das Wasser ist kalt um seinen Körper. Howard schwimmt um sein Leben. Die Resolution schwimmt schneller. Wird kleiner. Er schreit noch mal. Er schlägt mit wütender Faust auf den Ozean ein, dessen Wunden sich in Sekundenbruchteilen wieder schließen. Aber der Wachhabende, mein Gott ja, jetzt gleich muß er seinen Rundblick mit dem Fernrohr machen, oder der Posten im Großtopp, er ist scharfäugig, sieht fremde Schiffe am Horizont, wenn gerade die Royals über der Kimm auftauchen, er wird ihn sehen, Howard, den monatelangen Kameraden, und die Resolution wird beidrehen, einige werden lachen, Cook nicht, weil solche Vorfälle seine Konzentration stören, aber gut, Hauptsache gerettet und ausgelacht und die trockenen, warmen Decksplanken unter den Füßen. Die

Resolution ist klein, ein dunkelbrauner Holzklotz unter geblichenen Segeln. Howard schwimmt und jammert, seine Mundwinkel ziehen sich herab, er heult und rotzt und schwimmt. Er lebt. Er lebt, und ihm wird klar, daß er stirbt. Er ist allein. Sein Körper, gesund und kräftig, zieht eine absurde Bahn durch die Wellen. Die Sonne scheint. Sein Herz schlägt, selten hat Howard sein Herz so deutlich gehört. Er sieht sich um. War da kein Land? Afrika? Mein Gott. Lieber Gott. Ein kleiner Mann im Meer wendet den Kopf von links nach rechts, sieht sich um, und in dem Kopf denkt ein Gehirn ohne Unterlaß, gesund und klar und erbarmungslos. Howard schwimmt. Er weint. Schwimmt. Er hat keine Schmerzen, er kann noch eine Stunde schwimmen, vielleicht zwei. Schwimmen so lange wie möglich, vielleicht ein anderes Schiff, vielleicht Cook, der hat halsen lassen, weil Howard verschwunden ist. Howard wird doch von einem der Männer vermißt. Ganz bestimmt. Die Sonne scheint warm in Howards Gesicht. Die Resolution ist ein winziger schwarzer Punkt.

»Ihr sehnsüchtiger Blick läßt vermuten, daß Sie an die Mädchen auf Tahiti denken«, sagte Hodges.

Noch am selben Tag fand ein Gottesdienst für Howard statt, die Reparatur an der Heckgalerie wurde ebenfalls am selben Tag beendet.

Als zwei Tage später ein Hai gefischt und an Deck mit dem Bajonett eines Seesoldaten aufgeschlitzt wurde, dachte Georg wieder an William Howard und eine plötzliche Berührung unter Wasser. Ihn schauderte.

Dann starben die beiden Affen, die einige Matrosen zum Spielen von Madeira mitgenommen und an langen Leinen am Großmast festgebunden hatten. Des Spielens müde, hatten die Männer die Affen nicht länger gefüttert. Die beiden verhungerten Tiere wurden von der Wache am Fuß des Mastes gefunden. Sie lagen eng aneinander und hatten die Augen zugekniffen, als blende sie die Sonne. Georg sah die graubraunen Leichen in hohem Bogen über die Reling geworfen werden, ging hinab in die Kabine und schlug die Hände vors Gesicht. Daß in diesem Moment seines Vaters Stimme weich war und ihn fragte, was denn sei, traf ihn tief, und er rollte sich in der Koje zusammen und weinte in den Geruch von Schweiß und Körper.

Es war Leutnant Pickersgill, den Georg einige Stunden später unter Deck im Zwiegespräch mit zwei Matrosen fand.

»Diese Scheißaffen hatten nicht darum gebeten, von euch mitgenommen zu werden. Ihr beide könnt euch für den Rest der Reise in acht nehmen. Abtreten.«

Die Mütze in den Händen, wandten die beiden Männer sich ab. »Verdammte Sauerei mit den Affen«, sagte Pickersgill. Georg solle seine anfängliche Härte nicht persönlich nehmen, aber er habe schon viele Männer auf Schiffen verzweifeln sehen. Georg sei ein Schreiber, aber sicher nicht der geborene Seemann. »Ob Sie an Bord zurechtkommen, hängt letzten Endes nur von Ihnen selbst ab. Aber wenn Sie nicht klarkommen, soll es nicht an mir gelegen haben.«

Georg ging an Deck und stellte sich in die Sonne. Cook hatte Fässer aufstellen lassen, um Regenwasser aufzufangen. Dieser überhebliche Kapitän habe nun völlig den Verstand verloren, flüsterte ihm sein Vater ins Ohr. Es sei weit und breit keine einzige Wolke am Himmel.

Eine Stunde später ließ Leutnant Cooper die Seesoldaten im Regen exerzieren. Silbern zuckten die Bajonette auf Befehl durch die Luft. »Legt an!«, und sie zeigten aufs Meer. »Gewehr bei Fuß!«, und sie zeigten gen Himmel, erstarben schließlich bei »Bajonett ab!«. Die Soldaten in den roten Uniformen waren wie ein Mann mit vierundzwanzig Armen und Beinen, gelenkt von einer Maschine, die sich aus Coopers Lippen, Zähnen und Rachen zusammensetzte. Hodges sagte, er bezweifele stark, daß das Spaß mache.

»Der tödliche Arm der Herrscher«, sagte Georg. »Ich könnte niemals Soldat sein.«

Diese Männer lernten nichts als zu töten. Tote Zimmerleute, fliegende Affenleichen, aufgeschlitzte Haie, exerzierende Soldaten – er gehe ein bißchen lesen, er wolle sich einem Buch widmen, ihm reiche es. Er ging hinab in die Kabine, zog sich bis auf das Unterzeug aus und kletterte in die Koje. Menschen sollten gut sein und nicht Affen verhungern lassen und Spatzen an Katzen verfüttern. Cooper war der überflüssigste Mann an Bord. Warum das Militär in die Südsee transportieren? Und warum der eigene Vater mitten in allen Streitigkeiten? Er nörgelte und stritt und war unruhig, und die Phase von Wohlwollen beim Anblick des Meeres hatte nur wenige Tage gedauert. Georg konnte stundenlang aufs Meer sehen. Er hatte viel Zeit zum Nachdenken, und das Meer lud dazu ein. Hodges hatte Dutzende von Zeichnungen des Meeres gemacht, spitze Wellen, die auf der einen Seite dunkel waren und auf der anderen in der Sonne leuchteten. Es war immer dasselbe Motiv, zeigte aber jedesmal ein anderes Meer. Das Meer, dachte Georg, war eines der lebendigsten Beispiele für Heraklits Panta rei. Aber mit wem sollte er darüber reden? Außer seinem Tagebuch fiel ihm niemand ein.

Er drehte sich auf die Seite und zog die Beine an. Zum ersten Mal kam ihm der Gedanke, daß die Resolution zu eng war für so viele Charaktere. Er dachte, daß er mit dieser Reise wachsen werde, und das war gut und machte ihn glücklich, aber wohin würden Vater und Pickersgill wachsen? Oder schrumpfen? Er stand auf und sah aus dem Fenster. »Wunderschön«, sagte er.

Abends bei Tisch kündigte der Kapitän an, daß sie bei anhaltendem Wind in zwei Tagen in der Tafelbay am Kap von Afrika einlaufen würden. Dort würden sie einige Tage bleiben und Proviant aufnehmen. Sowohl den Astronomen als auch den Botanikern stünde viel Arbeit bevor. Wales freute sich, seinen

Kollegen Bayley von der Adventure wiederzusehen und mit ihm eine provisorische Sternwarte aufzubauen. Georgs Vater rieb sich die Hände über dem Teller mit Schiffszwieback und fettigem Haifleisch vom Mittag. Am Kap liege die erste wahre Herausforderung für ihn, fremde Pflanzen und Tiere, statt der Einöde auf solch einem miesen Pott hier. »Der miese Pott ist das einzige, was Sie über das Meer trägt«, sagte Pickersgill.

»Ein Kohlentransporter, lächerlich«, sagte Georgs Vater.

Clerke erwiderte, daß ein Kohlenschiff wenig Tiefgang habe und ideal sei für die flachen, von Sandbänken und Korallen durchsetzten Naturhäfen im Stillen Ozean.

Cook kaute. Georg fürchtete, daß der Kapitän seinen Vater irgendwann in den kommenden Wochen von der Tafel ausschließen würde. Cook hatte Forster oft zurechtgewiesen, ihn gebeten, seemännische Fragen den Offizieren zu überlassen, er hatte nüchtern auf Vaters Angriffe reagiert, aber jetzt, da sein Schiff als mieser Pott, nun sogar, als Entgegnung Forsters auf Clerke, als »Schweinestall« bezeichnet wurde, sagte er nichts, sondern aß, wie es um diese Zeit seine Pflicht war. Schweine, Hühner und Ziegen lebten auf der Resolution, aber das Schiff war kein Schweinestall, wie der Vater jetzt wiederholte. »Schweinestall, Schweinestall.« Die Mannschaftsunterkünfte waren sauber, kein Krümel vom letzten Essen blieb auf der Tafel. Beim täglichen Deckschrubben sangen die Seeleute Lieder vom Tod im Meer oder Huren im Hafen. Man wolle schließlich Eindruck machen bei den Wilden, trieb der Maat die Matrosen an. »Die Resolution ist unser England, und das sollen die auch erkennen, was, Männer?« Die Befehlskette an Bord war klar. Georg fiel es schwer, seines Vaters Schreiber zu sein, Befehle waren ihm Stiche ins Hirn, aber die Matrosen taten ohne zu zögern, was ihnen aufgetragen wurde. Der Kapitän war den Matrosen so nah wie sie ihm. Sie waren enger aufeinander angewiesen als König und Bauer, und sie mußten sich täglich auf das Können der anderen verlassen. Die paar Privilegien an Bord waren gut dosiert und der großen Verantwortung des Kapitäns und der Offiziere angemessen.

Cook hatte der Mannschaft von der antiskorbutischen Wirkung des Sauerkrauts erzählt. Das Kraut war in Eichenfässern gelagert, und das erste Faß stand frei zur Bedienung bei jedem Essen. Cook hatte vor den Augen der Mannschaft einige Löffel des als ungenießbar geltenden deutschen Krauts genommen und war damit in seine Kajüte gegangen. Es hatte keine drei Tage gedauert, und alle Mann an Bord aßen Sauerkraut.

»20 000 Pfund Sauerkraut«, hatte Cook gesagt und die Fäuste geballt. »20 000 Pfund reine Gesundheit.«

»Freuen Sie sich, bald wieder an Land zu gehen?« fragte Cook, jetzt an Georg gewandt und demonstrierte Desinteresse an dem Disput über die Tauglichkeit seines Schiffes.

Natürlich freue er sich, sei doch wohl klar, rief Georgs Vater anstelle des Sohnes.

Georg zuckte zusammen. Der Reiz der Reise liege für ihn im Unbekannten, sagte er. Das sei sein Traum.

»Daß Sie als so junger Mann diese Reise miterleben, wird Ihr ganzes Leben verändern«, sagte Cook.

Das sei ihm recht, sagte Georg. Eigentlich fängt es damit erst an, dachte er.

5

Am 30. Oktober, dreieinhalb Monate nach der Abreise von England, erreichten die Resolution und die Adventure Kapstadt und liefen in der Tafelbucht ein. Das Aufschlagen der Anker und das Rasseln der Trossen beendete das ruhige Gleiten der letzten Tage. Mit eingeholten Segeln wirkten die Schiffe, als ruhten sie sich im Schatten der Bucht aus.

Georg machte botanische Spaziergänge, bestimmte Pflanzen nach Linnés System, zeichnete und wischte sich mit dem Unterarm den Schweiß von der Stirn. Antilopen sprangen mit angezogenen, dünnknochigen Beinen. Georg wurde von den Wolken fetten modrigen Geruchs der träge vorbeifliegenden Geier gelähmt und sah zu, wie die Vögel landeten, auf den nächstbesten Dreckhaufen zuwatschelten und den Schnabel bis zu den Augen in Abfälle und Kadaver trieben. Er hielt sich die Nase zu und lachte. Er war in Afrika.

Die Augen wollte er sich nicht zuhalten. Ob als Kaufmannsgehilfe mit dem Geld der Kunden auf dem Weg zur Londoner Bank, mit dem Vater in den Steppen Rußlands oder daheim beim Frühstück, die Augen hatte er immer aufgehalten. Durch sie lernte er, durch sie wurden seine Gedanken angeregt, und sie waren seine besten Freunde auf dieser Reise. Blind zu werden war das Schrecklichste, was er sich vorstellen konnte. Er sah Menschen in Ketten. Er saß im Schatten eines Eukalyptusbaumes und sah einer Reihe aneinandergeketteter Sklaven nach. Gezwungen durch die Eisen gingen sie im Gleichschritt wie Coopers Soldaten. Der Aufseher mit dem großen Hut ließ sie halten und betrat eine Hütte, aus der er wenig später mit einem Bierglas wieder erschien und sich in die Tür lehnte. Wenn schon gebildete Menschen wie die Zarin oder der König von England größenwahnsinnig wurden durch die Macht, wie wahnsinnig mußte dann ein Sklaventreiber sein, der unbeaufsichtigt mit seiner Ware machen konnte, was immer er wollte? Abends an der Tafel war die Sklaverei ebensowenig Thema wie die Tatsache, daß an Bord der holländischen Schiffe auf dem Weg nach Batavia der Scharbock Hunderte von Leben gekostet hatte. Wales' Sternwarte und der Vergleich der Arnold- und Kendall-Chronometer waren wichtiger und interessanter als die Tatsache, daß Sklaven per definitionem keine Menschen waren. Diejenigen, die Georg angekettet gesehen hatte, seien mit Sicherheit eines Verbrechens schuldig, erfuhr er. Normale Sklaven würden in Kapstadt nicht angekettet. Die Holländer, sagte der weißhäutige Gastgeber in weißem Anzug, seien keine Barbaren. Der Erhalt einer Hochkultur erfordere ein gewisses Maß an Opfern.

Georg verstand sich gut darauf, Werkzeuge, Blumen und Laub zu zeichnen, hätte er aber zeichnen können wie Hodges, hätte er Porträts der Sklaven gemacht oder der Hottentotten, die auf dem Marktplatz einen Ochsen tauschten, halbnackt gegenüber einem Kaufmann in hellem Anzug. Man nannte die Ureinwohner Ureinwohner, und damit war klar, daß sie im Hier und Jetzt und im Reichtum der inzwischen über hundert Jahre alten, europäisch wirkenden Hafenstadt nichts zu suchen hatten. Georg ärgerte sich, wenig von der Geschichte des Landes zu wissen. Er wollte wissen, wie lange und hart sich die Einheimischen gewehrt hatten gegen die Selbstverständlichkeit, mit der die Weißen hier lebten. Er redete mit seinem Vater über die Rechtmäßigkeit von Kolonien und ob man das so hinnehmen könne.

»Mensch Junge, guck doch mal, in welch prächtiger Stadt wir hier sind«, sagte Vater und breitete die Arme gegen eine Front Kaufmannshäuser aus. »Also, ich würd's hier spielend aushalten.«

Georg wollte an Bord zurück. Der einzige, der ihn zu verstehen schien, war Hodges, der sagte, da hätte man gleich in London bleiben können.

Die Schiffe wurden mit Korn, Mehl, Pökelfleisch, 4000 Gallonen Wein, Hühnern und Schweinen beladen und segelten am 22. November weiter.

Georg hatte beide Hände auf der Reling. Man brauche einen gewissen Halt, um das Leben zu lieben, sagte er zu Hodges.

Ja, sagte Hodges, Frauen, Wein und saubere Pinsel.

Nein, nein, sagte Georg, so ein Schiff sei ein wackeliger Halt. Aber vielleicht sei das gut. Einen Halt brauche man, aber nicht zuviel.

Hanebüchener Unsinn, sagte sein Vater.

Einen Tag nach dem Verlassen der Tafelbucht gerieten die Schiffe in einen Sturm. Diesmal war es kein harmloser Sturm wie während der Fahrt nach Madeira. Diesmal prügelten Himmel und Ozean auf die Schiffe ein. Georg stürzte seitlings aus der Koje und landete auf dem Rücken seines Vaters. Das Schreibpult flog, Bücher, Zettel, wo der Boden hätte sein sollen, war die Bordwand, und für einige Sekunden dachte Georg, das Schiff kentere. »Raus hier«, sagte er. Er kämpfte sich hoch und suchte verwirrt vom Durcheinander der Horizontalen seine Jacke und das Ölzeug aus der Kiste. Er wollte nicht in der Kammer eingeschlossen sein, wenn etwas geschah. Er wollte den Brecher sehen, der über der Resolution hereinbrach und sie wegdrückte. Nach Minuten trunkenen Taumelns hatte er es geschafft, sich anzukleiden. Das Gesicht seines Vaters tauchte im weißgrauen Licht vor ihm auf. Die rechte Braue war dick geschwollen, der Vater hatte glasige Augen und klammerte sich beidhändig an die Koje.

»Ich bleib hier«, stammelte er. Georg schlitterte zur Tür. Er bekam sie erst auf, als sich das Schiff über den Kiel legte. Schreie dröhnten unverständlich. Matrosen hasteten an ihm vorbei. Ein totes Huhn rutschte über die nassen Planken des Zwischendecks. Georg kämpfte sich zur nächsten Luke vor und arbeitete sich auf allen Vieren den Niedergang hinauf.

Als er seinen Kopf durch die Öffnung im Hauptdeck steckte, sah er einen Berg von Wasser, der meterhoch die Bordwand überragte und über das Schiff schlug. Instinktiv bückte er sich und klammerte sich an die Stufen. Kaltes Wasser schlug auf ihn ein, rauschte unter dem Ölzeug an seinem Körper hinab und spülte Stiegen und Kleider glänzend. Der Sturm erschien ihm wie ein nie endender, einziger großer Schrei der Welt. Georg kam aus dem Luk. Irgend jemand zog ihn am Arm und stieß ihn zu einem der Haltetaue. An Deck wimmelte es, die ganze Mannschaft war auf den Beinen. Pickersgill schrie ihn an: »Wir brauchen jetzt jeden Mann. An die Schott da, hol weg!«

Sekunden später fand Georg sich in einem Pulk tropfender Männer, packte ein Tau und zog im Gewirr der Matrosen mit, ohne zu wissen, was er tat. Irgendwo riß etwas, Schreie gellten, ein Segel killte, und Georg wurde mit einer Gruppe getrieben, die das wild tanzende Tau fing, zurrte, belegte und dann trug er mit zwei anderen einen Mann, der sich den Kopf aufgeschlagen hatte und blutete, und alle Sekunden wurde das Blut von den überschlagenden Brechern weggespült, und dann war er wieder an einem nassen Tau, das an seinen Händen riß und diesmal begriff er für einige Sekunden, daß er am Brassen der Fockrah beteiligt war, bis er plötzlich im Wasser stand, Luftblasen um sich wirbeln sah, wieder frei war, rutschte, hinschlug, jemand ihn hochriß und dann schrie Clerke, daß er als Unerfahrener jetzt gut an den Pumpen gebraucht würde und bald war er unter Deck, wo die Schweine quiekten, und pumpte wie von Sinnen mit anderen graugesichtigen Männern und alle Knochen schmerzten ihm, und er fror und er pumpte und pumpte, und der Sturm schrie und die Männer schrien und die Hiobsbotschaft vom großen Wassereinbruch im Achterbereich drang zu den Männern und einige wurden abkommandiert und Georg schlitterte mit ihnen durch das sich beinahe überschlagende Innere des Schiffes und diesmal schwamm ein totes Schwein auf der Wasserfläche des Zwischendecks und alles war dunkel und das Wasser brach durch die Luke und jemand schrie wieso dieses verdammte Schwein nicht ordnungsgemäß vertäut sei und die Ladung müsse ausgetrimmt bleiben wenn nicht das ganze Schiff zum Teufel gehen solle und eine andere Stimme schrie eine Ersatzstenge habe sich gelöst und einige Gatter zerschlagen und alles war naß und selbst unter Deck schien es zu regnen und der Sturm wollte und wollte nicht enden und irgendwann schlug jemand Georg auf die Schulter und hielt ihm einen Becher Rum vors Gesicht und er schluckte alles.

Und dann mußten wieder Leute in den Fockmast und er taumelte mit, wurde diesmal aber zurückgehalten und sah die Verrückten in die Wanten entern und das Bramsegel reffen während die Rahen abwechselnd links und rechts das Meer berührten wenn das Schiff herumrollte und die Männer da in Sekunden den Weg machten, für den die Sonne den ganzen Tag brauchte. Das ging so fort, tagelang.

Die Müdigkeit, die sich Georgs bemächtigte, war eine neue, völlig unbekannte Größe in seinem Leben. Er wäre im Stehen eingeschlafen, hätte er nicht so gefroren in den durchnäßten Kleidern. Er fragte sich irgendwann, als er mit weichen Armen Pause vom Pumpen machte, wie Vater auf die Idee hatte kommen können, jemals die duftenden Wiesen oder auch nur die schmutzigen Straßen Englands zu verlassen. Ein Matrose bot ihm Schnupftabak, und Georg zog das Pulver hoch in die Stirnhöhlen. Das Bittere ließ ihn für einen Moment klar werden, und er dachte ehrfürchtig, daß dieser Sturm dazugehörte, zur Welt, zur Reise, zu ihm. Während der maßlosen Überanstrengung trieb der Branntwein ein albernes Grinsen in Georgs Gesicht. »Hehe«, sagte er und sah zwischen den Männern an seinen Seiten hin und her, »hehe«, und begann krampfhaft zu lachen. Kein Mensch, dachte er, kein Mensch verdient so viel Achtung wie die Natur.

Der Sturm ging vorüber und sie näherten sich der Antarktis. Es wurde von Tag zu Tag kälter. Die ersten Eisschollen trieben an der Resolution vorbei, größere folgten und formierten sich zu einem weißen Flickenteppich mit blauen Nähten. Sie sichteten den ersten Eisberg. Georg versuchte, seine zitternden Hände ruhig genug zu halten, um mit dem Fernrohr den Berg anzusehen.

»Groß genug, um eine Stadt darauf zu bauen«, sagte Pickersgill.

»Und sie unbewohnt zu lassen«, sagte Georg. Er schob das Fernrohr zusammen und lief auf der Stelle. Kein Mann stand ruhig, jeder bewegte sich, rieb sich die Hände, schlug die Arme um die Schultern oder hüpfte auf den Zehenspitzen. Die Seeschaft veränderte sich von Stunde zu Stunde. Mehr und mehr Eisberge schwammen und machten das Wasser milchig. Wenn der Wind Eiskristalle durch die Luft fegte, wurde alles silbern, dann wieder blau, und manchmal, wenn die Sonne tief stand, waren einzelne Berge orange und rosa, andere weiß. Irgendwo hinter dem bröckeligen Horizont des Eismeeres lag das Hauptziel der Expedition: die Terra Australis, eine Landmasse, die nach Meinung einiger führender Wissenschaftler ein Gegengewicht zur Nordhälfte der Erde sein mußte.

Georg beflügelte diese Vorstellung nicht. Bei 35 Grad Fahrenheit gefror nicht nur die Resolution, sondern auch seine Gedanken und Wünsche. Die Sympathien für die Herren der wissenschaftlichen Gesellschaft wuchsen, die sagten, Dalrympel und seine Gefolgsleute irrten sich, hinter der Eisgrenze Land zu vermuten.

Schon nach einem Tag am Rande der Antarktis wurden die Segel bretthart, Taue und Wanten schienen aus weißem Holz und nicht mehr aus beweglichem, drehbarem Material. An den Rahen, an der Reling, am Dollbord der Beiboote, an den Niedergängen hingen tropfende Eiszapfen, und die Geschützrohre waren so kalt, daß jedermann vermied, sie zu berühren. Der Himmel tauchte den Eiskontinent, die Männer und das Schiff in einen bläulichen Schimmer. Als reagiere die Resolution wie ein lebendes Wesen auf die Temperaturen, waren ihre Geräusche kurz und abgehackt, ein Knacksen, ein Krach, wenn Eis aus der Takelage brach und auf Deck zertrümmerte. Es waren nicht die geschmeidigen Lebenszeichen, die das Schiff in freundlicherem Klima von sich gab, wenn die Taue sangen und die Spanten sich im Sonnenschein dehnten. Manchmal sei ihm, als lebe das Schiff, sagte Georg.

»Sehr seemännisch, Mr. Forster«, sagte Clerke. »Jedes Schiff lebt.«

»Wenn dieses Schiff lebte«, sagte Hodges mit verschränkten Armen und eingezogenem Hals, »wenn es lebte, würde es sich längst auf den Weg nach Tahiti gemacht haben. Haben Sie schon einmal etwas so Unerotisches wie diese gotteslästerlichen Temperaturen erlebt?«

Georg räusperte sich und sagte, nein, das habe er in der Tat nicht. Er wandte sich von dem Thema ab und sah zur Adventure, die vor einem Eisberg durchs Wasser trieb. Sie wirkte wie ein Modellschiff, klein, zerbrechlich, und er meinte ihr anzusehen, daß sie ihre Beweglichkeit eingebüßt hatte und stocksteif durch das tranige Wasser kroch. Die Schollen von Treibeis dümpelten dicht an dicht, Scherben eines zerschlagenen, überdimensionalen Spiegels. Die Eisberge ragten steil und zackig, gebrochen, ausgehöhlt, überhängend und still. Georg zog sich den Schal enger um den Hals. Ob Hodges das malen werde, fragte er.

»Natürlich. Und dann zeig ich's den Tahitianern. Die werden mich für verrückt halten.«

Papierspiele, dachte Georg, leere Landkarten, leere Leinwände. Er fragte sich, wie viele zusammengerollte englische Fahnen wohl im Laderaum der Resolution schimmelten, um an unbekannte Gestade gepflanzt zu werden. Die Erde wurde verteilt, Karten gezeichnet von Gegenden, in denen nie zuvor ein Europäer gewesen war. Da boten sich ungeahnte Möglichkeiten: Die Männer der Expedition hätten sich verschwören können, behaupten, sie hätten fruchtbare Inseln hinter dem Eis entdeckt mit Eingeborenen, die Abkommen der Spartaner waren oder römische Kolonisten, sie hätten die tollsten Geschichten erfinden und vor dem Hintergrund der ungezeichneten Karten erzählen können, denn allzubald würde kein neues Schiff in diese Tiefen vorstoßen, und wenn, bliebe es im Eis stecken, und sie könnten behaupten, seinerzeit eine Fahrrinne gefunden zu haben. Vielleicht war das hier ein besonders geeigneter Ort zum Denken, vielleicht sollten Rousseau und Kant raus aus ihren Philosophenstuben und hier die Hand an die eisige Reling legen. Schön war es. Trotz der Kälte. Selbst in den Kabinen war es kaum wärmer als an Deck. Georg schmerzten Schulter und Kniegelenke, der After, der jeden Stuhlgang bei der eisigen Luft zur Qual machte, sein Genital war klein und geschrumpft, das linke Ohr sonderte gelbliche Exkremente ab, und alle Nagelbetten waren ihm aufgeplatzt. Nichtsdestotrotz war der Anblick der Weltschaft zwischen Wasser und Land schön. Es gab keine klare Grenze mehr zwischen den Elementen. Hier konnte man beinahe jederzeit über Bord springen und würde doch im Trockenen landen. Die Sonne war weiß und weit weg.

Wie Glück und Wohlbefinden ihm ein starkes Körperbewußtsein verleihen konnten, konnten Schmerzen und Kälte das auch. Er spürte sich von oben bis unten, spürte die Kälte zwischen den Zehen ebenso wie auf dem Zahnfleisch, wenn er den Mund öffnete, um etwas zu sagen oder zu trinken.

Cooks Stewart Burns erschien mit einem Tablett voller Tassen und einer metallenen Kanne, aus deren Ausguß es dampfte. »Kaffee, Gentlemen?«

Die Offiziere, Hodges, Wales und Georg rieben sich die Hände und ließen sich die Tassen mit dem schwarzen, gezuckerten Kaffee füllen. Georg zog die Handschuhe aus und legte die Finger um die warme Tasse, zog mit kalter Nase den Dampf ein und schlürfte.

»Wie lange dauert es eigentlich, bis man erfroren ist?« fragte Hodges.

»Frobisher hat es erfahren«, sagte Georg mit gehobenem Zeigefinger und voller Stolz auf dieses Sprachspiel, räusperte sich aber nur, als keiner der Umstehenden auf den Bindestrich reagierte.

Der Mann im Vortopp meldete eine Herde Robben backbord voraus. Cook nickte. Clerke gab Befehl, zwei Boote zu Wasser zu lassen, und ließ Cooper nach den Seesoldaten schicken. Auch von der Adventure wurde ein Boot weggefiert und zu Wasser gelassen. Die Schiffe befanden sich mittlerweile in einer nur von wenigen Schollen gesprenkelten Fahrrinne, und die Boote kamen gut voran. Bald hörte Georg Schüsse und sah Pulverdampf aufsteigen und zerfließen. Sein Vater erschien an Deck.

Abwechslung für die Speisekarte. Das sei ja kaum zu glauben, sagte er und fragte, ob noch Kaffee da sei.

»Mr. Burns hatte nicht vor, den ganzen Tag mit der Kanne hier stehen zu bleiben«, sagte Clerke.

»Typisch«, sagte der Vater. »Wir haben zu arbeiten, Georg.«

In der Kabine brannte die Öllampe. Es war kalt. Georg zog die Handschuhe aus, und die Fingerkuppen schmerzten, als er die eisige Tischplatte berührte. Daß die Resolution unmittelbar nach dem Sturm ins Eis vorgedrungen war, hatte eine Trocknung der Kleider und Kojen unmöglich gemacht. Zwar war das

Schiff wieder ausgeräuchert worden, aber klamm war alles geblieben.

»Welche Eisvögel haben wir bisher gesichtet?«

»Pocelaria capensis«, sagte Georg und griff zur Feder. Jeder Vogel zählte zum Ganzen der Natur, jede tote Robbe, deren Fleisch im Darm eines Menschen zersetzt wurde.

Die Gespräche beim täglichen Abendessen in der Kapitänskajüte erstarben. Das Schweigen mischte sich mit der feuchten Kälte und dem Knacken des Holzwerks zu einer raumerfüllenden Dimension, in der Georg die Eßgeräusche seiner aufgezwungenen Reisekameraden definieren konnte. Leutnant Clerke aß beinahe geräuschlos, Wales, dessen Nase rot und geschwollen war, versuchte, leise zu essen, und das gelang ihm auch bis auf das Schlucken: Man hörte deutlich, wie Zwieback, Pökelfleisch oder Sauerkraut durch seinen dünnen Hals gluckten. Cooper kaute drauflos, als sei er allein. Pickersgill bemühte sich, zu Beginn der Mahlzeiten leise zu essen, vergaß den Vorsatz aber schnell und aß unbekümmert und laut durch die Nase atmend, Edgecumb schien beinahe meditativ und war kaum zu hören. Cook aß mit kräftigen Bissen und deutlichem Schlucken, es war seine Pflicht zu essen, Hodges aß gemächlich, kaute lang, trank mehr als alle anderen und blickte versonnen vor sich hin. Georgs Vater aß betont vornehm, das Besteck in den im Gelenk angewinkelten Händen und hocherhobenen Hauptes.

Anekdoten gab es nicht mehr. Weder Cooks Erlebnisse bei Quebec oder beim Schiffbruch im Barrier Riff, noch Coopers Geschichte, daß er Montcalm beinahe gefangen hätte, oder Vaters Erzählung von der Zarin und ihrem Hochmut, auch kleine Geschichten vom Bordalltag konnten nicht mehr für Unterhaltung oder Belustigung sorgen. Die Mienen waren ernst.

Georg lächelte, wenn es statt Zwieback und Pökelfleisch einen frischen Fisch gab oder Robbenfleisch, er nickte, wenn Kaffee serviert wurde. Clerke und Hodges lächelten hin und wieder zurück. Das Lächeln, dachte er, ist eine gute, aber wenig kultivierte Sprache. Aus Ostasien wurde berichtet, es habe dort größere Bedeutung. Holländische Kauffahrer hatten über die Wirkung des Lächelns in Japan berichtet, dem geheimnisvollen Reich, das Wunder an Architektur und Kunst bergen sollte. Es solle dort Klosteranlagen geben, in denen Mönche aus kleinen weißen Steinen Meere nachbildeten, Steingärten, Ozeanen gleich, die an Küsten und Felsen brandeten. Japan war so weiß wie die Terra Australis, auch wenn die Umrisse der Insel genau bekannt und in die Karten eingezeichnet waren.

Es ging immer weiter ins Eis.

»Können Sie sich vorstellen, Georg,« fragte Hodges, »daß auch diese Landschaft Heimat ist?«

»Ja, kann ich.«

Zu Weihnachten gab es gebratene Hühner, Wein und Extrarationen Rum. Die Seeleute hatten ihre Rumrationen über die ersten sechs Monate der Reise hin gesammelt, und wer Freiwache hatte, schüttete jetzt alles in sich hinein. Betrunken taumelnd konnte man dem Eis leichter trotzen. Dr. Patton meldete erste Fälle von Skorbut, rheumatisch geschwollene Knie, Schultern und Ellenbogen, Frostbeulen noch und noch, entzündete Augen und Lippen, die bis aufs Zahnfleisch eingerissen waren. Georg fror, wenn er abends in die Koje stieg, und er fror, wenn er aufwachte. Zum Schlafen trug er zwei Paar Strümpfe, wollenes Unterzeug und einen dicken Überzieher. Es gab keine Flucht vor der Kälte. Außer die Kombüse. Der Koch galt als glücklicher Mann und hatte mehr Freunde als je zuvor.

Anfang Januar 1773 nebelte es dick und hellgrau um die Schiffe. Die Resolution lief Gefahr, einen Eisberg zu rammen und von ihm aufgeschlitzt zu werden. Alle Ausguckposten waren doppelt besetzt, Männer mit langen Spieken lagen im Klüvergerüst, um plötzlich auftauchende Eisschollen abwehren zu können. Lautes Fluchen wurde verboten. Stille schwamm. Zum Glück, wie Georg erfuhr.

»Wenn man Land nicht sieht, kann man es hören. Selbst wenn es sich unter der Wasseroberfläche befindet«, sagte Clerke. »Es gibt viele verschiedene Arten von Wasserrauschen.«

Die beschränkte Sicht machte Georg nervös. Er griff fester an die Reling oder an die Laufseile in den Niedergängen und erschrak jedesmal, wenn er angesprochen wurde.

»Nebel! Für einen Maler eine Situation von famoser Absurdität«, sagte Hodges. »Ihre geliebte Natur macht mich arbeitslos, Georg.«

Als es ein paar Stunden lang aufklarte, weil der Nebel nach Süden ins Eis zog, unternahmen Georgs Vater und Wales eine Ruderbootexpedition, um Strömungen und Wassertemperaturen zu messen. Vater hatte Georg in das Boot befohlen, aber Georg hatte gelogen, ihm sei ganz elend und er müsse den Schiffsarzt aufsuchen.

Dann kam der Nebel zurück. Er flutete innerhalb weniger Minuten um Schiff und Eisberge, und die Resolution schwamm in dimensionslosem Weiß. Einen Moment lang sah Georg das Boot noch als grauen Schatten, aber dann wurde es verschluckt, und die Schreie der Verschollenen verloren sich in der Entfernung. Land konnte man hören, Menschen nicht. Ob noch irgendwer das Boot gesehen habe, fragte Clerke. Georg verschränkte die Arme und zog die Schultern hoch.

Er starrte über die Reling, und der gefährliche Nebel weckte gefährliche Gedanken in ihm. Der einzige Schreiber an Bord sein, dachte er. Kein Sekretär mehr, sondern reisender Dichter. Das Journal eigenständig und unabhängig verfassen. Des Vaters Sprache töten und einen Reisebericht schreiben, wie er noch nicht geschrieben worden ist, dachte er. Das war die beste Aufgabe, die er sich vorstellen konnte. Er stand an der Reling und empfand nichts außer Kälte, statt Sorge und Trauer fand er Hoffnung aufs Alleinsein in sich. Der Strick, den die Anwesenheit des Vaters um ihn legte, schien sich schon beim bloßen Gedanken an dessen Verschwinden zu lösen.

»Südlicher Kontinent, damit die Erde nicht aus dem Gleichgewicht gerät«, stotterte Hodges. Er hatte sich unter seinem Hut einen Schal um die Ohren gewickelt. »Mir reicht es allmählich.«

»Zumal die Erde sowieso aus dem Gleichgewicht ist. Als ob so ein Kontinent daran etwas ändern würde«, sagte Georg.

Regelmäßig gab die Resolution einen Kanonenschuß ab, an dem die Verschollenen sich orientieren konnten. Aber die Wirkung dieses Mittels war unsicher.

»Wenn die jetzt rudern, kann es sein, daß sie sich mehr und mehr von uns entfernen«, sagte Clerke. »Die müssen unbedingt ruhig ausharren.«

»Nicht gerade eine Lebensmaxime«, sagte Hodges.

»Lebensprinzipien müssen sich den Umständen anpassen«, sagte der Leutnant.

»Den natürlichen Umständen«, sagte Georg. »Nicht den herrschaftlich aufgezwungenen.«

»Nicht soviel Theorie, Georg«, sagte Hodges. »Werden Sie bloß nicht deutsch.«

An diesem Abend ging Georg nach dem Essen nicht noch mal an Deck, sondern sofort in die Kabine, zündete die Lampe an, wickelte sich in Decken und setzte sich an den Tisch. Er blätterte in den Reiseaufzeichnungen, legte die Füße auf Vaters Koje und schlürfte seine und des Vaters Branntweinration, die er beim Abendessen gespart hatte. Er notierte, was am bisherigen Text zu ändern war, wo Kritik an der Gesellschaft zu üben war, wo eine Theorie durch Beispiele und Metaphern und eine Beobachtung durch Theorien erklärt werden mußte, und legte sich schlafen.

Am nächsten Tag lichtete sich der Nebel. Die Adventure

wurde an Steuerbord gesichtet und ließ ein Boot zu Wasser: Es war das Boot der Resolution. Vater und Wales kamen an Bord zurück, blaß, dünn und mit einem seltsamen Ausdruck in den Augen. Georg gab seinem Vater die Hand.

Am 9. Februar verloren sie die Adventure aus den Augen. Über Nacht waren die Signallampen des Begleitschiffs verschwunden. Cook ließ gegen den schwachen Wind kreuzen. Alle halbe Stunde krachte ein Kanonenschuß, aber es kam keine Antwort. Nirgends schwammen Wrackteile. Der Charlottensund auf Neuseeland war als Treffpunkt bestimmt, falls man sich im Eis verlor. Allein mit der Sorge um die Männer auf dem anderen Schiff arbeiteten die Leute auf der Resolution weiter. Aber es ging nicht weiter nach Süden. Die Eisbarriere war undurchdringbar geworden.

Endlich wurde Kurs Nord-West gesteuert, und die Resolution schwamm durch die dünner werdenden Treibeisfelder dem offenen Meer entgegen. Georg dachte an den Zimmermann, den sie im Atlantik verloren hatten. Wie lange hatte William Howard noch gelebt? Wie lange konnte man hier überleben? Wegsacken im Eis, unbegreifbare Kälte, Wasser und anstoßende Schollen. Wie lange ein Mensch überleben könne, wenn er hier ins Wasser stürze, fragte er Dr. Patton. Der rieb sich das grobe Kinn. »Zwei, drei Minuten vielleicht. Mit Gedanken an Tahiti oder eine dicke Frau womöglich eine Minute länger.«

6

Am 26. März fuhr die Resolution in die Dusky Bay ein. Die Männer hatten über vier Monate kein Land gesehen, und die Küste Neuseelands, die unter grauem Himmel aus dem Regen hervortrat, war ihnen eher Heimat als unerforschtes Terrain. Das Geschrei Tausender Wasservögel, das Rauschen von Wasserfällen, die aus den Bergen hinabstürzten, die Fische, die die Matrosen nach dem Ankerwurf angelten, an Deck erschlugen und sofort zubereiten ließen, die milderen Temperaturen, die auch der Regen nicht beeinträchtigen konnte, all die Kleinigkeiten summierten sich zu einer Fülle des Glücks.

Georgs Vater klopfte ihm auf die Schulter und atmete tief. Hodges stand unter einer Persenning und zeichnete eine Skizze. Georg sah zufriedene Gesichter, Matrosen schüttelten sich die Hände. Boote wurden ausgeschickt, und Pickersgill fand einen geeigneten Naturhafen für einen längeren Aufenthalt der Resolution. Die kleine Bucht in der großen Bucht wurde nach dem Leutnant benannt und von Cook in die Landkarte eingetragen. Georg schrieb ins Tagebuch, daß man die Eingeborenen nach dem Namen des Naturhafens hätte fragen können. Aber nein, ein Mann wie Pickersgill wurde hier geographisch verewigt, nur weil er ein Beiboot gesteuert hatte, die Wassertiefe hatte ausloten lassen und mit dem Hut winkend zur Resolution zurückgekehrt war.

Der Hafen hatte – bis auf ein etwa sechzig Meter langes Sandstück – steil abfallende, dicht begrünte Ufer. Von einem Felsen aus war ein graustämmiger Baum horizontal zum Wasser gewachsen. Cook ließ die Resolution daran vertäuen und am Stamm entlang Planken legen. Das Schiff verwuchs mit dem Land. Die Baumkrone wurde mit Bajonetten abgesäbelt, und die Namen zahlloser Frauen zierten nach wenigen Stunden die Rinde. Es gab auch kunstvolle Ritzereien, große Frauenbrüste oder ein von einem Pfeil durchbohrtes Herz.

Georg ritzte mit dem Messer seinen Namen in die Borke. Hodges saß über eine Stunde gebeugt auf dem Baum und brachte die Rückenansicht einer seitlich liegenden Frau zustande. Georg klopfte ihm auf die Schulter, das sei viel besser als all die Brüste, die dem Baum gewachsen seien. So ein Rücken gebe Freiheit.

Die Männer fischten und holten frisches Wasser aus Quellen in den Wäldern, sie bauten eine Schmiede, von der den ganzen Tag Rauch aufstieg. Cook ließ die Resolution mit vier Steuerbordankern über den Kiel legen und die Planken untersuchen, die sich sonst unter der Wasserlinie befanden. Dabei sah Georg zum ersten Mal, daß die üblichen Kupferbeschläge durch eine Vernagelung mit Eisennägeln ersetzt worden waren. Der Rost setzte die Spalten zu, und die Fische wurden nicht durch die Reflexion der Kupferplatten verschreckt, was das Angeln leichter machte.

Georg und sein Vater botanisierten, Hodges malte, Cook zeichnete Karten, Wales betrachtete die Sterne und überprüfte die lunaren Tabellen und die Chronometer. Weit hallende Schüsse ließen die Männer aufhorchen und sich auf ein gutes Abendessen freuen. Eine Gemeinschaft, die sich ernährte und bildete. Nur fortpflanzen konnte sie sich nicht. Georg wurde immer klarer, daß es ein Fehler war, keine Frauen an Bord zu haben. Jetzt, da sie der Kälte der Antarktis entflohen waren, wachte er allmorgendlich mit einer Erektion auf und dachte an Mädchen. Da er Selbstbeobachtung für die wichtigste Beobachtung hielt, bemerkte er, daß sich der Gedanke ans Zusammensein mit einer Frau mehr und mehr in seine Vorstellung von einer Entdeckungsreise mischte.

Eines Nachmittags, nachdem Georg mit seinem Vater Vogel- und Pflanzenarten gesichtet, skizziert und nach Linnés binärer Nomenklatur katalogisiert hatte, fand er den Maler Hodges bei Wales und Edgecumb in der improvisierten Sternwarte am Rande des Sandstrands. Hodges saß auf einem Hocker, der aus einem gefallenen Baum gehauen worden war, und skizzierte die beiden Männer an den Fernrohren. Georg sah Wales aus der Bleistiftspitze entstehen. Der Astronom war nach vorne über das Okular gebeugt und drehte mit Daumen und Zeigefinger an einem Stellrad, im Hintergrund notierte Edgecumb etwas in ein großes Buch. Beide Männer trugen weiße Perücken und Hemden, und ihre Gesichter zeigten Freude, Konzentration und den Edelmut aufopferungsvoller Wissenschaftler. Tatsache war, daß Wales viel kleiner und zarter war und keine weiße Perücke trug und sein graues Hemd an beiden Ellenbogen unfachmännisch geflickt war, und daß Edgecumb entzündete Pickel auf den Wangen hatte. Die Hütte, in der die Schreibtische, die Meßgeräte und Zahlenbücher aufgebaut waren, war nicht mit Palmenwedeln gedeckt. Im Pickersgill-Hafen wuchsen keine Palmen.

Was er da zeichne, fragte Georg.

Er solle nicht kleinlich sein, entgegnete Hodges.

»Kleinlich nicht, aber realistisch.«

»Realistisch? Die Menschen wollen Bilder wie dieses hier sehen.«

»Die Menschen wollten auch Gladiatorenkämpfe sehen. Wir müssen sie mit Anschauungen konfrontieren, die ihnen fremd sind. Wir müssen bereichern. Nicht bestätigen. Der Ausschlag in Edgecumbs Gesicht gehört in Ihre Skizze.«

»Schade, daß nicht Sie das Journal dieser Reise schreiben, sondern Ihr Vater. Aber nehmen Sie mir nicht die Freude, auch wenn ich die aus kleinen Unwahrheiten beziehe. Die Welt ist auch nicht wahr.«

»Wahr nicht. Aber wirklich.«

Georg sah über die Schulter zum Strand, wo zwei Boote lagen und mit Wasserfässern bestückt wurden. Was hätten die Matrosen gesagt, hätten sie das Gespräch zwischen Hodges und ihm verfolgen können? Wahrheit und Wirklichkeit künstlerischer Ausdrucksmittel. Er, Georg Forster, war ein Gelehrter, sprach Russisch, Polnisch, Englisch, Französisch, übersetzte Bücher und schrieb, machte Arbeiten, die Seeleute niemals machten.

An Bord hatte er die Anerkennung der Matrosen erfahren, nachdem er im Sturm mit ihnen gearbeitet hatte. Tag und Nacht, durchnäßt und zerschlagen hatte er alle Kommandos befolgt und sich dem seemännischen Können untergeordnet. Da hatten viele ihm auf die Schulter geklopft, ihn gegrüßt oder hier am Land zum Mitessen der schmackhaften Kohlenfische eingeladen und ihm zu verstehen gegeben, daß er sich seinen Vater ja nicht ausgesucht habe. Und doch befürchtete er, daß die Männer nicht hätten akzeptieren wollen, ihn so über Kunst und Wirklichkeit reden zu hören.

Er wollte wissen, wollte gestalten, wollte schreiben. Zu Beginn der Reise wußte er nicht, was ein Bramsegel im Unterschied zu einem Royalsegel war. Pickersgill hatte ihm dann erklärt, was ein Vorstengestagsegel war und wie man mit dem Log die Geschwindigkeit des Schiffes maß. Aber was dächten die Matrosen von ihm, sähen sie ihn in des Vaters Bibliothek Bücher wälzen, hörten sie ihn über Shakespeare, Montaigne oder Abel Tasman reden?

Er sah sich um, sah Edgecumb an, Matrosen, die mit krummen

Rücken Fässer rollten, Männer, die von der Jagd zum Strand zurückkehrten, und einen Mann, der allein einen Baum fällte. Es gibt sie nicht, dachte er, es gibt nicht die Reichen, die Armen, die Seeleute, die Huren. Es gibt immer nur den einzelnen. Es gibt Cook, es gibt Furneaux, falls der noch lebte. Es gibt den Matrosen Miller und den Matrosen Wintinghead. Eine Gesamtgruppe ist das Volk nur im Vergleich zum Herrscher.

Er betrachtete seine Füße. Er hatte die Schuhe ausgezogen; der Sand rieselte durch seine Zehen, und kleine Käfer liefen nervös um seine Füße herum und rollten sich zu gepanzerten Kugeln zusammen, wenn er sie antippte. Wind kam von der Bucht her und bewegte die Papiere in der Sternwarte. Es begann wieder zu regnen. Wolkenbänke zogen über die Berge und veränderten die Farben der Landschaft. Hodges hätte mehrere Bilder ein und derselben Szenerie malen sollen und die Lichtänderungen des Tages festhalten: das dunkle Grau des Morgens, der vom Bläulichen ins Grüne übergehende Wechsel des Vormittags, das saftige Grün, wenn ein Fächer Sonnenstrahlen durch die Wolken schnitt, das tiefdunkle Grün im Wolkenschatten, das dunkelblau durchzogene Rot des Sonnenuntergangs und das Grauschwarz, wenn der Mond schien. Eine ganze Reihe von Bildern, die, nebeneinander gehängt, eine Art fortlaufendes Bild ergeben hätten, eine Art bewegtes Zeitdokument. Auch eine fortlaufende Reihe von Porträts wäre denkbar gewesen: Georg zu Beginn der Reise, im Eis, bald auf Tahiti und am Ende, Cook, Clerke, Cooper, der aussehen würde, wie er aussah. Der Regen wurde so stark, daß die Männer sich an Bord zurückzogen und zwei Tage dort blieben.

Cooper traf als erster auf Eingeborene.

Georg bekam Durchfall und hatte Blut im Stuhl. Was auch immer er aß, floß dünn und stinkend wieder aus ihm heraus. Er beschloß, einen Tag gar nicht zu essen, um an der Bootsfahrt teilnehmen zu können, die zum Ort des ersten Zusammentreffens führen sollte. Cooper hatte am Vortag eine Bootsexpedition in einen Seitenarm der Bucht geführt und Eingeborenenkanus entdeckt. Wegen des Regens aber, der die Schußfertigkeit der Musketen beeinträchtigte, war er umgekehrt. Am Waldrand, berichtete Cooper, habe er einige Männer gesehen, die sie beobachteten. Jetzt wurden zwei Boote mit Cook und Clerke als Führern am Strand entlang zu jenem Seitenarm gerudert. Jeder Mann trug eine Waffe. Georg hatte eine Vogelflinte bekommen, die er an einem Lederriemen schräg über dem Rücken trug. Clerke sah ihm das Unbehagen an dieser Kultur an. Es sei nur eine Vorsichtsmaßnahme, sagte er.

»Auch Neuseeländer erkennen in einer Muskete eine Waffe«, sagte Georg. Er sah über die Männer an den Riemen hinweg zum führenden Boot, in dessen Heck Cooks breiter Rücken zu erkennen war. Der Kapitän hatte kein Gewehr umgehängt. Vielleicht lag es auf seinen Knien oder vor seinen Füßen, vielleicht war er aber auch unbewaffnet. Cook war zuzutrauen, über die eigenen Befehle hinauszugehen.

Die Boote fuhren in die Bucht. Von den Hängen stürzten Kaskaden und wirbelten das Wasser auf. Vögel kreischten, jagten Fische und kamen dicht an den Booten vorbei. Clerke ließ einige Dutzend schießen, ebenso Cook. Es waren Enten dabei, und Cook, erfreut über die nahrhafte Speise, rief zwischen zum Trichter geformten Händen zum zweiten Boot hinüber, er werde diesen Seitenarm Enten-Bucht nennen. Clerke winkte zum Verständnis mit dem Hut. Pickersgill-Hafen, Enten-Bucht, bei weniger Sauerkraut vielleicht bald Skorbut-Küste und bei Sturm ein Mastbruch-Riff. Hier wurde mit Namen geschmissen wie in Londoner Wirtshäusern mit Karten. Durchfall-Bucht, dachte Georg, Wendekreis der Magenschmerzen.

Wie Cooper es gemeldet hatte, fanden sie Kanus auf einem Sandstreifen zwischen den Felsen. Clerke ging längsseits an Cooks Boot.

»Wir wollen nicht ungeladen diese Kanus untersuchen, Mr. Clerke. Wir bleiben vorerst in den Booten und kommen notfalls morgen zurück.«

Clerke zog sein Fernrohr auseinander, um die im Nieselregen verschwimmende Küste zu sondieren. »Die sitzen irgendwo am Lagerfeuer und machen sich einen schönen Tag«, sagte er.

»Ich bin dafür, daß wir an Land gehen«, sagte Georgs Vater. Cook schüttelte den Kopf. »Bekommen Sie gerne ungeladene Gäste, Mr. Forster? Wir wollen doch höflich bleiben.«

»Erstklassiger Mann«, flüsterte Hodges Georg ins Ohr.

Da sich niemand sehen ließ und der Regen dichter wurde, gab Cook Befehl zur Rückkehr. Die Männer an den Riemen streckten die Rücken und zogen die Ruder durchs Wasser. Kaum hatten die Boote gewendet, erblickten die Leute einen Mann auf einem Felsvorsprung unweit des Sandstreifens.

Der Mann war untersetzt, dunkel und muskulös, und sein Gesicht war vom Kinn bis unter die Augen tätowiert. Er stützte sich auf eine Keule und hatte den rechten Fuß höher auf dem Felsen als den linken. Seine Haare zottelten im Wind. Er rief den Booten etwas entgegen, und wegen der Tätowierungen sah es aus, als verändere sich sein Gesicht bei jedem Wort. Wegen der Fremdartigkeit der Sprache hätte Georg seine Stimme nicht beschreiben können. Er glaubte sich später zu erinnern, daß sie tief gewesen sei.

Cook stand auf und sah den Mann an. Als die Boote sich dem flachen Felsen näherten, gerieten zwei Frauen mit Lanzen in den Händen ins Blickfeld. Sie standen etwa zwanzig Meter hinter dem Mann an einem schwarzen Pfadloch vor dem Wald.

»Tayo. Harre ma-i«, rief Cook. Seine Stimme klang höher als sonst. Freund, komm her, übersetzte Georg sich die tahitianischen Worte. Cook ließ die Boote wenig vor dem Felsen halten. Der Eingeborene redete laut und schnell, stampfte mit der Keule auf, hob sie über den Kopf und schwang sie hin und her. Georg sah nach den Frauen, die im Regen und ihren naturfarbenen Kleidern beinahe mit dem wuchernden Hintergrund verschwommen. Cook ging zwischen den Rudergasten zum Bug des Bootes und stieg von dort aus ins Wasser. Er blickte dem Insulaner ununterbrochen in die Augen.

Bis zu den Hüften eingetaucht, watete er langsam auf den Felsen zu. Er stakste zwischen Steinen einher, sah aber immer nur kurz zu seinen Füßen hinab, um dann wieder in die Augen des Eingeborenen zu schauen. Er fand eine brüchige Stelle, durch die er auf den Felsen gelangte. Der Eingeborene redete ohne Unterlaß. Cook ging unbeirrt auf ihn zu. Clerke spannte den Hahn seiner Muskete. Jetzt nahm der Kapitän die Hände des Mannes, lächelte, legte seine Nasenspitze an die des Fremden und rieb sie kurz daran. Der Mann lächelte, legte die Keule auf den Fels und griff nach Cooks Schultern. Er winkte die Frauen heran.

Georg stieg mit Hodges und Clerke ins Wasser und watete an Land. Aus dem anderen Boot kamen sein Vater, Pickersgill und Dr. Patton, und im Angesicht der fremden Rasse flüsterten sogar der Vater und Pickersgill miteinander. Die Unterhaltung zwischen den Eingeborenen und den Männern der Resolution war das seltsamste Gespräch, an dem Georg je teilgenommen hatte. Von irrationaler Freude getrieben, plapperten die beiden Gruppen aufeinander los, ohne auch nur ein einziges Wort zu verstehen. Hodges sagte, Menschenskinder, Scheißwetter habt ihr hier, und der Eingeborene erzählte ihm etwas und wies auf Hodges' weiße Strümpfe. Georg starrte die hübschere der beiden Frauen an. Sie hatte eine breite Nase und tiefe Lachfalten. Offensichtlich dem Manne gleichberechtigt, redeten die Frauen ebenso unaufhörlich, lachten, klopften sich auf die Schenkel und streckten Hodges die Zunge heraus, als er eine Skizze machte.

Wegen der nahenden Dunkelheit befahl Cook die Rückkehr zur Resolution und versuchte mit Clerke und Forster zusammen den drei Insulanern zu erklären, daß man morgen gerne wiederkommen würde. Als er seine Nachricht verstanden glaubte, verbeugte er sich und ging als letzter zum Boot zurück. Der Eingeborene stand wieder allein auf dem Felsen, stützte sich auf die Keule und sah den Booten hinterher.

Georg sah Clerke an und sagte: »Cook war unbewaffnet, Sir.« Clerke klopfte ihm auf die Schulter. Er war der einzige Offizier, der sich solch kameradschaftliche Berührung erlaubte. Seine Eleganz machte das möglich, aber niemand hätte gewagt, ihm die Schulter zu tätscheln. Zurück auf dem Achterdeck der Resolution, redeten die Männer aufgeregt über ihre Begegnung. Georg konnte Zeichnungen von den Flachsgewändern machen, die den Frauen von den Schultern bis zur Mitte der Oberschenkel herabgehangen hatten, er konnte die Keule und die Lanzen zeichnen, Hodges konnte ein Bild der Delegation mit den drei Eingeborenen malen, Cook konnte einen Eintrag ins Logbuch machen.

Und sonst? Was war geschehen? Wo war die Erkenntnis aus dem Erlebnis? Georg pochte das Herz, weil er Menschen getroffen hatte, die im Stillen Ozean lebten und womöglich über die banalsten Alltäglichkeiten gänzlich anders dachten als er. Er sah in die lachenden Gesichter, sah sogar Cook die Arme ausbreiten ob der Größe der Vorkommnisse und spuckte über die Reling.

Die größte Barriere zwischen den Kulturen war die Sprache. Während der vorangegangenen Expeditionen hätten mehr Vokabeln als Pflanzen und Waffen gesammelt werden müssen, fand Georg. Leutnant Clerke ließ Korporal Gibson aufs Achterdeck rufen. Gibson erschien in Seesoldatenuniform. Cook fragte, ob Gibson so gut tahitianisch spreche, wie ihm gemeldet worden sei. Aye, aye, Sir, sagte Gibson. Nun, die hiesige Sprache scheine große Ähnlichkeit mit dem Tahitianischen zu haben, war womöglich ein Dialekt, sagte Cook und befahl Gibson für den nächsten Tag als Dolmetscher in sein Boot. Aye, aye, Sir, sagte Gibson und salutierte.

Beim Essen sagte Cooper, daß notfalls eine Salve aus den Musketen seiner Männer für Ordnung sorgen würde. Clerke erwiderte, man wolle doch friedlich bleiben, und Cook kündigte die neunschwänzige Katze für jeden an, der ohne seinen ausdrücklichen Befehl Gebrauch von der Waffe mache. Zum ersten Mal notierte Georg etwas, während er und die anderen an der Abendtafel saßen. Er schrieb, daß das Auftauchen dreier Fremder ausreiche, um Coopers Waffengeist zu mobilisieren. Als er den Zettel in die Jacke steckte, bemerkte er, daß die Männer ihn beobachtet hatten, und räusperte sich.

Um die Schärfe aus dem Gespräch zu nehmen, erinnerte Clerke an die Adventure und daran, daß man nicht allzu lange in der Dusky Bay bleiben könne, um den vereinbarten Treffpunkt im Charlottensund nicht zu verpassen.

»Wenn die mal nicht alle abgesoffen sind«, sagte Pickersgill.

Da müsse der Tod erst Beweise liefern, sagte Georg. »Solange sollten wir davon ausgehen, daß die Männer der Adventure noch leben.«

»Naiv«, sagte Pickersgill.

»Eher ans Leben als an den Tod zu glauben ist keine Frage von Naivität, Herr Leutnant.«

Pickersgill überraschte Georg wie bei dem Vorfall mit den toten Affen, als er antwortete, daß daran etwas Kluges sei und er das so noch nicht gesehen habe.

»Es ist völlig gleich, was wir reden. Wir werden sehen, ob die Adventure im Charlottensund liegt oder nicht. Das ist alles«, sagte Dr. Patton.

In der Nacht spazierte Georg an Deck auf und ab. Es hatte aufgehört zu regnen. Er setzte sich seitlings auf die Reling. In seinen Gedärmen rumpelte es, und er wußte, daß er das Abendessen nicht bei sich behalten würde. Dr. Patton hatte ihm noch mal eine Medizin aus Kräutern und einer hiesigen Myrte gegeben und ihm versichert, daß er bei einigen Kranken damit gute

Erfolge erzielt habe. Die Myrte wuchs in den Wäldern. Georg hatte sie gezeichnet. Solche Zeichnungen waren wichtige Dokumente für spätere Expeditionen.

Trotz aller Verdauungsnotstände hätte er jetzt viel gegeben für eine Flasche Wein. Seit er an Bord der Resolution war, fand er mehr und mehr Gefallen an Branntwein und Wein und an der Biermaisch, die sich die Männer zusammenmischten. Hier allein auf der Reling, während zwei Katzen um seine Füße schnurrten und der Wind von der Küste kam, war ein guter Ort zum Weintrinken. Er ging am Wachtposten vorbei über die Planken, die an dem Baumstamm vertäut waren, und schlug sich abseits in die Büsche, um den Durchfall auf den Boden spritzen zu lassen. Mit einem Farnblatt machte er sich sauber und stöhnte beim Aufstehen. Seit der Fahrt ins Eis schmerzte sein Hintern ununterbrochen. Oft schrieb er jetzt stehend, das Pult auf Vaters Koje gelegt.

Noch über zwei Jahre, dachte er. Wie würden sich die Charaktere zuspitzen, wenn es wieder ins Eis ging, wenn die Versorgungslage nicht mehr so passabel war wie jetzt, wenn Skorbut ausbrach und Tote in Leinensäcken über Bord geschmissen wurden? An Bord, unter ihnen allen, dachte Georg, lauerten mehr Gefahren als auf fremden Inseln. In Georg lauerten Gefahren. Er dachte an Vaters Verschwinden im Eis zurück. Er hockte sich erneut hin und entleerte sich. Auf weichen Beinen ging er zum Schiff zurück. Die Heckleuchte warf gelbes Licht auf die Planken, und aus Cooks Kajüte leuchtete es gelb aufs Wasser. Georg klopfte bei Dr. Patton an und fragte nach weiterer Medizin, da er morgen unbedingt an der Expedition zu den Eingeborenen teilnehmen wollte.

Er mixe sowieso gerade etwas Neues zusammen, da komme ihm eine Versuchsperson ganz recht. Patton winkte Georg mit großer Geste in die Kabine. Sie war vollgestopft mit Büchern, verschraubten Flaschen, Mörsern und silbernem Seziergerät.

Georg bekam einen grünen, nach Salbei riechenden Brei zu schlucken. Nur das Beste der Natur, versicherte Patton, und wenn es auch nicht im Magen bleibe, so kleide es doch solange Magen- und Darmwände aus, daß der Körper Nährstoffe entziehen könne.

»Seien Sie sich klar darüber, daß man sich totscheißen kann. Manchmal denk ich, daß die Resolution ein Lazarettschiff sein wird, wenn wir England je wiedersehen.«

In der Kabine saß Georgs Vater beim Lampenschein und las die Notizen des Tages nach.

Ob es gehe, fragte er.

»Es geht schon«, sagte Georg, zog Jacke und Schuhe aus und legte sich in die Koje. Er legte sich auf den Bauch, um den Hintern zu schonen, aber sofort gurgelte etwas in ihm, auf den Rücken gedreht, juckte und brannte ihm der After, er drehte sich auf die Seite und zog die Beine an, dadurch aber wurden die Hinterbacken zu sehr gespannt, er streckte ein Bein aus und zog eines an, und jetzt ging es, und er fiel endlich in Schlaf.

Um fünf Uhr am nächsten Morgen trafen sich die Männer auf dem Achterdeck. Regen rauschte und wühlte den Morgendunst auf. Es war kühl, und die Männer sahen in die Bucht hinaus, ohne das Ufer erkennen zu können.

Das habe keinen Zweck, sagte Cook. Die Expedition wurde bis auf weiteres verschoben.

»War wohl wieder nichts«, sagte Vater an Georgs Seite. Pickersgill und Cooper unterhielten sich. Georg sah, daß Cooper kameradschaftlich auf den Griff seines Säbels klopfte und dabei nickte.

Am späten Vormittag klarte es auf, und die Boote wurden zu Wasser gelassen. Dicht unter der Küste steuerten sie den Treffpunkt mit den Insulanern an. Wo gestern ein Mann und zwei Frauen gestanden hatten, warteten heute Dutzende Menschen. Die Eingeborenen hatten frisch geöltes Haar, trugen Federn am

Kopf und um die Hüften und dufteten nach Quellwasser. Cook brachte Äxte, Nägel und einen roten Mantel als Gastgeschenke mit, und der Mann, den sie gestern als ersten Insulaner gesehen hatten, überreichte Cook als Gegengeschenk eine Axt aus Fischknochen.

Korporal Gibson versuchte zu übersetzen, schüttelte aber den Kopf, diesen Dialekt, wenn es überhaupt einer sei, könne er beim besten Willen nicht verstehen. Er versuchte noch einige Minuten zwischen Cook und dem Insulaner zu vermitteln, wurde aber trotz des frischen Windes immer verlegener und rot im Gesicht, obwohl Cook lächelte und ihm versicherte, daß es nicht schlimm sei.

Die Delegation wurde von den Einheimischen zu einem Dorf am Waldrand geführt. Hodges zeichnete im Gehen. Georg ging, die Hände in den Hosentaschen, neben Hodges und schielte auf dessen Skizzen. Zu seiner Verblüffung sah er den Anführer der Neuseeländer mit einer römischen Toga auf dem Leib, die Frauen trugen lange Gewänder fließenden Stoffs.

»Wie sind Sie an den Schnaps gekommen, Hodges?«

»Wissenschaft und Kunst, das sind bei mir unvereinbare Gegensätze. Ich weiß, daß Sie einen Konsens zwischen beiden suchen, ich aber glaube nicht daran. Ich gebe diesem Bild durch eine kleine Verfälschung nur das Erhabene, das der Augenblick verlangt.«

Im Hüttendorf saßen sie um ein Lagerfeuer herum, aßen gegrillten Fisch und tranken einen tranigen Fruchtsaft. Cook überreichte metallene Porträts des Königs, und der Anführer machte die Augen groß, nickte und tippte sich auf die Brust. Wegen des Regens der letzten Tage bekamen die Männer vom Sitzen nasse Hosenböden und rutschten unruhig hin und her. Das Essen war eintönig, die Frauen sangen weder Lieder, noch glitten sie nackt durch Bergbäche, der Häuptling war pummelig und keine erhabene Gestalt. Außerdem war es kalt.

Tahiti streckte seine Fühler bis hierher aus. Georg bedauerte das, konnte sich aber nicht dagegen wehren, und solange er die Sprache dieser Menschen hier nicht verstand, war Hodges der bessere Mann und Berichterstatter.

Auf der Rückfahrt zur Resolution wurden Enten geschossen, und als sich die Boote dem Schiff näherten, zog ihnen der Geruch gebratenen Fisches entgegen. An Deck hatte der Koch große Kessel mit Glut aufgestellt, über denen er Fisch röstete. Dr. Patton und Leutnant Edgecumb grüßten mit Gräten im Mund. Patton sagte, durch die Versorgung mit Fisch und Kräutern seien sogar die Tiere an Bord wieder lebhafter geworden.

Georg behielt die Mahlzeit nicht bei sich. Diesmal war der Durchlauf so schlimm, daß Dr. Patton Bettruhe anordnete. Während Gänse ausgesetzt wurden, auf daß sie sich vermehrten, und während Cook mit Wales Differenzen zwischen den Chronometern diskutierte und das Schiff zum Auslaufen klargemacht wurde, lag Georg gekrümmt in der Koje und dachte an die Sonne.

Sein Vater saß am Schreibtisch und trug die Ergebnisse des Aufenthalts zusammen: die Abweichungen der Uhren, die Vielfalt fremder Fauna und Flora, die Karten, die Cook vom Küstenverlauf gezeichnet hatte, die Skizzen, die die Eingeborenen vor ihren Hütten zeigten. Aus einem Stapel Papier entstand ein Stück Welt, Bild und Text und Inspiration. Georg setzte sich halb auf und ließ sich das Schreibpult reichen. Er fertigte eine weitere Skizze der Tee-Myrte an und nahm Vaters Diktat über den ersten Kontakt mit den Eingeborenen auf.

»Wir müssen erwähnen, daß Cook unbewaffnet an Land gegangen ist«, sagte er. Viele Sätze aus dem Diktat des Vaters formulierte er jetzt sofort um, nicht nur, weil der Vater sich beharrlich weigerte, seine Englischkenntnisse zu verbessern, sondern auch, weil ein so umfangreicher Reisebericht farbenfroher und sinnlicher sein mußte, als der Vater ihn aufsagte. Was er in des Vaters Bericht hineinkorrigierte, überarbeitete er noch einmal für seine eigenen Notizen, von denen er seinem Vater nichts erzählte. Über dem Schreiben vergaß er die Krankheit. Er ignorierte den kalten Schweiß, und wenn er rausmußte, dann machte er das in Trance und saß schon wieder in der Koje, bevor ihm klar wurde, daß er wieder literweise Flüssigkeit verloren hatte. So wie Hodges sich zum Gott seiner Bilder machte, war für Georg die Wirklichkeit Maßstab und sein Schreiben und sein Stil Diener an einer Welt verschiedener Kulturen und Herrschaftsformen.

Die Resolution verließ die Dusky Bay bei anhaltend schlechtem Wetter und stürmischem Wind. Mit gerefften Segeln fuhr sie an der Küste entlang. »Für eine Woche Sonnenschein und trockene Kleider würde ich mein Schreibpult über Bord werfen«, sagte Georg. Wenn er an Deck war, um Luft zu schnappen, erschienen ihm die Gesichter der Männer so grau wie das Wetter. Immerhin ließ der Durchlauf nach, die Schmerzen gingen zurück, und ein in Kräutern gegarter Kohlenfisch gab ihm Kraft. Beim Frühstück schimpfte der Vater über das Wetter und über die Unsinnigkeit, den Charlottensund anzulaufen. Die Adventure sei ohnehin nicht dort und es sei höchste Zeit, sich in gemäßigtere Klimazonen zu flüchten. Es gehe ihm gehörig gegen den Strich, daß auf seine Vorschläge als Wissenschaftler keine Rücksicht genommen werde.

»Es gibt eine Menge Dinge, von denen ich weitaus mehr verstehe als Sie, Kapitän Cook, und alle Ihre Offiziere.«

Der Kapitän sagte: »Scheren Sie sich raus.« Er erhob sich, stützte sich mit den Fäusten auf den Tisch und starrte Georgs Vater an. »Raus! Das ist ein Befehl.«

»Sie haben mir gar nichts …«, sagte Georgs Vater, da stand aber schon Cooper neben ihm, umfaßte seinen Oberarm und zerrte ihn aus dem Stuhl hoch. Der Vater wand sich, hören Sie, lassen Sie, was soll denn das, aber Coopers Griff war hart und seine Augen zu schmalen Schlitzen geworden. Er zog Georgs Vater zur Tür, öffnete sie mit der einen Hand und stieß Forster mit der anderen hinaus. Er ging selbst hinaus und trat nach einigen Sekunden wieder ein.

Georg erfuhr nie, was Cooper zu seinem Vater gesagt hatte. Er hatte diesen Rauswurf vorhergesehen. Er schämte sich, war aber zufrieden, daß er den Vater erneut los war.

»Tut mir leid, Mr. Forster«, sagte Cook.

»Mir auch, Sir«, sagte Georg. Er kniff die Augen zusammen und fügte hinzu: »Es ist recht so.«

Die Männer sahen ihn an. Clerkes Brauen waren höher als je zuvor, und Hodges grinste schief, als könne er sich nicht entscheiden, ob er lachen oder weinen solle.

»Der wird sich von jetzt an benehmen«, sagte Cooper. Cook sah den Soldaten an, er verschränkte die Arme, ließ sie hängen und setzte sich wieder. Dann aßen sie weiter.

7

Im Charlottensund fanden sie die Adventure. Sie schoß Salut, als die Resolution in die Bucht glitt. Furneaux ließ Boote schicken und frischen Fisch als Geschenk überbringen. Cook krauste die Stirn wegen dieses Überschwangs. Georg ahnte, wie sehr sich Furneaux vor einem Treffen mit dem Kapitän fürchtete.

Als die Resolution gegen Abend Ankergrund gefunden hatte und unweit der Adventure mit backgebraßten Rahen zu liegen kam, erschien Furneaux in voller Uniform. Die Uniform war ihm von Beginn der Reise an zu groß gewesen, jetzt hing sie einem Lappen gleich an Furneaux herab. »Sir«, grüßte er, »Sir«, und wieherte die Anrede hervor, daß Hodges mutmaßte, der Kapitän der Adventure habe ein Pferd verspeist.

Beim Abendessen in Cooks Kajüte berichtete Furneaux von seiner Reise, nachdem der Kontakt zur Resolution im Eis abgebrochen war. Er war nach Van Diemens Land gesegelt, hatte aber wegen der Untiefen und Riffs oftmals außer Sichtweite der Küste operieren müssen, hatte Karten gezeichnet und vermutete, daß Van Diemens Land ein Teil Neuhollands sei.

Jedermann in der Runde war klar, daß Cook eine so vage Aussage nicht gelten lassen würde, aber statt darüber zu diskutieren, beglückwünschte Cook Furneaux zu seiner eigenständigen Expedition. Furneaux trommelte mit den Fingerspitzen auf der Tischplatte oder faßte sich an die Lippen, kratzte sich am Ohr, und allein vom Zusehen wurde Georg nervös. Cook gab sich Mühe, Furneaux zu beruhigen, machte aber den Fehler, den Kapitän nach dem Gesundheitszustand der Mannschaft zu fragen. Furneaux meldete schlimme Fälle von Skorbut, dafür könne er nun wirklich nichts. An Bord der Resolution gab es nicht einen ernsthaft kranken Mann mehr, die Skorbutfälle waren in der Dusky Bay kuriert worden.

Cook befahl Dr. Patton für die nächsten Tage auf die Adventure. »Gegen Dämlichkeit bin auch ich machtlos«, sagte Patton. Furneaux kicherte und wurde rot.

An Deck tanzten die Totgeglaubten mit ihren Kameraden. Rum und Bier machten die Runde, und sogar die sonst so zurückhaltenden Seesoldaten lachten mit ihren Leidensgenossen vom Begleitschiff. Wales und Bayley standen am Fockmast und redeten aufeinander ein, tippten sich auf die Brust und schlossen sich in die Arme. Vom Strand her leuchteten Lagerfeuer. Es regnete nicht, war aber kühl, und die schneebedeckten Bergkuppen im Zentrum des Landes verzerrten Georgs Bild vom Pazifik.

Sein Vater erschien an Deck und fragte, ob er gut gegessen habe. Allerdings, sagte Georg, sehr gut. Ihre Blicke trafen sich und blieben aneinander haften, bis beide Männer gleichzeitig zu Boden sahen. Georgs Vater hatte in der Kabine gegessen, prokelte mit dem Zeigefinger im Mund herum und spuckte etwas über die Reling. Georg erzählte von Furneaux' Vermutung, Van Diemens Land sei ein Teil Neuhollands, und hörte zu seinem Erstaunen, daß der Vater Kapitän Cook zustimmte, der das für ein vorschnelles Urteil hielt.

Am nächsten Morgen wurden Expeditionen ins Landesinnere und an der Küste entlang geschickt. Georg besuchte mit seinem Vater, Hodges und einigen Matrosen Bayleys Sternwarte in einem verlassenen Dorf auf einem Felsvorsprung. In den Gräsern rund um die verfallenen Hütten wimmelte es von Mücken. Die

Sonne blieb hinter hohen grauen Wolken, aber es regnete nicht und war sogar warm. Georgs Schulter- und Kniegelenke wurden wieder geschmeidiger. Im weichen Boden oberhalb des Dorfes gruben die Matrosen die Erde um, und Georg säte Kräuter und Gemüse.

»Das ist eine gute Art, Spuren zu hinterlassen«, sagte er. Sie untersuchten den Boden auf Mineralien, nahmen Felsabschürfungen mit, schossen Vögel und fanden Spuren von Eingeborenen: zerbrochene Knochenäxte, Pattu-Pattus genannt, zerschlagene Gefäße, Feuerstellen. Insulaner aber ließen sich weder am Strand noch auf den Felsen oder in den Wäldern sehen. Trotzdem fühlte Georg sich beobachtet, starrte manchmal minutenlang in das Dickicht und versuchte, sich an den Gedanken zu gewöhnen, daß er und seine Kameraden den Menschen hier als Nahrungsmittel erscheinen könnten. Cook hatte während der ersten Reise erfahren, daß die Maori in dieser Gegend Neuseelands zu Kannibalismus neigten. Der Druck des Lederriemens der Muskete beruhigte.

Starker Regen und Blitze, die aus horizontumspannenden Wolken zuckten, trieben sie zu den Booten und zur Resolution zurück. Auch die anderen Boote strebten zu den Schiffen. Vor dem Zeltlager am Strand standen zwei Seesoldaten im Regen.

Am nächsten Tag kamen zwei Kanus auf die Resolution zu. Die fünf Männer darin glichen den Eingeborenen von der Dusky Bay. Cook winkte sie an Bord. Sie kletterten behende die Leiter an der Bordwand empor, traten durch die Fallreepspforte und sahen sich an Deck um. Cook gab ihnen Handzeichen, ihm in die Kajüte zu folgen.

»Mr. Burns, wir haben Gäste«, teilte er dem schattenhaftenSteward mit. Er werde einige Gedecke mehr auflegen, sagte Burns.

Cook befahl Gibson in die Kajüte. Aber die Insulaner waren am Essen, nicht an Konversation interessiert. Sie verspeisten die

Enten, spuckten den Wein in heftigen Schwällen auf den Kajütenboden und entschwanden ins Unterdeck, wo gerösteter Fisch duftete. Wie alte Kameraden setzten sie sich zwischen die Seeleute an die lange Tafel, aßen und grinsten, griffen zu und schüttelten den Kopf, wenn ihnen Wein angeboten wurde. Einer öffnete einen Hühnerkäfig, zerrte das gackernde Tier heraus, drehte ihm den Hals um und schmiß es auf den Tisch. Wahrscheinlich würde man als schwimmende Taverne in die Annalen dieser Leute eingehen, sagte Hodges.

»Wir wissen so wenig über diese Menschen«, entgegnete Georg.

»Wenn ich mir die so ansehe, gibt's da nicht viel zu wissen«, sagte Pickersgill.

Satt und zufrieden nahmen die Eingeborenen Beile und Nägel als Geschenke mit, kletterten in ihre Kanus und ruderten an Land zurück. Das sei ein wenig ergiebiger Besuch gewesen, sagte Hodges.

»Diese Leute kommen morgen wieder, verlassen Sie sich darauf. Aber dann kommen sie nicht allein, nicht ohne Frauen, Mr. Hodges«, sagte Cook. In Georg zuckte etwas. Er sah die Kanus hinter einem Felsen verschwinden.

Die Eingeborenen erschienen jetzt allmorgendlich in einer Flotte Kanus. Georg sah die Boote auf die Resolution zukommen und versuchte sich auszumalen, was er empfinden würde, wenn eines Tages ein Schiff vor Englands Küste läge, das hundertmal größer war als jeder britische Dreidecker.

»Wir Europäer haben nicht viel Vertrauen zu Fremden«, sagte er zu Hodges.

Die Insulaner handelten Fisch und Fleisch gegen Beile, Spiegel, Tauwerk und Kleider. Ihre Frauen waren breitgesichtig und hatten starke Zähne, zwischen denen sie Läuse aus ihren Haaren knackten. Georg gefielen die Frauen nicht, und schon gar nicht die, die den Männern gleich im Gesicht tätowiert waren. Die Wölbung ihrer Brüste unter den Hanfkleidern reizte ihn nicht, und die Schenkel ließen ihn kalt, zog sich auch das Gewand der Frauen bis zur Scham hinauf, wenn sie aus dem Kanu kletterten und durch die Pforte an Bord der Resolution kamen. In die Gesichter der Seeleute fraß sich ein Grinsen. Jetzt beruhigte es Georg, unerfahren zu sein, denn die Mienen der Matrosen erinnerten eher an die trübe kauenden Häupter von Kühen, die für Georg ein Sinnbild der Dumpfheit waren, als an Menschen von Würde und Sinneslust. Der Regen verhinderte Orgien an Deck.

Was so ein Regenguß doch Gutes tun könne, sagte Cook. »Unter Deck regnet es nicht, Sir«, sagte Clerke, und Cook grunzte.

In der Tat herrschte reges Treiben an Bord. Seemänner boten den Insulanern Jacken und Hemden und betrachteten gierig die Frauen, die sie mitgebracht hatten. Nickte der Mann und nahm die Sachen entgegen, griff der Matrose nach der Hand der Frau und verschwand mit ihr im Niedergang oder in einem der Beiboote, die wegen des Regens mit Segeltuch abgedeckt waren. Es war ein Geschäft, nicht anders als in Covent Garden in London. Es war den Männern das letzte Hemd wert.

Ein junges Mädchen, dessen Begleiter ein Seemann gerade eine blaue Tuchjacke überreicht hatte, begann zu kreischen und sich zu winden, als der Seemann nach ihrem Unterarm griff. Sie stemmte sich von der Brust des Mannes ab und trampelte auf die Decksplanken. Der Seemann ließ sie los und schnauzte den Insulaner an. Der schlug der Frau mit der flachen Hand ins Gesicht. Sie taumelte in die Arme des Engländers, riß sich aber gleich wieder los und schlug ihren Begleiter mit voller Wucht und kleiner Faust auf den Mund.

Die Lippen platzten. Plötzlich war es still an Bord, jede Bewegung erstarrte, jedes Gespräch erstarb, und alle Augen sahen auf den Insulaner, der die Rechte vor den Mund gehoben hatte und in der Linken die blaue Jacke hielt. Im Moment dieses Schweigens wurde Georg klar, daß wahrscheinlich nie zuvor ein Engländer gesehen hatte, daß eine Frau einen Mann schlug, und schon gar nicht mit der Faust auf den Mund. Georg spürte, daß sich ein Lächeln in sein Gesicht zeichnete. Der Matrose, der um die Frau gefeilscht hatte, stand offenen Mundes vor seinem Verhandlungspartner, von dessen Kinn Blut auf die regennassen Decksplanken tropfte.

»Mr. Wilson!« rief Clerke warnend vom Achterdeck. Der Matrose nahm seine Jacke zurück und verschwand unter Deck. Der Insulaner winkte einige Kameraden zu sich und kletterte mit der Frau ins Kanu hinunter. Georg pfiff leise durch die Zähne. Daß er die Frauen für häßlich hielt, war Resultat seines Ästhetikempfindens, und das wäre ein anderes gewesen, wäre er hier zur Welt gekommen. Das Selbstbewußtsein dieser Frau aber beeindruckte ihn. Hätte er zeichnen können wie Hodges, dann hätte er diese Szene festgehalten, die kleine Faust im Gesicht des Mannes, das Blut und die staunenden englischen Seefahrer. Wenn er sich, irgendwann zurück in England, eine Frau suchen würde, dann mußte sie selbstbewußt sein und stark.

Sein Vater diktierte, daß lediglich die unverheirateten Frauen der Lust der Seemänner hingegeben würden, die Verheirateten unterlagen anscheinend einem ähnlichen Ehrenkodex wie europäische Frauen. Das Benehmen der Seeleute sei in diesen Belangen würdelos.

Georg nahm dem Vater die Empörung nicht ab. Georgs Erfahrungen mit der Sexualität einer Frau bestanden darin, daß er seine Mutter hatte schreien hören. Diese zurückhaltende und fürsorgliche Frau, wie hatte sie hinter der dünnen Wand zum Elternzimmer gestöhnt und geschrien. Und sein Vater, der mürrische, großspurige Kerl, welch ein Protz mußte der sein? Georg erinnerte sich, daß er seine Eltern beinahe jede Nacht gehört hatte, und die Stimmung am Frühstückstisch war stets gut gewesen, bis den Vater die Besorgnisse des Tages übellaunig machten.

Er dachte an die Männer der Resolution, die mit Panik in den Augen eine Frau erhandelten, um in Sekundeneile im nächstbesten, halbwegs geschützten Winkel des Schiffes ihr sexuelles Geschäft zu verrichten, als handele es sich um eine Art Durchfall. Männer wie Clerke beherrschten sich, weil sie sich den Respekt der Mannschaft erhalten mußten, um die Disziplin nicht zu gefährden. Aber auch den Offizieren schien es schwerzufallen, ihrer Lust Herr zu werden, sie versuchten zwar streng und disziplinheischend wie immer dreinzuschauen, bissen sich aber auf die Lippen oder kratzten sich am Haaransatz, wenn halbnackte Frauen über das Deck rannten.

Die einzigen, die kein Interesse an dem Spektakel hatten, schienen der Astronom Wales und Kapitän Cook zu sein. Hodges wiederum machte den ganzen Tag Witze, zählte, wieviel Seemänner so eine Insulanerin in zwei Stunden kaputtkriegte, und beteuerte, daß sein Interesse an all dem rein künstlerischer Natur sei. Dr. Patton, der ab und zu vom Lazarett auf der Adventure auf die Resolution kam, um Medizin abzuholen und sich seine Rumration in Stöpselflaschen abzufüllen, schüttelte den Kopf und fuhr auf offenem Deck einen Matrosen an, ob er überhaupt wisse, welch herrliche Pilze er da unter seiner Vorhaut züchte.

»Sir, ich weiß nur, daß ich sonst Fäden pisse. Mein Urin ist vor lauter Samen so dick, daß wir damit kalfatern können. Das ist sicher auch nicht gesund, Sir«, konterte der Matrose.

Mit Worten, die unantastbar sein sollten, erzürnte Georgs Vater sich über die barbarischen Auswüchse der Sexualität, kratzte sich dabei zwischen den Beinen, und Georg glaubte ihm keines der diktierten Worte. Während sein Vater räsonnierte und Georg schrieb und während hinter dem offenen Fenster der Regen auf das Wasser prasselte, stellte der junge Forster sich seine Zeugung vor, die ihn in neunmonatiger Konsequenz in die Welt und schließlich hierher in den Stillen Ozean gebracht hatte. Er sah zum Vater auf, der mit verschränkten Armen am Fenster stand und hinausguckte und dachte an die Mutter in England. Ihr Bild blieb matt und verzerrt, war der Schatten einer Frau auf einem dickbeinigen Küchenstuhl.

Am Abend ging Georg an Deck spazieren. An der Bordwand der Resolution dümpelte ein Kanu, in dessen Mitte ein Eingeborener mit hängendem Kopf saß. Im schwindenden Licht erkannte Georg Beile, Tuch und einige Flaschen in den Booten. Der Handel ging weiter.

Mit einer Tasse Branntwein in der Hand setzte er sich auf ein Buggeschütz. Durch die Decksplanken hörte er das Wehklagen von Frauen, die gegen eine Handvoll Eisenzeug eingetauscht worden waren, und aus einem abgedeckten Beiboot drang das unterdrückte Stöhnen eines Mannes und einer Frau. Aus dem Niedergang erschien eine Insulanerin und kletterte in das Kanu hinab. Das Gespräch der Wachtposten erstarb, als die Frau über die Bordwand kletterte.

Das tiefe und das hohe Stöhnen verstummten, und das Segeltuch über dem Beiboot hob sich. Ein Matrose kletterte über das Dollbord und sprang barfüßig an Deck. Er stopfte sich das Hemd in die Hose, als er an Georg vorbeikam. Ob er auch mal wolle? Sei ein verdammt enges Stück.

Georg sah dem Mann und der Äußerung hinterher, dann blickte er auf das Boot. Er stand auf, sah sich um und schlenderte quer über das Vordeck. Er trank vom Branntwein und sah unter die Leinwand. Die Frau hatte ihm den Rücken zugewandt, weinte und hatte die Hände in den Schoß gepreßt. Ihr Rücken zuckte. Sie hörte Georgs Atem, erstarrte und richtete sich auf, bis ihr Kopf an das Segeltuch stieß. Sie sah ihn an. Ihre Augen waren schwarz und naß. Angst, Schmerz und Widerwillen waren in den Augen. Georg wich zurück. Die Frau drehte sich um, legte die Hände unter die Brüste und strich sich mit den Daumen über die Brustwarzen. Georg sah kurz hin, wandte sich ab und ging weg, ging zum Achterdeck, wo Cooper und Pickersgill sich unterhielten und grüßten.

Georg hatte sich Notizzettel auf Taschengröße zurechtgeschnitten, nahm einen der Zettel und schrieb: »Es ist Unglücks genug, daß alle unsre Entdeckungen so viel unschuldige Menschen haben das Leben kosten müssen. So aber besorge ich leyder, daß unsre Bekanntschaft den Einwohnern der Süd-See durchaus nachtheilig gewesen ist; und ich bin der Meinung, daß gerade diejenigen Völkerschaften am besten weggekommen sind, die sich immer von uns entfernt gehalten und aus Besorgniß und Mistrauen Unserm Seevolk nie erlaubt haben, zu bekannt und zu vertraut mit ihnen zu werden.« Er steckte den Zettel ein und trank den Branntwein aus.

Am nächsten Tag erlebte Georg, daß Cook zum zweitenmal die Nerven verlor. Er begann an Clerkes Worten über Cooks Besonnenheit zu zweifeln. Eine Gruppe bis dahin unbekannter Insulaner war an Bord gekommen und in der Kapitänskajüte bewirtet worden. Hodges porträtierte die Männer. Die Insulaner steckten sich das Tafelsilber unter die Bänder, die ihre Kleider zusammenhielten, sie hingen sich Blechtassen an den Henkeln um die Finger und grapschten nach Burns' Taschenuhr. Clerke erklärte ihnen, daß all diese Dinge an Bord bleiben müssen, wies auf die Gabeln und Tassen und zeigte dann mit beiden Zeigefingern auf die Bodenplanken der Kapitänskajüte. Kichernd zogen die Männer das Besteck hervor und ließen es auf den Tisch klirren. Die Insulaner verließen die Kajüte, trennten sich und liefen unter Deck umher, lachten die Matrosen an, traten nach den Hühnern und griffen nach Tellern und Jacken, und einer klemmte sich eine Sanduhr unter den Arm und erschien damit bei seinen Kameraden an Deck. Cook aber hatte die anderen an der Luke abgefangen und brüllte sie an, die »gottverdammten Bastarde«, das hier, das sei sein Schiff und nichts und wieder nichts, nicht ein einziger Nagel verlasse dieses Schiff seiner Majestät, ohne daß er das befohlen habe.

Cooper war sofort mit einigen Seesoldaten beim Kapitän. Er solle den Insulanern das Diebesgut abnehmen lassen, befahl Cook. Cooper nickte seinen Uniformierten zu, und die entwanden den Insulanern Teller und Jacken. Der Mann mit der Sanduhr preßte seine Beute an die Brust und krümmte sich. Georg erschrak, als Cooper den Säbel zog und Cook das weder verhinderte, noch ein Wort dazu sagte. Der Eingeborene ließ die Sanduhr fallen. Ein Seesoldat sprang mit ausgestreckten Armen vor, flog, landete hart auf Deck, fing die Sanduhr aber auf, bevor sie zerschellte. »Ha«, sagte er.

»Runter von meinem Schiff!« schrie Cook. Die Röte in seinem Gesicht verriet ihn. Cooper und seine Männer drängten die jetzt stillen und ernst dreinschauenden Männer zur Pforte und die Leiter hinab. Von den Booten aus drohten die Männer mit den Fäusten und schrien. Cooper lächelte und schob den Säbel in die Scheide zurück, bis der Griff anschlug.

»Vertrauen Sie nie einem Mann, der sich immer zu beherrschen scheint«, sagte Hodges leise zu Georg.

Georgs Vater redete auf Cook ein und aß von diesem Tag an wieder an der Gemeinschaftstafel. »Diese Insulaner hat er wirklich im Griff, das muß man ihm lassen«, sagte er zu Georg, laut genug, daß die Umstehenden ihn verstehen konnten.

»Anderen Völkern muß man ein anderes Verhältnis zum Eigentum zugestehen, als wir es haben«, sagte Georg.

»Die Fremden haben uns so zu respektieren wie wir sie. Wer hier an Bord stiehlt, wird bestraft«, sagte Cook.

»Georg hat recht«, sagte Hodges. »Unsere Eigentumsphilosophie wird zu großen Unruhen in unserer Kultur führen.«

»Wir reden hier nicht über Abstrakta, Mister«, sagte Cook. »Wir reden über das tägliche Leben englischer Seemänner. Sollen wir mit einem Schiff zurückkehren, an dessen Großmast gerade noch ein Bramsegel hängt, weil der Rest gestohlen worden ist? Es wird nicht gestohlen, nichts und von niemandem. Und jetzt Schluß mit diesem müßigen Gerede. Es werden weiterhin Kartoffeln, Erbsen, Bohnen und Korn ausgesät, und zwar in Long Eyland, auf dem Hippah Felsen, auf Motu Aro und an Ship Cove. Kümmern Sie sich darum, Gentlemen, wir haben zu arbeiten und zu kultivieren, nicht zu reden.«

Reden sei Kultur, Sprache sei das höchste Kulturgut, wollte Georg sagen, aber er ließ es und ärgerte sich Sekunden später über die Unterlassung.

Das Säen von Nutzpflanzen befriedigte Georg. Samenkörner in kleine Löcher zu stecken und mit Erde abzudecken war eine ebenso einfache wie geniale Angelegenheit. Der Vater, Georg und einige Matrosen trugen die Samen in Leinenbeuteln bei sich. Der Vater zeichnete die Aussaatstellen in die Landkarten ein und schrieb das Datum dazu. Ein Paradies könne man aus dieser Schlechtwetter-Gegend wohl nicht machen, sagte er, aber immerhin.

Georg hockte am Boden und setzte Bohnen. Er sah zu seinem Vater auf und dachte, daß es eine gute Idee sei: Paradiese machen. Wo kein Paradies war, durch Arbeit und Willen ein Paradies schaffen. Er hängte sich die Muskete über die Schulter, nahm einem Matrosen zwei Säcke mit Samen ab und folgte dem Vater, der, eine Karte in der Hand, einen Hügel anging. Georg spuckte Schleim aus, der blutdurchsetzt auf einen Fels klatschte. Der Matrose hinter ihm bückte sich nach dem Auswurf und sah zu Georg hoch, der rote Ohren bekommen hatte, wegen der nicht für andere Augen bestimmten Intimität, die langsam am Felsen hinabglitt.

»Sie müssen Dr. Patton aufsuchen, Sir«, sagte der Mann. »Sie sind krank.«

»Krank sind wir alle«, sagte Georg. Er fühlte sich nach dieser Aussage ungeheuer erwachsen und folgte dem Vater.

Die Arbeit war getan. Pflanzen und Tiere waren ausgesetzt, Karten gezeichnet, Eingeborene porträtiert, Sternbilder vermessen worden. Die Schiffe waren fast wieder im perfekten Zustand ihrer Abfahrt von England, die Krankheiten auf der Adventure hatte Dr. Patton soweit niedergekämpft, daß keine Lebensgefahr mehr bestand, und plötzlich hörte Georg überall an Deck und in den Booten wieder das Wort Tahiti. Es ging auf nach Tahiti. Die Frauen, die Sonne, die reichen Gärten. Tahiti war über dem Schiff. Es hörte auf zu regnen.

Es scheine nicht jedermann klar zu sein, daß sie nicht schnurstracks nach Tahiti segelten und sich dort in die Sonne legen würden, sagte Cook.

»Solange am Ende der nächsten Etappe Tahiti steht, können wir die Resolution überallhin steuern«, sagte Clerke.

Tahiti war das Zauberwort. Dabei wäre ein unentdecktes Eiland viel eher geeignet gewesen, Ufer individueller Träume zu sein, dachte Georg. Aber Tahiti war das Häufchen Erde, war das winzige bißchen Wirklichkeit für die Sehnsüchte.

8

Zum ersten Mal seit der Ankunft der Resolution im Charlottensund schien mehrere Tage die Sonne, dafür aber flaute der Wind ab, und die Segel hingen träge von den Rahen herab. Die Natur verspottete die Schiffe. Ein Schiff in einer Flaute erschien Georg so erbärmlich wie ein Tölpel mit gebrochenen Flügeln.

Georg zeichnete die neuseeländische Flachspflanze Phorncium tenax linnaei: er zeichnete ihre langen, gewundenen Blätter und achtete darauf, die Schatten gleichmäßig auf die linke Seite der Blätter zu schraffieren. Er zeichnete einen Ast mit Blüten schräg über die Blätter, um der Zeichnung Beweglichkeit zu geben.

Linnés Formulierung, daß die Blume das Vergnügen der Pflanzen sei, kam ihm in den Sinn, und er ärgerte sich, daß dieser Satz nicht aus seiner Feder stammte. Er wollte Sätze schreiben, über die andere sich später ärgern würden, und das konnte ihm nicht gelingen, wenn er der Sekretär seines Vaters blieb. Also schnitt er sich wieder Jackentaschenzettel zurecht und knotete ein Band um sein großformatiges, dickes Tagebuch.

Er zeichnete die Äxte der Eingeborenen und Kriegstrompeten nebeneinander, ein papierener Schaukasten für alle, die nie hierherkommen würden. Er legte die Blätter zwischen die entsprechenden Seiten der Reisenotizen und traf Hodges an Deck. Der Maler war dabei, seine Porträts zu betrachten.

»Immerhin haben Sie den Leuten keine Lorbeerkränze aufgesetzt«, sagte Georg.

»Freiheit ist nicht nur ein Wort«, sagte Hodges.

»Wirklichkeit auch nicht«, sagte Georg. »Nacktheit noch viel weniger.«

Am nächsten Morgen kam Wind auf. Sie lichteten die Anker. Die Schiffe stießen in den Stillen Ozean vor.

»Hu«, sagte Wales und faltete die Hände. »Dieses Meer ist größer als alles Land der Welt.«

»Niedlicher kleiner Mann«, flüsterte Hodges.

Regen vermischte Meer und Himmel. Verwöhnt vom frischen Geflügel und Fisch Neuseelands, versuchten die Reisenden es mit Hundefleisch und es schmeckte nicht schlecht. Als die neuseeländische Hündin fünf Junge warf, fraß der Rüde zwei davon, als habe er gleich den Menschen Geschmack an Hundefleisch gefunden. Auf der Adventure wurden die Skorbutfälle, die Dr. Patton bekämpft hatte, wieder schlimmer. Die steigenden Temperaturen beschleunigten den Fäulnisprozeß. »Dreimastsarg«, sagte Patton.

Georg stand am Bug und spähte durchs Fernrohr. Er entdeckte einen Vogelschwarm knapp über der Kimm. Es schienen Hunderte schwarze Vögel zu sein, die auf gleicher Höhe über das Wasser zogen und streng Formation hielten. Er schlang einen Arm durch die Wanten des Fockmastes und versuchte den kleinen runden Ausschnitt sicherer im Blick zu behalten. Der Mann im Vortopp meldete Land backbord voraus. Georg hörte Pickersgill Befehle zum Anbrassen geben und spürte, daß die Resolution sich weiter über den Kiel neigte. Gischt spritzte ihm ins Gesicht. Er wußte die durch das Ramsden-Fernrohr geschrumpfte Entfernung nicht einzuschätzen, es schien ihm aber, als stünde der Vogelschwarm beinahe still über dem Meer, einem Falken gleich, der einer Maus auflauert.

»Es ist eine Insel, Sir, ziemlich klein und flach«, meldete der Toppgast. Georg setzte das Glas ab und sah in den Fockmast. Über dem Mast schwebte ein Fregattvogel. Georg blickte über die Reling und sah Schwärme kleiner Fische, die silbern aufleuchteten, wenn sie an die Oberfläche kamen. Er nahm das Fernrohr wieder vors Auge und spähte belustigt nach dem Vogelschwarm. Der war mittlerweile grün und stand immer noch an derselben Stelle zappelnd in der hellblauen Luft: Es waren die Kronen von Kokospalmen, die wehten und deren dünne hellgraue Stämme aus der Entfernung und vor dem sonnigen Hintergrund nicht zu erkennen gewesen waren.

Die Insel lag 17 Grad 24 Minuten südlicher Breite und 141 Grad 39 Minuten westlicher Länge und wurde nach dem Schiff Resolution-Eiland genannt. Georg notierte die Täuschung durch die Palmen. Er erzählte dem Vater davon. Ja und? Das sei doch völlig belanglos. »Das war einer meiner glücklichsten Momente«, sagte Georg.

»Eine Täuschung?«

»Ja«, sagte Georg, »eine Täuschung.«

Die Expedition entdeckte zwei weitere kleine Inseln, sie wurden Furneaux- und Adventure-Eiland genannt. Die Schiffe fuhren nach Norden. Es wurde von Tag zu Tag wärmer und die letzten Winterjacken und Mützen verschwanden. Hängematten, Unterzeug, Papierstöße und Schießpulver wurden an Deck gebracht, ausgelüftet und getrocknet, und überall hörte Georg, jetzt dauere es nicht mehr lange, bis man Tahiti sichte.

Die Gespräche in Cooks Kajüte lebten wieder auf. Cooper knallte einmal vor lauter Wohlgefallen an der nicht mehr weit unter dem Horizont liegenden Insel den Bierkrug auf den Tisch und rülpste, als sei er allein. Alle lachten, selbst Cook hinter vorgehaltener Hand lachte über die Unkontrolliertheit. Er bat Burns, eine Flasche Wein aufzumachen, und ließ auf die bisherige gute Arbeit trinken.

Furneaux erschien zum Abendessen. Er berichtete, daß die Krankheiten auf seinem Schiff einer Wellenlinie zu folgen schienen und jetzt zurückgingen und einige der bis vor wenigen Tagen noch Befallenen bereits wieder Dienst täten. Die Sonne schien von morgens bis abends, nachdem die Schiffe den südlichen Wendekreis überquert hatten, der Passat wehte, und die Nächte waren lau.

»Vielleicht werde ich dort bleiben«, sagte Hodges zu Georg. »Ich denke, dort wird es genug Platz für meine Träume geben.«

»Tahiti ist Ihren Träumen nicht verpflichtet. Mißbrauchen Sie die Inseln nicht.«

»Künstler mißbrauchen immer«, sagte Hodges.

Am Morgen des 15. August 1773 sichtete der Posten im Großtopp Tahiti.

»Ein Morgen war's, schöner hat ihn schwerlich je ein Dichter beschrieben, an welchem wir die Insel O-Tahiti 2 Meilen vor uns sahen«, schrieb Georg seitlich an die Reling gelehnt. »Der Ostwind, unser bisheriger Begleiter, hatte sich gelegt; ein vom Lande wehendes Lüftchen führte uns die erfrischensten und herrlichsten Wohlgerüche entgegen und kräuselte die Fläche der See. Waldgekrönte Berge erhoben ihre stolzen Gipfel in mancherlei majestätischen Gestalten und glühten bereits im ersten Morgenstrahl der Sonne. Unterhalb dessen erblickte das Auge Reihen von niedrigen, sanft abhängenden Hügeln, die dem Berg gleich, mit Waldung bedeckt, und mit verschiedenem anmutigem Grün und herbstlichem Braun schattiert waren. Vor diesen her lag die Ebene, von tragbaren Brodfrucht-Bäumen und unzählbaren Palmen beschattet, deren königliche Wipfel weit über jene emporragten. Noch erschien alles in tiefstem Schlaf, kaum tagte der

Morgen und stille Schatten schwebten hoch auf der Landschaft dahin. Allmählich aber konnte man unter den Bäumen eine Menge Häuser und Canots unterscheiden, die auf den sandichten Strand heraufgezogen waren. Eine halbe Meile vom Ufer lief eine Reihe niedriger Klippen parallel mit dem Lande hin, über diesen brach sich die See in schäumender Brandung; hinter ihnen aber war das Wasser spiegelglatt und versprach den sichersten Ankerplatz. Nunmehro fing die Sonne an die Ebenen zu beleuchten. Die Einwohner erwachten, und die Aussicht begann zu leben.«

Georg faltete den Notizzettel zusammen und steckte ihn sich unters Hemd.

»Eigentlich müßte die Kiste kentern«, sagte Hodges. Der Maler stand neben Georg im Gedränge an der Reling. Bis auf die Diensttuenden waren alle Mann versammelt und beugten sich Schulter an Schulter über das Wasser. Hunderte Arme und Zeigefinger wiesen auf die Insel. Die Spannung der letzten Tage zerriß in einem kollektiven Ausatmen. Cook und Clerke standen auf dem Achterdeck, beide mit verschränkten Armen, beide lächelnd. Jetzt schlage der Wissenschaft eine große Stunde, sagte Georgs Vater. Und der Kunst, sagte Hodges. Und noch so einigen Dingen.

Georg hatte aufgehört zu erwarten. Er wollte jetzt dorthin, dort den Strand betreten, dort atmen, dort sehen. Er wollte alles mit sich machen lassen, was Tahiti mit ihm machen wollte.

Die große Stunde der Wissenschaft würde es nicht, dachte er, während das Schiff auf die Insel zuglitt und das Wasser an der Bordwand rauschte. Tahiti war eine Zwischenstation. Nahrung, Wasser, Heilkräuter sollten an Bord genommen und die Kranken endgültig geheilt werden. Cook wollte alte Bekannte besuchen und möglichen Entwicklungen in der Herrschaftsstruktur der Tahitianer nachgehen. Tahiti war entdeckt und erforscht.

»Worte, Worte, Worte«, sagte Georg. »Wir segeln auf Tahiti zu, und mir kommen Bücher und Daten in den Sinn. Wallis 67, Bougainville 68, Cook 69. Tahiti ist detailliert in die Karten eingetragen. Der Venusdurchgang wurde hier gemessen. Ich muß meinen Kopf entrümpeln.«

»Natürlich ist Tahiti nichts Neues«, sagte Hodges. »Aber es ist ein Mythos, und Mythen werden nicht durch Grenzen festgesetzt. Wie war das doch gleich bei Shakespeare? Ich will beleibte Männer um mich haben. Dieser ... Dingens da scheint mir begehrlich, er denkt zuviel, diese Männer sind gefährlich. Wahrscheinlich tut man gut daran, ab und zu nicht zu denken.«

9

Georg hatte versucht, seine Vorstellungen und Erwartungen an Tahiti niederzukämpfen, aber es gelang ihm erst jetzt, da aus dem Abstraktum eine Insel wurde. Erwartungen waren geistige Kolonisierungen. Er wollte lernen, sie abzustellen. Er wollte Kultur und Bildung und das Abendland über Bord kippen, er wollte jetzt auf die Insel, wollte sich dort nackt auf den Boden werfen und fühlen und schmecken und hören. Und sehen.

Vom Strand stießen Kanus ins Wasser und wurden mit spitzen Rudern und pfeilschnell, wie es Georg schien, durch die Öffnung im Riff gesteuert. Cook hatte beidrehen lassen. Er wollte den Besuch der Tahitianer abwarten, bevor er Edgecumb die Fahrrinne in den Naturhafen ausloten ließ.

»Tayo! Tayo!« riefen die Männer in den Kanus. Georg sah sie lachen. Es waren schlanke, muskulöse Männer mit Tätowierungen auf Brust und Armen.

»Tayo!« schrien hundert Stimmen zurück. »Tayo.« Ein Wald von Armen winkte die Boote heran. Die Kanus versammelten sich am Heck der Resolution. Ein Insulaner reichte Cook eine Pisangpflanze hoch.

»Ein Friedenszeichen der Tahitianer«, erklärte Cook und ließ Korporal Gibson die Pflanze an den Wanten des Großmastes vertäuen. Die Pisang im Tauwerk war das Zeichen für die anderen Insulaner. Dutzende Kanus wurden ins Wasser geschoben, und nach wenigen Minuten waren die Resolution und die Adventure von schwimmenden Märkten umgeben. Durch jede Stückpforte, durch jedes Fenster und vor allem über die Reling wurden Brotfrüchte, Kokosnüsse, Pisang und frische Fische getauscht gegen Korallenketten, Nägel, Werkzeug und Kleider.

Georg lief in die Kammer hinab, um für einige Augenblicke allein zu sein, durchzuatmen und sich zu sammeln. Er öffnete das Fenster. Das Gesicht eines Tahitianers füllte die Öffnung aus. »Tayo«, sagte Georg und lächelte.

Der Mann sagte etwas und streckte mit hochgezogener Schulter den rechten Arm in die Kabine. Er hielt einen rosafarbenen Fisch in der Hand, machte die Augen groß und nickte. Georg nahm den Fisch. Er legte ihn aufs Schreibpult und putzte an den Hosenbeinen den Schleim von den Händen. Die leere Hand des Mannes wies auf Georgs Pflanzenzeichnungen, die an die Kabinenwand geheftet waren.

Georg löste die Zeichnung vom Neuseeland-Flachs von der Wand und reichte sie dem Mann, dessen Kopf im Fenster durch ein Wellental halbiert worden war und jetzt wieder hochkam. Der Mann lachte und verschwand mit der Zeichnung nach unten.

Georg streckte den Kopf so weit wie möglich aus dem Fenster. Aus jeder Öffnung der Resolution ragte eine Hand hervor, Insulaner sprangen von Kanu zu Kanu, taumelten mit ausgebreiteten Armen, ohne je in die Wasserspalten zwischen den Booten zu stürzen. Ein ideales Geschäft, dachte er, Nahrung gegen Papier, ein Fisch gegen eine meiner Zeichnungen.

Er sah Frauen mit langen schwarzen Haaren in den Booten stehen. Sie waren braun, mittelgroß und lächelten. Sie waren anmutig in ihren Überwürfen und wenn sie den Kopf zur Seite neigten, um die verwehten Haare zu packen und auf den Rücken zu streichen. Sie waren keine Fremdkörper in der Natur, so wie er und das Schiff. Die Frauen waren aus Wasser,

Sonne und Palmen geboren. Sein Herz raste. Ein Kanu glitt an seinem Fenster vorbei, und für Sekunden war das Gesicht einer Frau nur Zentimeter von seinem entfernt. Schwarze Augen, gerader Nasenrücken, Schultern mit Sonnenglanz darauf, fremde Welt. »Mein Gott«, sagte er und sah der Frau hinterher. Es berührte ihn eigentümlich, daß die Frau dick war und ihr weicher Bauch weit mehr vorstand als ihre Brüste. Er wickelte den Fisch in einen Papierbogen und lief an Deck.

Es wimmelte von Menschen. Ratlos standen nur die Seesoldaten an den Niedergängen und bekamen rote Wangen, wenn eine Tahitianerin am Uniformstoff zupfte oder versuchte, einen der goldenen Knöpfe abzudrehen. Kokosnüsse rollten über die Planken, Saft ausgedrückter Früchte klebte, und Georg roch die Erde und die Pflanzen Tahitis. Hodges, Clerke, der Vater und Pickersgill standen auf dem Achterdeck. Sie lachten, einige hatten Pisangzweige im Gürtel, Hodges hatte eine Kette grellfarbener Blüten um den Hals und rote Blüten hinter den Ohren.

Die seien tatsächlich alle unbewaffnet, stellte Pickersgill fest. »Es würde nur wenige Tage dauern, diese Insel zu erobern. Dann wäre sie unser. Unser Tahiti. Teufel auch.« Georg fragte sich, wie ein Mann jetzt und hier auf solch eine Idee kommen konnte. Die Vorstellungen Pickersgills erschienen ihm so dumm, daß er nicht darüber streiten wollte. Clerke räusperte sich und machte ein Doppelkinn, Hodges schüttelte den Kopf, und Georgs Vater krauste die Stirn, als habe er nicht richtig gehört.

Eine junge Frau griff nach Georgs Händen und hielt sie in den ihren. Sie sagte etwas. Jedes Wort endete auf einem Vokal. Sie lächelte. Georg wurde rot. Die Frau rieb seine Hände und sah die helle Haut an, sie trat näher und öffnete die oberen Knöpfe seines Hemdes und streichelte seine Brust. Georg stand stocksteif. Aus den Augenwinkeln sah er Pickersgill und Hodges gebogen vor Lachen und Clerke mit ungeheuer hochgezogenen Brauen. Der Vater sagte nur Jaja, und das Mädchen sagte wieder etwas zu Georg. In seiner Aufregung hatte er alle Vokabeln vergessen, die Wallis und Cook auf Tahiti gesammelt hatten.

»Sie hat nach Ihrem Namen gefragt«, sagte Clerke.

»Georg.«

Die Frau sah ihn an. Ihr fragender Blick war ihm so bekannt wie jeder fragende Blick, leicht gehobene Brauen, Stirnrunzeln und ein winziges Zurücknehmen des Kopfes.

»Georg«, wiederholte er.

»Teori?«

»Georg.«

»Teori. Ah, Teori.« Sie tippte sich zwischen die Brüste. »Maroya.« Sie schloß ihn in die Arme, küßte ihn auf die Wange und lief zum Hauptdeck zurück.

Hodges reichte ihm die Hand.

»Oreo«, stellte er sich vor.

»Teori«, sagte Georg.

»Matara«, sagte der Vater und reichte Georg die Hand.

»Teori.«

Georg wies auf Hodges und sagte »Oreo«, sah Hodges an, wies auf den Vater und sagte »Matara«, und Hodges und der Vater schüttelten sich die Hand.

Vor der Nacht in der Dusky Bay hatte Georg nie die nackten Brüste einer Frau gesehen. Was in seiner europäischen Welt verborgen blieb, war hier Natur und nackt und feucht von Schweiß und Wasser. Die meisten Frauen trugen Lendenschurze, nur wenige hatten ihre Überwürfe an den Schultern verknotet. Später fragte er sich, ob er albern ausgesehen habe, als er mit stierenden Augen all die Brüste angeglotzt und vielleicht gar den Mund offen gehabt hatte. Die englischen Männer um ihn herum waren ebenso getroffen und guckten blöde. Entspannt waren nur die Tahitianer. Georg wußte nicht, ob sie die Blicke der Engländer deuten konnten, ob sie verstanden, was dieser für sie so alltägliche Anblick halbnackter Frauen für die Fremden bedeutete.

Nichts war so schön wie eine Frau, das wurde Georg mit einem Windhauch klar. Nichts, kein Buch, kein Bild, kein Wissen. Alles versank im Anblick der Weiblichkeit, versank, wenn ein Kopf gedreht wurde und ein Wangenknochen Schatten warf, wenn eine schwarze Braue gehoben wurde oder Wasser von einer Brust tropfte. Georg wußte jetzt, daß Männer immer verlieren würden gegen Frauen, daß Männer die Tinte und Frauen die Federführerinnen waren.

Mitten in Lärm und Getümmel ging ein Stoß durch die Resolution, der Holz krachen ließ. Von einer Sekunde auf die andere war keine englische Stimme mehr zu hören. Männer erstarrten, Früchte, die aufgefangen werden sollten, flogen gegen die Masten oder zerplatzten auf den Planken. Cook erschien aus der Kajüte, wo er mit einem Vasallen geredet hatte. Dann ging alles sehr schnell, Clerke und Pickersgill brüllten Befehle, zwei Boote wurden weggefiert und mit Zugankern beladen. Cook starrte über die Bordwand und schlug mit der Faust auf die Reling. Die Resolution war von der Strömung auf das Riff gedrückt worden.

»Kein Wassereinbruch, Sir«, schrie jemand aus dem Unterdeck.

»Signal an die Adventure, Warnung und fertigmachen zum Schleppen.«

Von den Booten winkte Edgecumb mit dem Hut, daß er Grund für die Schleppanker gefunden habe. Cook winkte zurück. Georg befürchtete, daß die Boote kentern würden, so weit neigten sie sich, als die Anker über das Dollbord gehievt wurden. Im letzten Moment aber sprangen die Boote wieder hoch und schaukelten im Wasser.

»Alle Mann an die Winden!«

Die Resolution knarrte, unter Deck krachte irgend etwas, und jemand schrie »Scheiße«. Als die Besucher begriffen hatten, was geschehen war, und sahen, wie sich die Männer mit gebeugten Rücken in die Winden stemmten und andere mit angespannten

Muskeln darauf warteten, Segel zu setzen, drängten sie sich zu den Männern an den Winden und Schoten, um zu helfen. Das Schiff wurde von den Felsen freigezogen auf die Schleppanker zu. Die Pumpen arbeiteten.

»Mr. Clerke, schicken Sie die Gäste von Bord und danken Sie ihnen. Wir haben zu arbeiten«, sagte Cook mit rotem Gesicht. Die Resolution wurde aufs Meer hinausgezogen und kreuzte die ganze Nacht gegen den Wind, um von der Küste freizukommen.

»Da haben wir doch tatsächlich nicht aufgepaßt«, sagte Clerke während der Nachtwache. An der Küste brannten Feuer, und ab und zu sahen die Männer ein Kanu im Lichtschein hinausfahren. Georg ließ sich vom Koch den Fisch braten, den er gegen die Zeichnung eingehandelt hatte. Das Fleisch war weiß und leicht. Georg dachte an Maroya.

Tahiti hat sich gewehrt, dachte er. Wollte uns nicht. Hätte beinahe unser Schiff aufgeschlitzt. Das war nicht die Vertreibung aus dem Paradies, das war die Verweigerung des Eintritts ins Paradies. Er stieg aus der Koje und öffnete das Fenster. Die Nacht war warm, das Wasser rauschte an der Bordwand entlang. Georg stellte sich eine Karte des Stillen Ozeans vor, auf der Tahiti das geographische Zentrum war. Die Insel lag beinahe in der Breitenmitte zwischen der Ostküste Australiens und der Westküste Südamerikas und war auf der Karte nicht mehr als ein winziger schwarzer Punkt. Georg war ein Punkt in der Masse Mensch, ein Punkt auf der Landkarte der Kulturen. Aber er wollte sich von jetzt an bewegen, er wollte sich absetzen, er wollte leuchten.

Am nächsten Tag erreichten die Schiffe den Hafen Aitepieha in der Matavai-Bucht im Norden Tahitis und gingen vor Anker. Es war heiß. Nach wenigen Minuten waren die Schiffe von Kanus umringt, und Eingeborene kletterten scharenweise an Bord. Hodges steckte sich Blumen in den Gürtel, hinter die Ohren und eine zwischen die Zähne, Clerke lächelte, wenn Insulanerinnen ihm Yams oder Kokos reichten, Pickersgill klopfte auf Hintern. Georg lachte die fremden Menschen an, verbeugte sich vor ihnen und sagte, er sei Teori.

Seesoldaten liefen hinter Dieben her, eine Peitsche knallte, Tahitianer sprangen über Bord. »Immer diese gottverfluchten Diebereien«, hörte Georg Cook sagen. »Wie die Kinder. Da muß man irgendwann mal durchgreifen.«

Hodges hielt ein Stück Schiffszwieback gegen die Sonne. Man könne sehen, wie sich die Maden darin bewegen, sagte er zu Georg und schmiß den Zwieback über Bord. Aus der Jackentasche zog er einen Apfel.

»E-vie, sagen die Leute dazu. Und darin ist kein Zoo von Kleinsttieren.«

Georg fieberte der Landung entgegen. Cook hatte angekündigt, nachmittags den König O Tu von Nord-Tahiti besuchen zu wollen. Der Kapitän nahm nur eine kleine Delegation mit an Land, Clerke, Pickersgill, Wales und einige Matrosen. Cooper stand fassungslos an der Reling. Eine Landung ohne Seesoldaten sei keine Landung, sagte er. Hodges klopfte ihm auf die Schulter und riet, doch mal bei einer der Nixen hier an Bord zu landen.

Er solle sich bloß in acht nehmen, sagte Cooper und stieß Hodges' Hand weg.

Georg beobachtete die Frauen, die nackt um die Resolution schwammen. Die Körper glänzten im Wasser, und wenn die Frauen sich auf den Rücken drehten, zeigten ihre Brüste in den Himmel. Konnte er davon den europäischen Frauen berichten? Und welche Worte, fragte er sich, hätte eine deutsche oder englische Frau jetzt gefunden für all die Nackten? Hätte eine Frau hier nicht viel mehr zu sagen und vor allem zu schreiben gehabt als er, ein jungfräulicher Sekretär, dem das Denken schwerfiel, wenn er all die Brüste anzustarren gezwungen war? Georg sah Seemänner sich die Hände vor die Augen schlagen. Einer taumelte, als werde er bewußtlos, und lehnte sich an den Großmast. Die Matrosen reichten Messer und Metallknöpfe von Bord, damit eine der Frauen sich ihnen hingebe. Daß Mädchen von höchstens zwölf Jahren mit dünnen Beinen darunter waren, hielt niemanden ab. Ein irrsinniger Tanz wurde vollzogen, und die Männer, die mit einer Frau an der Hand unter Deck verschwanden, hatten etwas in den Augen, das Georg zu verstehen und zu fürchten begann.

Er steckte die Hände in die Hosentaschen und erschrak, als seine Hände an etwas Hartes stießen. Er bekam rote Ohren, zog die Hände wieder hervor und verschränkte sie auf dem Rücken. Er sah zur Adventure. Die Bordwand war vor kletternden Körpern kaum zu sehen, unablässig hangelten Frauen und Männer an Strickleitern zum Deck empor oder schlüpften durch die Pforten. In den Wanten hingen Blumen und Pisangzweige, Frauen sprangen ins Wasser und winkten den Matrosen zu. Georg wollte schreien. Irgendwie mußte er den ungeheueren Druck loswerden, der durch Augen, Ohren und Nase in seinem Kopf erzeugt wurde.

Er lief unter Deck und stieß die Tür zur Kabine auf: Vaters nackter, pulsierender Hintern mit zwei kleinen braunen Händen darauf. Vaters Hose lag um die Füße, links und rechts vom Hintern waren braune Waden. Georg schloß leise die Tür. Eine Nackte rannte an ihm vorbei, ein Mann hinterher. Hühner gackerten, wurden zur Seite getreten und ließen Federn. Er hörte Lachen und ein lautes Grunzen. Alle Luken und Stückpforten standen offen, Wind wehte durch die Resolution. Georg senkte das Gesicht ins nächste Faß mit Frischwasser und atmete unter Wasser aus. Luftblasen gurgelten vor seinen aufgerissenen Augen vorbei.

Gegen Abend kehrte Cook unverrichteter Dinge zurück. Häuptling O Tu sei mißtrauisch gewesen und habe die Delegation nicht empfangen. Ansonsten sei alles friedlich und schön. Zum

Diner hatte Burns gebratene Fische aufgetragen und Schalen voller Obst. Zur Freude der Männer hatte der zurückhaltende Stewart die Tafel überquellen lassen von Äpfeln, Brotfrüchten und Kokosnüssen, er hatte Krüge mit Quellwasser hingestellt und Wein aufgemacht. Die Lieder der Seemänner drangen in die Kapitänskajüte. Die Fenster standen offen. »Tahiti, das ist ein Fest fürs Leben«, sagte Hodges.

Georg blieb lange auf und beobachtete den Sonnenuntergang, der die Insel orange und einen Streifen des Meeres rot färbte. Er beobachtete den Mond, der – bis auf die gelben Punkte der Lagerfeuer am Strand – alles grau, blau und schwarz färbte. Er holte sich eine Decke und schlief – mit Erlaubnis des Wachhabenden Edgecumb – an Deck. Er ließ sich um kurz vor vier wecken und erlebte den Sonnenaufgang. Die Farben erwachten auf Insel und Meer, Dunst zog über die Wälder, und die Vögel begannen zu pfeifen. Es mußten Tausende sein. Schon die ersten Sonnenstrahlen waren warm. Hodges stand plötzlich neben ihm und reichte ihm einen Becher Kaffee. »Gleiche Idee gehabt«, sagte er. »Das hier macht ungemein glücklich.«

»Ja«, sagte Georg. Diese Landschaft mußte man lieben. Wer das hier nicht liebte, dachte er und drehte sich einmal um sich selbst, wer das nicht liebte, mußte bösartig krank sein. Nichts war so schön, nichts berührte Augen, Nase und Ohren in dem Maße wie der Sonnenaufgang über Tahiti. Außer Frauen. Er dachte an Maroya.

Als hätte er das geahnt, sagte Hodges: »›Die Eingeborenen hier wandern nicht‹, sagt Clerke. Sie werden hier niemanden wiedersehen, den Sie beim ersten Landeversuch im Süden getroffen haben. Glauben Sie mir, junger Freund, Sie werden dieses Mädchen rasch vergessen.«

»Sie können nicht in mich hineinsehen, Hodges. Das kann ich selbst kaum noch.«

»Ich weiß aber viel über Männer im Angesicht von Frauen«, sagte Hodges. »Und das hier, Georg, das sind Frauen. Plural, verstehen Sie. Das ist wundervoll. Aber glauben Sie mir, das ist nichts im Vergleich dazu ... eine ... Frau zu haben.«

Boote wurden ausgeschickt, die Zuganker zu bergen, mit der die Resolution vom Riff gezogen worden war. Eine Abteilung Seesoldaten baute ein umzäuntes Vorratslager am Strand. Georg stieg mit in Cooks Boot, um endlich an Land zu gehen. Im spiegelglatten Wasser schwamm die Gig auf den Strand zu, eine Brise führte Georg den Schweißgeruch der Rudergasten und den Geruch von Laub und Strandgut der Insel in die Nase. Der Wasserstreifen wurde schmaler und heller, und bald setzte der Kiel sich auf Sand.

Georg stieg über das Dollbord und tauchte bis zu den Knien ins warme Wasser. Er ging an Land. Nur seine Erziehung und die Konventionen hielten ihn davon ab, sich mit ausgebreiteten Armen auf den Strand zu werfen. Er zog die Schuhe aus und spürte den Sand an den Füßen. Madeira, Südafrika, Neuseeland, all die Landungen verblaßten gegen das Betreten Tahitis. Er fühlte sich leicht. Er zog die Jacke aus. Cook und die Offiziere waren in voller Uniform, mit Halsbinde und Hut. Georg ging mit Hodges und seinem Vater Pfade zwischen Kokospalmen und Zuckerrohr hinauf, ließ die Hände über das Grün am Wegesrand gleiten, sah in den Himmel, roch an Blumen und winkte den Tahitianern vor ihren Hütten.

»Die haben die Ruhe weg«, sagte Hodges und skizzierte im Gehen Tahitianer, die, auf die Ellenbogen gestützt, im Gras vor einer Hütte lagen, Früchte leertranken und sich gegenseitig die Haare säuberten. Sie liefen durch Wälder, Plantagen, über Lichtungen und durch Palmenhaine, die den Weg gestreift machten von Licht und Schatten. Sie kamen an einen See, an dessen gegenüberliegendem Ufer eine Reihe Palmen stand. Rote Blüten auf großen Blättern schwammen im See. Die Sonne spiegelte sich mehr auf dem Naß der Blätter als auf dem Wasser.

»Meine Güte«, entfuhr es Georg.

Sein Vater legte ihm eine Hand auf die Schulter. Hodges hatte sich hingekniet und blickte in flachem Winkel über den zugeblühten See. Cooper begegnete ihnen mit einer Abteilung Soldaten. »Sondierungspatrouille«, sagte er, das müsse sein. Georg sah den Männern hinterher, deren rote Uniformen von der Farbenwucht verschluckt wurden.

»Kommt, Leute, laßt uns ein bißchen arbeiten«, sagte der Vater. Er zupfte die Blüte einer Ranke ab, die einen Palmenstamm umfing. Sie sammelten Laub, Blüten und Stücke von Baumrinde. Sie badeten unter einem Wasserfall, wuschen ihre Kleider und legten sich ins Gras. Nackt fühlte Georg sich der Insel näher. Kleidung war Kultur, und sie waren mit ihren Kleidern hier unkultiviert und hätten Lendenschurze tragen sollen.

»Man muß einfach mal eine Landschaft zum Protagonisten einer Erzählung machen«, sagte er.

»Red keinen Unsinn«, sagte sein Vater.

»Literatenprobleme«, sagte Hodges, »Ich weiß, warum ich Maler geworden bin.« Er kicherte und drehte sich auf den Bauch.

Zur vereinbarten Mittagsstunde trafen sie sich mit Cook und seiner Delegation am Strand. Leere Fässer waren vom Schiff zur Insel gebracht worden, Wales und Bayley ordneten Instrumente für eine neue Sternwarte, Zelte bewegten sich im Wind. Bei Cook waren zwei tahitianische Männer, Abgesandte des Königs, die zum Essen mit an Bord der Resolution gingen. Cook überreichte ihnen Geschenke, auch für den König, der sich wieder nicht hatte sehen lassen. Die beiden Abgesandten stahlen Messer und Gabeln und sprangen mit ihrer Beute über Bord in die Fahrrinne zwischen den Kanus. Cook entriß einem Wachtposten die

Muskete und schoß nach den Dieben. Pulverqualm stieg von der Pfanne auf, der Schuß dröhnte laut. Georg sah Wasser vor dem Kopf des einen Schwimmers aufspritzen. Der zweite Dieb war verschwunden, hatte sich wahrscheinlich hinter einem Kanu versteckt. Cook ließ sich eine weitere Muskete geben und schoß noch einmal. Der Mann tauchte weg. Georg befürchtete, gleich einen roten Hinterkopf im Wasser zu sehen, zwei Hände, die sich verkrallten und dann versanken. Cook fluchte.

»Beinahe erwischt, Sir«, sagte Pickersgill.

»Ich wollte ihn nicht treffen, Mr. Pickersgill! Lassen Sie das Buggeschütz klarmachen. Feuern Sie auf das Kanu, das in Schwimmrichtung des Diebes an Land liegt.«

Bisher hatten die Kanonen der Resolution als Signalgeschütze gedient, wenn man die Adventure verloren hatte oder als Georgs Vater mit Wales im Nebel der Antarktis verschollen war. Jetzt donnerte der Vierpfünder, zuckte in den Taljen zurück, warf Qualm aus, und am Strand zersplitterte ein Kanu.

»Eine Demonstration«, sagte Cook. »Mr. Cooper, lassen Sie zwei Eingeborenenkanus an Deck bringen. Die Leute bekommen die Boote erst zurück, wenn wir unser Silber wiederhaben.«

Aus der Geschützmündung stieg Qualm auf. Mit einem feuchten Wischer wurde das Rohr ausgeputzt, das Geschütz wurde festgezurrt, die Pforte geschlossen. Die Geschichte des Abendlandes, dachte Georg. Konflikte mit Waffen lösen. Am Strand standen Tahitianer um das zerborstene Kanu, redeten aufeinander ein, blickten zur Resolution, und Georg fragte sich, was die Leute nun dachten, was sie redeten. Er sah Cook an und wartete darauf, daß der irgend etwas sagte, damit er feindselig antworten könnte. Aber der Kapitän starrte nur zum Strand und atmete mehrmals laut durch die große Nase aus. Georg sah zur Insel. Die würde noch da sein, wenn er und Cook und alle anderen längst verfault wären. Das tröstete.

Als sie am Nachmittag desselben Tages einen zweiten botanischen Spaziergang machten, waren die Insulaner zurückhaltend. Sie winkten nicht und boten kein Essen an, sie nickten freundlich, gingen aber nicht auf die Männer zu. Georg schien es, als sähe er weniger Frauen als am Vormittag. Er hing die Muskete in einen Strauch und näherte sich allein einer Familie vor einer Hütte. Die Kinder wurden in die Hütte gebracht, auch die jungen Frauen zogen sich zurück, nur vier Männer und zwei ältere Frauen blieben sitzen. Einer der Männer pfiff eine ruhige Melodie auf einer achtpfeifigen Panflöte. Georg hockte sich zu ihnen.

»Tayo«, sagte er. Die Leute lächelten. Ein Mann bot ihm einen Apfel an.

»Ma a maitai«, sagte er. »Gut zu essen.« Georg nahm die Frucht, steckte sie in die Jackentasche und zog eine Vogelzeichnung aus seinem Umhängebeutel. Er reichte dem Mann das Blatt. Der sah das Bild an, lachte und zeigte es den anderen, die ebenfalls lachten und nickten. Georg tippte sich auf die Brust.

»Teori«, sagte er.

»Matasa-i«, sagte der Mann, dem er das Blatt geschenkt hatte. Der Mann lächelte, er hob die Brauen, wie Clerke es oft tat, und sagte dann etwas in Richtung der Hütte. Durch das Tuch vor dem Eingang kamen die jungen Frauen und die Kinder heraus. Eine Frau trug ein blaues, die andere ein rotes Tuch um die Brust. Die Kinder zeigten auf Georgs blonde Haare, eins zog an seinem Zopf.

Die junge Frau mit dem roten Tuch sprach ihn an. Er verstand sie nicht, erkannte aber den Frieden in ihrer Stimme. Er erzählte ihr ebenso ruhig, daß er Teori sei und über seine Reise schreibe. Er wolle den Menschen in seiner Heimat berichten, daß man so leben könne wie hier. Er sagte, daß er sehr traurig sei über das Schießen. Die Frau sah ihn an. Ihm wurde klar, daß er mit seiner hellen Haut und den blonden Haaren für die Menschen hier so fremd aussah wie sie für ihn, und es war ihm angenehm, fremd zu sein. Er stand auf, verbeugte sich, winkte den Kindern, lächelte und ging über die Wiese zum Pfad zurück, wo er sich die Muskete umhing.

Die Frau folgte ihm. Er sah sie wieder an. Sie hatte einen gelblichen, rotgeränderten Pickel im rechten Mundwinkel. Sie nahm seine Hand und ging mit ihm den Pfad hinauf. Sein Herz pochte, während er den Unterarm der Frau an seinem Unterarm spürte.

Die Frau führte ihn zu einer Lichtung am Ufer eines Baches. Sie löste das Tuch. Sie umarmte ihn. Er zog sich aus. Jetzt hatte er ihre Haut an seiner Haut, von den Füßen bis zum Mund. Seine Hände wollten gleichzeitig überall den Körper, wollten die Nase und die Wangen, den Hals, die Schultern, die Brüste, den Bauch, die Scham, die Schenkel und wieder und wieder die Brüste.

Die Frau sprach zu ihm. Sie faßte ihn an.

Nachher wuschen sie sich im Bach, spritzten sich naß, umarmten sich und legten sich auf die Wiese. Georg legte sich dicht an die Frau. Er umschlang sie mit Armen und Beinen. Sie zupfte einen Halm und fuhr Georg damit über die Augenbrauen, über die Nase und den Mund, und es kitzelte ihn, und der Halm in ihrer Hand beschrieb sein Gesicht. Der Pickel im Mundwinkel der Frau war weg.

Als er gegen Abend allein zur Resolution zurückkehrte, fuhr Pickersgill ihn an, was ihm einfalle, sich von der Truppe zu entfernen. Man hätte beinahe Suchtrupps losgeschickt, und bloß nicht noch so ein Ding, sonst knallt's.

»Trinken Sie einen Kräutertee«, hörte Georg sich sagen. Er ging in die Kabine. Er war müde und erschöpft. Er strich sich über die Brust, über den eingefallenen Bauch und die Schenkel, und er sah seinen Penis an, der hart war in Erinnerung an die Frau. Georg hatte sie nicht nach ihrem Namen gefragt.

Wegen des Kanonenschusses erschien am nächsten Tag kein Kanu bei den Schiffen. Der Handel erstarb. Cook ließ die Mannschaft weiterarbeiten, als sei nichts geschehen. Die Wissenschaftler machten Erkundungsgänge.

Georg suchte das Mädchen, dessen Namen er nicht kannte. Er hatte sie Ellen genannt und sich dann geärgert, einer Tahitianerin einen englischen Namen gegeben zu haben. Ihm war Aphrodite in den Sinn gekommen, und er befürchtete, Hodges' Einfluß beginne zu wirken. Er nannte sie Traumauge. Das war theatralisch, aber gut.

Sie war nicht vor der Hütte.

Mittags traf er sie, als sie mit dem Oberbootsmann Hand in Hand den Pfad zum Bach hinabkam. Sie lächelte Georg an. Der Oberbootsmann kaute auf einem Grashalm und grüßte.

Georg schwamm mit Hodges in der Bucht. »Haben Sie eine Frau, Hodges?«

»Ich hatte mal eine. Jetzt hab ich mehrere. Aber keine, die wirklich zu mir hält.«

»Ich möchte später gerne eine Frau haben. Ich will unbedingt eine Frau lieben.«

»Und geliebt werden?«

Georg blinzelte zu Hodges hinüber. Der Sonnenglanz auf dem Wasser machte es unmöglich, das Gesicht des Malers zu erkennen. Er zuckte die Achseln. Zurück am Strand aßen sie Früchte und tranken Quellwasser gegen den Salzgeschmack des Meeres. Abends setzten sie sich ans Lagerfeuer einiger Matrosen und aßen gebratenen Fisch. Eine Eingeborenendelegation ruderte mit ihnen zur Resolution und erbat von Cook die beiden Kanus zurück. Der Kapitän gab nach. Am nächsten Morgen blühte der Handel wieder.

Georg fand Traumauge nicht. Einmal glaubte er, sie in einem der Kanus rund um die Resolution erblickt zu haben. Er suchte nach dem Gesicht des Oberbootsmanns, und sein Magen brannte, als er den Mann nirgends erblickte. Er fragte Clerke nach dem Namen des Oberbootsmanns. »Harvey«, sagte Clerke. »Wir sind hier nicht in England, Mr. Forster.«

Beim Diner in Cooks Kajüte berichtete Dr. Patton von der kompletten Gesundung aller Skorbutkranken. Clerke sagte, die Versorgungslage sei beinahe wieder perfekt, das einzige, was fehle, sei Frischfleisch. Die Tahitianer würden ihre Schweine mittlerweile sogar verstecken. Er vermute, daß es vor nicht langer Zeit eine Krankheit unter den Tieren gegeben haben müsse, die den Bestand dezimiert habe.

Cooper sagte: »Notfalls müssen wir die Schweine erzwingen.«

»Wir sind kultivierte Menschen, Mr. Cooper«, sagte Clerke.

»Auch kultivierte Menschen haben Hunger«, sagte Pickersgill.

»Es ist absurd zu behaupten, daß wir Hunger leiden«, sagte Georg.

»Guter Mann, wir segeln bald weiter. Auch wenn Sie vielleicht davon träumen hierzubleiben«, sagte Pickersgill.

»Soll das jetzt eine Moraldiskussion geben, wo es ums Fressen geht?« sagte Cooper.

»Am Ende ist beinahe alles eine Frage der Moral«, sagte Hodges.

»Beruhigen Sie sich, Gentlemen«, sagte Cook. »Wir werden selbstverständlich keine Gewalt anwenden, um Schweine zu erhandeln. Sie erstaunen mich manchmal, Mr. Pickersgill, Sie ebenfalls, Mr. Cooper.«

Das war das erste Mal, daß Cook Offiziere in versammelter Runde tadelte. Cooper lief rot an, Pickersgill erwiderte den Blick des Kapitäns. »Vielleicht werden wir das schon bald bereuen, Sir«, sagte er.

»Noch viel eher werden die Eingeborenen bereuen, so gastfreundlich uns gegenüber gewesen zu sein«, sagte Georg.

Cook sah ihn mit schiefem Gesicht an. »Ich bin mir nicht mehr ganz sicher, ob Ihnen klar ist, weshalb wir hier sind, Mr. Forster«, sagte er.

»Ich mir auch nicht, Sir.«

Die Aussage Georgs beendete das Gespräch für Minuten. Clerke sah in Georgs Gesicht. Hodges betrachtet seine Fingernägel und schmunzelte.

»Vielleicht sollten wir ein wenig am Strand spazierengehen«, schlug er vor und stand auf.

»Bleiben Sie am Tisch, bis ich die Runde aufhebe, Mr. Hodges«, sagte Cook. Hodges setzte sich wieder.

»Also, was ist nun mit den Schweinen?« fragte Cooper.

»Wir werden weiterhin versuchen, sie zu erhandeln. Wenn die Tahitianer sie nicht verkaufen wollen, werden wir das akzeptieren. Ich dulde nicht, daß hier jemand die Nerven verliert.«

Georg räusperte sich. Cook sah ihn an. Georg dachte, daß das Räuspern eine klägliche Form des Protestes war, aber immerhin war es Protest, der einzige Protest in der Kajüte des Kapitäns, und wo heute ein Räuspern war, würde in Zukunft ein Wort sein.

Hatte Georg vermutet, sein Magen brenne wegen Eifersucht, verkrampfte sich der Magen jetzt regelmäßig, und Georg bekam Durchlauf. Als breche ein Damm in seinem Verdauungstrakt, platzte es aus ihm heraus in die Koje. Sein Vater wurde wach und schrie.

Dr. Patton ließ Georg ins Zeltlager am Strand bringen und mit Kräutern und Wasser versorgen. Ununterbrochen verlor Georg Flüssigkeit, Fieber glühte, er verlor die Besinnung. Verschwommen sah er Hodges, oft auch den Vater, Clerke und Cook. Einmal sah er Traumauge vor dem verschleiernden Licht der Zeltbahnen, wußte später aber nicht, ob er sie erträumt hatte oder ob sie wirklich bei ihm gewesen war. Er verließ sich auf das Bild und fragte nicht nach. Dr. Patton verordnete mehr Ruhe, die Ablenkungen seien zu groß, er wollte Georg in der Kammer auf der Resolution von der Außenwelt abschneiden. Georg hatte nicht die Kraft, sich zu wehren. Er fiel in tiefen Schlaf, und als er das nächste Mal erwachte, fand er sich in der stickigen Hitze der Kabine. Er war allein mit einigen Flaschen Wasser und Eimern, in die er sich entleeren konnte. Dreimal täglich kam Dr. Patton vorbei. Er mache ihm große Sorgen, sagte der Bordarzt.

»Ich will an Land«, flüsterte Georg.

»Sobald es Ihnen etwas besser geht. Ich kenne Sie mittlerweile gut genug, um zu wissen, daß Abgeschiedenheit für Sie wichtig ist. Deshalb habe ich Sie hierherbringen lassen. Sie sollten einige Zeit allein sein. Eigenbrötler brauchen das.«

»Woher nehmen Sie diese Menschenkenntnis, Doktor?«

»Ich fahre seit dreißig Jahren zur See. Ruhen Sie sich aus, schlafen Sie. Ich werde auf Sie achtgeben. Sie müssen diese Reise überleben, Georg.«

Der Doktor legte ihm eine Hand auf die Schulter. Diese Geste hatte Georg Patton nicht zugetraut. »Schreiben Sie, daß wir hier falsch sind, Georg.«

»Sie waren von Anfang an dagegen, nicht wahr?«

Patton nickte.

»Warum sind Sie mitgekommen?«

»Neugier. Ich hab in meinem Leben oft das Gegenteil von dem gemacht, was ich machen wollte. Ironischerweise hat gerade das mein Leben interessant gemacht. Ich segle um die Welt, und zwar nicht zum ersten Mal. Und jetzt Schluß damit. Schlafen Sie.«

Nachdem er zwanzig Stunden geschlafen hatte, erwachte er mit Hunger und Durst. Er trank Wasser und aß Obst, das auf der Seekiste lag. Schiffszwieback sollte die Säfte im Magen halten.

Georg fühlte sich besser und richtete sich in der Koje auf. Von seinem Lager aus hörte er das Stampfen der Füße an Deck, schnelle, leichtgewichtige Insulanerinnen und aufgeregte Seemänner. Hodges hatte ihm einen Zettel auf die Koje gelegt, die Delegation treffe heute den König.

Halb zusammengerollte Skizzen von Pflanzen und Vögeln lagen in der Koje, ebenso das Tagebuch und einige Stifte. Georg erinnerte sich, daß er in Momenten nebligen Wachseins Notizen geschrieben hatte. Die Koje war feucht. Das Trampeln an Deck ging ohne Unterlaß weiter.

Auch Leutnant Clerke hatte seine vornehme Gelassenheit eingebüßt, seit er mit einem Mädchen im Gebüsch verschwunden war. Es war an dem Tag gewesen, an dem Georg mit Hodges im Meer geschwommen war. Georg hatte Clerke verfolgt, nachdem er ihn am Waldrand mit der Tahitianerin gesehen hatte. Clerke hatte auf der Frau gezappelt. Es gab keine Ästhetik des Aktes, dachte Georg. Eine Ästhetik des Vorher und Nachher durchaus, aber die Sache selbst sah lächerlich aus.

Auch Clerke hatte lächerlich ausgesehen, als er mit offenem Mund und geschlossenen Augen seinen Unterleib in die Frau pumpte. Der Leutnant hatte sich in die Hand gebissen, um nicht laut zu schreien und entdeckt zu werden. Und Cook? Was tat der Mann seiner Frau an, wenn er nach Jahren heimkehrte? Was tat seine Frau ihm an, was verlangte sie, und wie oft?

Hodges hatte gesagt, Georg solle sich über Cooks Enthaltsamkeit nicht täuschen. »Warum, glaubst du, hat Cook so einen loyalen Stewart wie Burns? Ich möchte nicht wissen, wie oft der gute Kapitän in seiner Kajüte schon in seinen eigenen Ergüssen ausgerutscht ist.«

Georg griff nach dem Becher mit Branntwein und kippte ihn in einem Zug. Er stand vorsichtig auf und öffnete das Fenster. Auf dem Meer schwamm das tausendfach zersplitterte Spiegelbild der Sonne. Er hielt das Gesicht in die Wärme. Ein Eingeborenenkanu lag unter dem Backbordfenster von Cooks Kajüte. In dem Boot stand breitbeinig, mit verschränkten Armen und trübe an die Planken der Resolution starrend ein Mann. Georg wollte ihn rufen, als sich das Fenster der Kapitänskajüte öffnete, eine Frau den Kopf herausstreckte und ins Meer spuckte. Dann setzte sich die Frau seitlings ins Fenster, schwang die Beine hinaus und sprang in die Arme des Mannes. Sie war nackt, und das Kanu schaukelte, wurde aber von dem Mann ausbalanciert. Die Frau glitt an ihm hinab und sagte etwas zum Fenster hinauf. Etwas Silbernes wurde aus dem Fenster geschmissen, ein Etui oder ein kleiner Spiegel, Georg konnte das wegen des gleißenden Wassers nicht richtig sehen. Die Frau fing es auf und lachte.

Das kann doch nicht wahr sein, dachte Georg. Burns, des Kapitäns Stewart. Kein anderer konnte das sein, kein anderer hatte Zugang zur Kajüte des Kapitäns. Forschungsreise, Erfahrungen sammeln. Ich faß es nicht. Er streckte die Arme aus der Fensterluke und schaute mit gehobenen Brauen weiter zu.

Die Frau sagte wieder etwas, und Sekunden später flog ein weiterer funkelnder Gegenstand aus der Kajüte. Dann erschien eine Hand und der Rand eines Hemdsärmels. Die Hand gebot fingerstreckend fortzurudern. Der Mann paddelte das Boot um das Heck der Resolution. Die Hand schloß das Fenster.

Georg schüttelte den Kopf und lachte leise vor sich hin. Entdeckungsreise, dachte er, ganz toll.

Sein Vater berichtete am Abend vom Zusammentreffen mit dem Häuptling O Tu. Der nenne mehrere Frauen sein eigen. »Gar nicht schlecht, so was.«

Er fragte, ob Georg ein Diktat aufnehmen könne. Georg setzte sich und legte das Schreibpult auf die angewinkelten Beine. Sein Vater diktierte, und Georg tat, als schreibe er mit, machte aber nur Stichworte. Er zeichnete die Frau in dem Kanu vor dem Fenster der Kapitänskajüte. Darunter zeichnete er die Lichtung an dem Bach, auf der er mit Traumauge zusammengekommen war. Der Vater beendete das Diktat. Was Georg dazu sage.

»Der Text hat keine Dichte. Das ist eine Aufzählung, aber kein Reisebericht. Die Royal Society wird ihn in dieser Form nicht annehmen.«

»Sag mal, was ist dir denn zu Kopf gestiegen? Jetzt nimm bloß keine Cook'schen Allüren an ...« Wie immer, wenn sein Vater sich erregte, konnte er sich nicht bremsen. Er reihte eine Beschimpfung an die andere und wurde von Satz zu Satz heftiger in der Ausdrucksweise, und die Adern auf seiner Stirn schwollen. Georg knüllte das Blatt mit den beiden Zeichnungen zusammen und warf es aus dem Fenster. Sein Vater drohte ihm mit der flachen Hand, atmete heftig durch die sonnenverbrannte Nase und verließ die Kabine, nicht ohne Georg zu sagen, daß er übel stinke.

»Das hier ist meine Reise«, sagte Georg gegen die geschlossene Tür.

10

»Ich denke, in diesem Augenblick setzte ich mich zum ersten Mal wirklich von meinem Vater ab«, sagte Forster vom Bett her. »Ich hatte vorher schon das Diktat meines Vaters umformuliert. Ich schrieb nebenbei meinen eigenen Reisebericht. Aber diesmal tat ich, als hätte ich Vaters Schrift dem Stillen Ozean überantwortet.«

Forster lächelte und sah mich an. »Mein Vater«, sagte er, »hält es für richtig, daß hundert Dukaten auf meinen Kopf ausgesetzt sind.«

Ich entzündete die Kerzen und schlug gegen den Fensterrahmen, um den Luftzug zu stoppen, der durch das undichte Holz drang. Obwohl es erst einen Tag her war, daß ich Forster gesehen hatte, schien er mir heute noch blasser und dünner.

»Ein Mensch kann nicht Freund von Guillotinen sein«, sagte er. »Aber lag nicht hinter all dem hier in Frankreich der Wunsch nach dem Paradies? Sollte diese Revolution nicht ein System von Ausbeutung und Schmarotzern ersetzen durch Gleichheit, Freude und Freiheit? Und hatten wir nicht vor, diese Errungenschaften nach Deutschland zu transportieren, um dem Volk zu seinem natürlichen Recht zu verhelfen?« Er massierte sich die Augen und kratzte Hautschuppen von seinem unrasierten Kinn.

»Ein Blutbad«, sagte er, »ist es geworden. Und Blutbäder waren es auch, die wir in den Stillen Ozean transportiert haben. Zu

Beginn der Reise um die Welt hab ich oft ... gedacht ... ich müsse etwas tun, später hab ich dann etwas getan, bis heute. Jetzt sitz ich in Paris fest, kann nicht vor und nicht zurück, und jedes falsche Wort kann mich hier das Leben kosten.

In diesen Tagen wird in Paris viel gefeiert, die Menschen singen und trinken ihre Angst weg. Das mit dem Trinken funktioniert gut, glauben Sie mir. Selbst in der Südsee, wo jeder Blick in die Natur Trost spendet, haben wir trinken müssen.« Forster nahm einen Schluck aus der Weinflasche. »Wir haben geschossen. Selbst ich. Kriege gab's dort auch. Reiche Schmarotzer, Dienerschaften, aber dort war man näher an der Natur. Die Häuser der Tahitianer sind Natur, die Kleider sind Natur, und einen Reichtum des Geldes gibt es nicht, selbst der Handel ist Natur, verstehen Sie.

Wir sind überzivilisiert, deshalb stilisieren wir unsere Kriegshelden. Andere haben wir ja nicht. Nur ein Krieger kann Held des Abendlandes sein. Dieses Blutbad hier wird uns befreien, auch Sie. Und die Goethes und Schillers und wie die Maulhelden alle heißen mögen. Was soll ich halten von einem Schiller und seinem Marquis Posa, wenn eben dieser Schiller erklärter Feind der Französischen Revolution ist? Und Goethe, dieser Speichellecker, der satt in Weimar sitzt und kluge Reden führt und nichts anderes ist als das Hündchen eines degenerierten Fürsten?«

Forster zuckte die Achseln und winkte ab. »Wir bräuchten weder Religionen noch politische Systeme, wenn wir Humanisten wären. Aber das sind Konjunktive. Vergessen Sie den Konjunktiv. Zur Zeit wird die Möglichkeit durch Blut ersetzt, und das ist immer ein Fehler. Es gab ja in Deutschland durchaus Sympathien für das französische Volk, das sich mit großen Opfern etwas erkämpfte, was eigentlich selbstverständlich sein sollte. Aber spätestens vor einem Jahr schlugen diese Sympathien ins Gegenteil um. Und warum? Weil der König geköpft worden ist. Dem

Deutschen ist es unvorstellbar, einen König zu töten. Es war ein strategischer Fehler. Es wäre zweifellos lustiger gewesen, aus dem König einen Bäcker oder Schmied zu machen, statt ihm den Kopf abzuschlagen. Aber wie immer: Wenn die Gewalt einmal zu einem Mittel gemacht worden ist, kann man sie kaum noch aufhalten. Das war im Stillen Ozean auch so.

Wissen Sie, mittlerweile ist es mir gleich, was die Nachwelt von mir denkt. Trotzdem muß ich befürchten, daß man mich auf die Revolution festnageln wird und auf die kurze Hoffnung, für die ich und meine Mitstreiter in Mainz gesorgt haben. Den Machenschaften der Welt können wir uns nicht entziehen. Nicht einmal dieser Mann, den ich auf Tahiti entdeckt hatte. Dieser Spanier.«

Forster hustete, er beugte den Kopf vor und preßte sich ein Stück Bettdecke vor den Mund. Es war nasser, gurgelnder Husten. Forster litt Schmerzen.

»Er war dort geblieben«, röchelte er.

»Wer?« fragte ich.

»Der Spanier. Einfach auf Tahiti geblieben. Als die Resolution Monate nach dem ersten Aufenthalt wieder vor Tahiti den Anker warf, hab ich ihn noch einmal gesehen.«

Er hob den Zeigefinger und lachte mich an.

»Wissen Sie übrigens, daß ich über Wien eine Montgolfiere gesehen habe? Hätten wir in der Südsee so einen Ballon gehabt, mein Gott, wir wären damit über Tahiti geflogen. Teori im Ballon, Teori über Tahiti. In der Südsee war ich Teori.«

Er trank und legte sich zurück. Er schloß die Augen. Ich hatte ihn an dem Abend im Gasthaus für einen ruhigen Menschen gehalten, jetzt redete er viel und teils zusammenhanglos, hüpfte von einem Ereignis zum nächsten, als sehe er nicht sein Leben, sondern nur Bruchstücke, nur einzelne Glanzlichter und Schatten seiner Jahre.

»Ich bin übrigens später noch einmal zu den Toten zurückgekehrt«, sagte er. »Ich habe den Bericht von Cooks dritter Reise übersetzt. Auf diese Weise war ich noch einmal mit Cook und Clerke zusammen. Wußten Sie, daß Clerke nach Cooks Tod auf Hawaii zum Leiter der Expedition wurde? Ich habe den Bericht 1782 oder 83 übersetzt, mehr als drei Jahre nach der Tragödie. Ich habe mich damals in Wilna oft gefragt, ob die Sprache den Tod überwinden könne. Die Nachricht von Cooks Tod hatte einen langen Weg hinter sich. Die Worte zogen durch viele Länder, durch Sibirien nach Moskau und Deutschland. Wahrscheinlich wußte man in Berlin eher von Cooks Ende als in London. Furneaux ist wahnsinnig geworden. Soviel ich weiß, war er in einer Anstalt und wurde später von seiner Familie gepflegt. Clerke ist tot. Er überlebte die Strapazen der dritten Reise nur um wenige Monate. Ich weiß nichts Genaues. Und Hodges? Der ist in Indien, glaube ich, und wenn es stimmt, malt er den Menschen dort römische Gewänder auf den Leib. Was für ein herrlicher Träumer. Ich konnte ihm nie böse sein. Kapitän William Blighs Reise in die Südsee mit der Bounty habe ich auch übersetzt.«

Er hielt inne, hob den Kopf, lächelte und sah mich an. »Wenn man das S aus Resolution gegen ein V vertauscht, ist man hier angekommen«, sagte er.

»Der spätere Kapitän Bligh von der Bounty war übrigens auf der dritten Reise Offizier unter Cook. Auf der Bounty dann hat er einen furchtbaren Fehler gemacht: Er war zu gut zu seiner Mannschaft. Weil er sie nie hat schlagen lassen, wurde er das Opfer einer Meuterei. Stellen Sie sich diesen Widersinn vor. Er war ein guter Mann, ein ausgezeichneter Navigator, der nach der Meuterei mit einem Beiboot Hunderte von Seemeilen zurücklegen mußte. Bis an sein Ende wird man über diesen Mann lachen, der sich sein Schiff hat wegnehmen lassen. Seine einzige Möglichkeit, weiterhin zur See fahren zu können, war die, ein eisenharter Kapitän zu werden, der nichts mehr durchgehen ließ. Das wurde er. Die Meuterer, die ihm das Schiff stahlen, segelten schnurstracks nach Tahiti – wohin auch sonst? Das geschah im selben Jahr, in dem hier in Frankreich die Revolution ausbrach. 1789. Aber englische Meuterer, die sich ihres Kapitäns entledigen und nach Tahiti segeln, sind immer noch Engländer, und daß sie gemeutert haben, macht sie nicht zu Freidenkern. Die Meuterer haben sich zerstritten. Sie mußten Tahiti verlassen, weil sie wußten, daß sie dort als erstes gesucht würden, aber auch, weil die Tahitianer sie auf Dauer nicht haben wollten. Soviel ich weiß, sind sie inzwischen alle tot, bis auf einen. Sie hatten ebensowenig eine gute, frei gewählte Führung, wie es die Revolutionäre hier haben. Also fließt Blut.

Könnten Sie uns etwas zu essen besorgen?«

»Ich hole Brot und Käse«, sagte ich.

Als ich zurückkam, saß Forster am Tisch unter dem Fenster und knibbelte das Kerzenwachs weg, das die Papiere mit dem Tisch verklebt hatte. Er hatte sich eine Decke um die Schultern geschlungen.

»Auch ich hab geschossen«, sagte er. »Die größten Probleme gab es auf Tanna. Eine wunderschöne Insel. Dort donnerten Breitseiten. Die Resolution zeigte ihr zweites Gesicht. Ich empfand immer Frieden, wenn ich das Schiff an einer Küste liegen sah. Ein Segelschiff ist schön. Und ruhig. Es paßt sich still seinem Element an. An den Bordwänden spiegelt sich das Wasser. Aber wenn eine Breitseite kracht, tun sich Höllenschlunde auf.«

Er kam zum Tisch und brach ein Stück Brot. »Die Insulaner haben uns nicht darum gebeten, ihre Inseln zu besuchen. Sollten Sie denken, wir Europäer seien kultiviert, dann segeln Sie mit einem Schiff voller Männer in die Südsee.

Glauben Sie nicht, Kolumbus und Magellan und wie sie alle heißen seien aus purem wissenschaftlichem Interesse gesegelt. Die katholische Majestät interessierte Gold. Gold und Besitz und die Verbreitung ihres jämmerlichen Glaubens. Ferdinand und

Isabella wäre es doch scheißegal gewesen, ob die Erde eine Scheibe ist oder nicht.«

Er atmete aus und sah mich an. »Bei uns war das etwas anders. In der Tat, wir waren nicht nur schlecht, glauben Sie mir.« Er aß ein Stück Käse und lachte. Seine Zähne waren ruinös.

»Mit Humboldt«, sagte er, »war ich nach über zehn Jahren Abstinenz noch mal am Meer. Das war ein Gefühl. Wir sahen uns in Amsterdam einen Stapellauf an. Ironischerweise war es ein Kriegsschiff, das da ins Wasser rutschte. Vierundsiebzig Kanonen. Das reicht, um mit einer Breitseite ein ganzes tahitianisches Dorf wegzufegen.«

Er aß noch etwas Brot und Käse und ließ sich ins Bett sinken. »Das Buch, das ich über die Reise geschrieben habe, ist das beste Buch dieser Art. Aber es wäre noch besser geworden, wenn ich nicht mit siebzehn, sondern mit siebenunddreißig losgesegelt wäre.«

Er rieb sich die Augen, sah zu dem Segelschiff hinauf und verschränkte die Arme über der Brust. Er bat, ihn zu entschuldigen, er müsse jetzt schlafen, er sei nicht ganz auf der Höhe, aber das würde sicher bald wieder.

Bevor ich mich verabschiedete, ließ er sich von mir die Landkarten vom Schreibtisch geben und eine der Kerzen näher ans Bett stellen. Er bedankte sich, wünschte mir eine gute Nacht und fragte, ob ich morgen wiederkäme. Ich sagte ja.

11

Georg fühlte sich immer noch schwach, ging aber trotzdem mit an Land, als Cook mit einer großen Delegation zum König aufbrach. Die Sonne wärmte und entspannte ihn, und der Himmel hatte wieder das klare Blau, vor dem sich jeder Palmwipfel federspitz abzeichnete. Am Strand warteten Dutzende Insulaner in bunten Beinkleidern und mit federgeschmücktem Haar. Der Häuptling, so hieß es, würde ein Fest zu Ehren des alten Freundes Cook geben. Warum O Tu Cook in den ersten Tagen nicht empfangen hatte, jetzt aber ein Fest für ihn gab, wurde nie geklärt.

An Land angekommen, stützte Georg sich auf den Knien ab und atmete schwer. Hodges legte ihm eine Hand auf die Schulter und fragte, ob er zurechtkomme.

»Ich komme nach«, sagte Georg. Er blieb einige Zeit aufgestützt stehen. Eine Frau brachte ihm eine Schale Wasser und sagte etwas. Er lächelte sie an und trank. Die Frau geleitete ihn in den Schatten einer Baumgruppe, an deren Fuß ein Kanu lag.

Als Georg sich setzten wollte, meinte er, am Dschungelrand ein weißes Gesicht zu entdecken. Er hockte sich hinter das Kanu und starrte zum Wald. Die Frau sagte wieder etwas, beugte sich zu Georg hinab, zuckte die Achseln und ging. Georg hatte kein Fernrohr dabei und rieb sich die Augen, aber es war ganz deutlich: Da bewegte sich ein weißer Mann im Gebüsch. Er schien das Aufeinandertreffen von Cook und den Insulanern zu beobachten.

Ein Spanier? Zuletzt waren es die Spanier gewesen, die auf Tahiti gelandet waren. Den Berichten zufolge hatten sie sich nicht gut stellen können mit den Eingeborenen. Auf spanischen Schiffen fahre der Geist der Eroberer Mittelamerikas, behauptete Cook. Des Spaniers fanatische Art von Gottglauben sei widerlich und könne niemals Basis für Verständigung sein. Die Engländer seien da anders. Aber auch bei den Spaniern, hatte Georg gedacht, waren es die Führer, die das Wort und die Berichte bestimmten. Der einfache Mann war so gut wie alle anderen.

Es mußte ein Spanier sein. Von den letzten englischen und französischen Forschungsreisen waren keine Desertionen bekannt. Der Mann lauerte und schob mit den Händen den Laubvorhang auseinander. Georg zog sich von den Palmen zurück und bückte sich hinter eine Felsgruppe, die halb im Wasser und halb im Sand lag. Er lief mit krummem Rücken weiter, um ungesehen an den Mann heranzukommen. Er wollte mit dem Mann sprechen. Bougainville hatte einen Eingeborenen mit nach Paris genommen, hier versteckte sich ein Europäer im Busch.

Am letzten Stein der Gruppe hockte Georg sich nieder und spähte zum Wald. Der Mann war regungslos, ein heller, ovaler Fleck im Grün. Am Strand war Bewegung in die Delegation gekommen. Cook und der Abgesandte gingen nebeneinander, Georgs Vater redete von der Seite auf den Kapitän ein, Hodges schlug im Gehen die Skizzenmappe auf, und um die Engländer herum liefen und hüpften die Tahitianer. Clerke überragte alle, und Georg meinte ihm selbst aus der Entfernung das Wohlgefühl anzumerken.

Der Weiße ließ die Palmwedel los, und der Vorhang schlug zu. In diesem Moment rannte Georg los. Das Gebüsch rüttelte, und der Mann rannte jetzt auch, mitten in den Dschungel hinein. Mit einem Sprung wie am Tag der Abfahrt der Resolution stürzte Georg sich ins Gewächs. Er erkannte einen Pfad, nicht mehr als zwei Handbreit dunklen Wegs. Blätter, Farne und Äste schwangen, und er folgte der Spur. Er rief, der Mann solle warten, bitte, und hastete voran, die Arme schützend vor dem Kopf. Er überlegte, was warten auf spanisch hieß. Er versuchte es mit französisch, verfluchte seine Russisch- und Lateinkenntnisse und rannte weiter.

Der Pfad stieg an. Vögel schrien. Irgend etwas hopste dickleibig über den Weg. An einer Wegbiegung auf dem Hügel sah er den Mann. Er stand an einem kronenlosen Baumstamm. Georg stoppte und hob die Hände. Er atmete heftig. Der Lauf hatte ihn angestrengt, und sein Magen rumorte. Er lächelte. »Ich möchte gern mit Ihnen reden.«

Das Gesicht des Weißen blieb starr. Seine Haut hatte die Farbe des Palmenstammes, und Gleichmut prägte sein Aussehen. Der Mann schüttelte langsam den Kopf, als wolle er es besonders deutlich tun, und sah Georg dabei in die Augen. Dann wandte er sich ab und rannte weiter. Georg lief hinterher. Der Pfad wurde glitschig. Irgendwo rauschte eine Kaskade. Mit weitem Satz flog Georg über eine grüne Schlange, hastete voran, schlitterte und sah den Mann auf einem Felsen und dann gestreckten Körpers ins Nichts hinabspringen. Georg hörte Wasser aufklatschen.

Es dauerte eine Weile, bis Georg den Felsen erreichte. Von hier aus hatte er freien Blick auf den Wasserfall, der in das Tal und einen türkisfarbenen See stürzte. Er sah den Mann noch im Fluß schwimmen, der vom See aus unter dem verwirrten Dach des Dschungels verschwand.

Georg setzte sich auf die Mooshaube des Felsens, rieb sich die Knie und streckte die Beine aus. Nie zuvor war er allein so tief im Dschungel gewesen. Der fremde Weiße schien so wenig Angst vor Wasserschlangen zu haben, wie Georg in London Angst davor gehabt hatte, von einer Kutsche angefahren zu werden. Die Wälder waren gefährlich. Niemand wußte, welche menschenfressenden Tiere hier lebten. Es war ein abscheuliches Ende, gefressen zu werden, dachte er.

Er schüttelte den Gedanken an reißende Sehnen und zerfetztes Fleisch ab und sah in den See. Kühl und klar lud er ein. Der Weiße war gut 30 Fuß in die Tiefe gesprungen. Er mußte das Gewässer genau kennen. Wer war der Weiße? Was tat er hier? Leben und sich damit genügen? Prospero auf seiner Insel?

Nein, kein Shakespeare jetzt. Georg saß im Wald Tahitis und stellte sich vor, am Strand eine Bibliothek zu bauen. Tausende Bücher gut sortiert in Bambusregalen, und dort herrliche Nachmittage verbringen. Er schüttelte den Kopf. Geisteskrank, dachte er. Gefangen. Kopfgeboren. Ballast, den er nie würde abwerfen können. »Dummkopf«, murmelte er. Er spähte hinab in den See und kratzte sich am Scheitel.

Hinter ihm raschelte es im Gebüsch, leise erst und dann plötzlich laut, Geäst brach und ein Tier schrie, gurgelte, quiekte. Dann war wieder Ruhe. Georg stand auf und sah sich um. Einzelne Sonnenstrahlen drangen durch das Laub bis zum Boden. Er ging erst langsam und vorsichtig und dann immer schneller den Pfad zurück und gab dem Durchfall erst nach, als er den Strand wieder sah.

Er folgte den Schuhspuren Englands und den Barfußspuren Tahitis zum Dorf. Am Rande der Hofgesellschaft, an einer Mauer nackter Rücken, blieb er stehen und versuchte zwischen Hunderten federgeschmückter Hinterköpfe hindurch einen Blick auf das Zeremoniell zu erhaschen. Er wollte nicht stören.

Er sah Cook neben dem Häuptling auf der Terrasse einer aufgeständerten Hütte ohne Seitenwände sitzen. Cook trug Federn im Haar und das rote Tuchgewand eines tahitianischen Edlen. Soweit Georg erkennen konnte, wurde auf dem Dorfplatz getanzt. Am rechten Rand der englischen Delegation saß Hodges im Schneidersitz und zeichnete. Georg bewunderte Hodges' Art künstlerischer Anwesenheit, sein direktes Umsetzen des Soeben aufs Papier. Allein deswegen war er Hodges zugeneigt und verspürte eine Seelenverwandtschaft zu ihm. Wenn Georg schrieb, rannten seine Worte den Ereignissen hinterher. Hodges dagegen konnte sogar im Gehen zeichnen, oder an Deck des Schiffes bei starkem Wellengang. Er machte Skizzen, die eine Bewegung noch im Augenblick festhielten. Und genau das schien er gerade zu tun.

Etwa ein Dutzend halbnackter Diener bewirtete den Häuptling, seine Vasallen und Cook mit seinen Männern. Georg sah O Tu zum ersten Mal. Der Häuptling hatte einen braunen Bauch, der über den geschmückten Lendenschurz hinabhing, und einen kugelrunden Kopf. Trommeln klangen. Georg ging einen Pfad entlang, der hinter die Hütte führte, vor der seine Kameraden beköstigt wurden. Männer mit Körben voll Obst und Fisch auf den Schultern warteten auf ein Handzeichen eines strengen Zeremonienmeisters, der über den Hüttenboden seinen Häuptling und dessen Gäste beobachtete und den Korbträgern winkte, wenn Speisen nachgebracht werden mußten. Vom Versammlungsplatz schrien Hunderte von Stimmen, wahrscheinlich hatte Cook dem Häuptling ein Geschenk überreicht. Ein Kind, das am Rande des Pfades der Korbträger stand und die Hände aufhielt, wurde auf ein Zeichen des Zeremonienmeisters mit einem Fußtritt verscheucht und verschwand in einer Plantage.

Der Mann, der nach dem Kind getreten hatte und jetzt seinen Korb wieder aufhob, lachte und sagte etwas zu einem Kameraden. Georg sah an sich herab, seine Füße hatten eine Blume zerdrückt, am Jackenärmel hingen Blätter, die er in seinem Lauf durch den Dschungel abgerissen hatte, das Blut eines versehentlich zerdrückten Kleintieres machte einen Streifen auf seinem Strumpf. Die Menschen stören das Paradies, dachte er.

Abends an Bord der Resolution tanzten Insulanerinnen zu Dudelsackmusik. Hodges aß einen Apfel und erzählte, Cook habe die Bitte um den Eintausch von Schweinen durchgesetzt. Außerdem sei er stolz auf eine Wortfindung, um die Georg ihn sicher beneiden würde: Auf die Frage eines Vasallen, wofür die Chronometer an Bord gut seien, habe er geantwortet, die Uhr sei eine kleine Sonne. Georg lächelte.

Hodges legte ihm die Hände auf die Schultern und rüttelte ihn. »Werden Sie bloß nicht zum Melancholiker. Das sind furchtbare Menschen. Sie kennen kein Gleichmaß, Georg. Entweder sind Sie begeistert oder betrübt.«

Ob das bei Hodges anders sei.

»Ich bin amüsiert. Auch wenn wir uns demnächst wieder den Arsch abfrieren, weil irgendein kühner Kopf Land vermutet, wo nur Langeweile ist.«

Pickersgill und Clerke traten zu ihnen.

»Im Angesicht des Königs waren die Tahitianer heute nicht zimperlich«, sagte Pickersgill. »Die haben mehr Rücken zerschlagen als Kapitän Cook während der ganzen ersten Reise.«

»Wovon reden Sie?« fragte Georg.

»Dachte ich es mir, daß Sie davon nichts mitbekommen haben, wie da geprügelt worden ist. Wieder nur das gesehen, was Sie sehen wollten. Einem Mann wie Ihnen, Mr. Forster, dürfte das nicht passieren. Können Sie sich vorstellen, hier zu leben?«

Georg war gereizt. Die Verfolgung des weißen Mannes, das getretene Kind und der ganze heutige Tag hatten ihn betroffen gemacht, ohne daß er sagen konnte, warum. Er fühlte sich, als sei er mit ständig verkniffenen Lippen umhergelaufen und ähnele seinem Vater. Er verfluchte sich dafür, daß Pickersgill ihm sein Unbehagen ansah.

»Man braucht keine Heimat. Ich kann überall leben. Und Sie, Herr Leutnant?«

»Hier nicht, das wäre mir auf Dauer zu primitiv. Sie sind ein schreibender Mensch. Was sollte einer wie Sie hier tun?«

»Schreiben«, intervenierte Clerke. »Mr. Forster schreibt. Das kann man wahrscheinlich überall. Ein beneidenswerter Mann, der schreiben kann.«

»Ach, wissen Sie, Clerke«, sagte Pickersgill, »Ihr ewiges Wohlwollen nehme ich Ihnen schon lange nicht mehr ab.«

Clerke hob die Brauen und lächelte. »Mr. Pickersgill, ich werde den Eindruck nicht los, daß Sie unausgelastet sind ...«

Pickersgill hob den Zeigefinger und wollte etwas sagen.

»Maul halten, Mann!« sagte Clerke. Solche Worte aus seinem Mund wirkten wie ein Kanonenschuß. Im Weggehen hörte Georg, wie Clerke seinen Untergebenen zurechtwies.

Georg ruderte mit einigen Eingeborenen zum Strand und sprach mit dem Vater, Wales und Bayley in der Sternwarte über die Kendall- und Arnold-Chronometer, über botanische Probleme und über Lomonossows kurze russische Geschichte.

Verzweiflung, schrieb er ins Tagebuch und strich das Wort wieder aus. Mit der Resolution hinaussegeln, allein. Den Wind das Schiff und Teori treiben lassen, bis sie sich in der Weite verloren oder an ein Riff stießen. Dort bleiben. Vom Wind verurteilt.

Georgs Unbehagen wuchs, als Abgesandte des Königs an Bord erschienen und sich bei Cook beschwerten, daß ein Eingeborener von zwei Engländern verprügelt worden sei. Es stellte sich heraus, daß die Männer zu einer Abteilung Leutnant Pickersgills zählten, die gestern eine Expedition nach Nahrungsmitteln unternommen hatte. Pickersgill wurde in die Kapitänskajüte gerufen. Später wurde Cooper gerufen und erschien nach wenigen Minuten wieder an Deck. Er befahl dem Bootsmann, den Matrosen Hammond und den Seesoldaten Wilker festzunehmen und ins Kabelgatt zu sperren. Ein Matrose erzählte, die beiden seien wie besessen hinter einem schreienden Tahitianer hergerannt. Niemand wisse, warum.

Georg nahm den Vater am Unterarm. Sie ließen sich samt Hodges zur Insel rudern und fragten einen Tahitianer, ob er sie in die Berge führen könne. Im Überfluß der Natur wurde Georgs Herz ruhiger. Einmal ließ er die anderen vorangehen und schloß, als die Männer um eine Pfadbiegung verschwunden waren, eine Palme in die Arme.

Der Insulaner führte die Gruppe über ansteigende Plantagen in den feuchten, steilen Wald. Auf einer Lichtung entdeckten sie einen unbekannten Baum mit kopfgroßen, weißen Blüten. Huddu sei die Bezeichnung für den Baum, sagte der Insulaner und erklärte ihnen, daß aus der Frucht ein Betäubungsmittel gewonnen werden könne, das – ins Wasser gestreut – Fische besinnungslos und so das Fangen zu einem Kinderspiel mache.

Hodges fragte, ob Menschen auch von diesem Mittel nehmen konnten. »Nichtsnutz«, sagte Georgs Vater. Sie gingen weiter, die Luft wurde kühler, und als die Sonne den Nachmittag anzeigte, sagte der Führer, weiter oben fände man keine Nahrung und keine Hütte als Unterschlupf für die Nacht. Georg bat darum, im Schutz des Waldes ein provisorisches Nachtlager aufzuschlagen. Sie aßen Früchte und tranken Wasser. Hodges hatte eine Flasche Wein dabei, deren Herkunft er nicht verriet. Sie boten ihrem Führer vom Wein an, aber der verzog das Gesicht, faßte sich mit beiden Händen an die Schläfen und schaukelte den Kopf hin und her. »Die saufen hier nicht«, sagte Hodges und deutete das als hochgradig zivilisiert. Als die Weinflasche geleert war, rollten sich die Männer in ihre Decken.

Bei Sonnenaufgang zogen sie weiter. Sie fanden unbekannte Blumen und Gräser, die Georg in Papier schlug und vorsichtig in seine Umhängetasche steckte. Sie nahmen sich bei den Händen und zogen sich gegenseitig steile Pfadabschnitte hinauf, lachten, wenn einer von ihnen auf dem nassen Boden ausglitt und hinfiel. Sie spielten Handball mit einem Apfel. Gegen Mittag erblickten sie von einem Felsvorsprung aus den Hafen Aitepieha mit den beiden Schiffen und einer Flotte von Kanus um die königlich-britischen Dreimastinseln herum. Sie teilten sich den Apfel und traten den Rückmarsch an.

Am nächsten Morgen wurden im Beisein einer Delegation tahitianischer Edler die beiden Gefangenen an die Wanten gebunden und ausgepeitscht. Die Trommeln der Seesoldaten übertönten die Schreie. Haut sprang auf, Blut lief und sammelte sich am Hosenbund. Georg sah genau hin. Er beobachtete, daß Hodges in den Himmel schaute, daß Clerke seine Abneigung hinter der Arroganz gehobener Brauen versteckte und Cooper teilnahmslos auf die Ausrichtung seiner Seesoldaten achtete. Georgs Vater sah zu Boden und fingerte an den Lippen. Patton murmelte »Schwachsinn«, bei jedem Schlag »Schwachsinn«. Cook verzog keine Miene.

Als die Gepeitschten losgebunden wurden, sah Georg einem der Männer in die Augen. Sie waren glasig, fielen immer wieder zu, aber wenn sie offen waren, suchten sie den Kapitän. Kaum waren die Gefolterten zur Behandlung getragen, wurde wieder gelacht. Schon nach dem Kanonenschuß auf das Kanu war schnell die gute Laune der Tahitianer zurückgekehrt. Die hassen Tragödien, dachte Georg. Die Streitereien hier erschienen ihm wie eine Wolke, die sich für wenige Minuten vor die Sonne schob, dann aber die Strahlen wieder durchließ. Aber auch das, dachte er, wird eine Täuschung sein wie der Vogelschwarm, der ein Palmenwald war.

Die Reise ging viel zu schnell voran, dachte er. Selbst bei schwachem Wind und schlechtem Wetter sind wir zu schnell.

Die Engländer bekamen Schweine. Und sie bekamen einen Mitreisenden: einen zwanzigjährigen Jungen namens Maheine. Er wollte mit nach England. Er bat um eine Uniform und wollte

Tom genannt werden. Er redete lang auf Dr. Patton ein, und nach und nach wurde den Männern klar, daß Maheine den Doktor um helle Farbe für sein Gesicht anbettelte.

Georg spazierte zum letzten Mal im Sonnenschein am Strand. Er sah seinen Vater mit Wales im Schatten stehen und diskutieren. Er ging bis zu einer Felsbarriere und sah in die Bucht. Im Wind wehte Georgs Zopf in die gleiche Richtung wie die Palmenwipfel.

12

Vorräte und Frischwasser waren aufgefüllt und dem König die Ehre erwiesen. Am 2. September verließen die Schiffe den Hafen. Der Wind war so schwach, daß Tahiti noch bei Sonnenuntergang als Hügel am Horizont lag. Georg steckte sich ein Fernrohr in den Gürtel und kletterte in die Wanten. Je grauer die Insel wurde, desto schneller schlug sein Herz. Er erinnerte sich an die Abfahrt von England. Auch damals hatte die Entfernung die Farben gefressen und alles grau werden lassen. Er hatte über Heimweh und Frauen nachgegrübelt. Frauen kannte er jetzt, ein wenig immerhin, Heimweh wurde ihm immer fremder. Heimweh brauchte ein Heim, und er beschloß, daß die Welt sein Heim war, die Südsee ebenso wie Deutschland oder England. Er hing in den Wanten, bewegte sich mit dem Schiff und beschloß, nach der Rückkehr nach England sein Leben in Bewegung zu halten, wenn sich Möglichkeit dazu bot. Sein Vater hatte immer versucht, seßhaft zu werden, und es war ihm nie gelungen, und auch in London würde die Familie sicher nicht bleiben. Aber Georg wollte nicht mehr bleiben. Für einen kurzen Augenblick überkam ihn der Gedanke, Seemann zu werden.

Als er Maheine an der Heckreling laut weinen hörte und sah, wie Cook und der Vater ihm die Arme um die Schultern legten, biß er sich auf die Unterlippe. Er dachte an Traumauge. Er dachte an den See mit den Blüten, und an die Sonnenstrahlen, die durch die Baumkronen schienen. Er dachte an den Weißen. In etwa sieben Monaten, hatte Cook dem Häuptling versprochen, seien sie zurück auf Tahiti.

Georg arbeitete viel mit seinem Vater in der Kabine. Hunderte von Notizen über Stammessitten, Bauwesen, Plantagen, Flora und Geographie Tahitis mußten geordnet und überarbeitet werden. Bei besonders detailgetreuen Zeichnungen von Blüten stand Hodges Georg mit Rat und Tat zur Seite. Angesichts der Fülle von Erinnerungen konnte Georg kaum glauben, daß sie nur siebzehn Tage auf Tahiti gewesen waren. Er schrieb wie besessen. Das Niederschreiben eines Textes sei sogleich auch dessen Tod, sagte er. Hodges sagte, mit Bildern sei es nicht anders.

Georg erzählte Hodges von dem Weißen.

»Ach, herrje«, sagte der Maler und pfiff durch die Zähne. »Dieser Weiße ist auf Tahiti, und Maheine ist hier. In ein paar Jahren wird man so etwas Kulturaustausch nennen. Scharen von Tahitianern werden den Tower bestaunen, und im Gegenzug werden Gruppen englischer Frauen den Kannibalen Neuseelands in die Kochtöpfe gucken. Ganze Schiffe voller Reisender werden die Ozeane überqueren.«

»Gott bewahre«, sagte Georg.

Dr. Patton berichtete, Geschlechtskrankheiten hätten beinahe die gesamte Mannschaft befallen. Sie seien allerdings schnell kurierbarer Natur. Georg fragte, ob die Krankheiten schon auf den Inseln gewesen seien, bevor Wallis dort landete, oder ob die Europäer sie eingeschleppt hätten. Patton nahm die Pfeife aus dem Mund und zeigte damit auf Georgs Brust. Das sei keine schlechte Frage, er werde beim nächsten Besuch auf Tahiti versuchen, dem nachzugehen.

Georgs Organ war gesund. Der Oberbootsmann war bei Patton in Behandlung, wie Georg durch eine beiläufige Frage erfuhr. Er fragte sich auch, ob viele Matrosen geheime Erotik mit ihresgleichen hatten. Oder konnten Männer, die sich auf Tahiti – wie Hodges sagte – auf alles gestürzt hatten, was nicht schnell genug auf einer Palme war, monatelang völlig darauf verzichten? Hodges sagte, er könne sich Sex mit einem Mann nicht vorstellen, und das habe nichts mit Moral oder ähnlichem zu tun, sondern liege schlicht daran, daß Männer keine Brüste haben und nicht den Mund einer Frau und nicht den Blick und nicht die Schenkel und nicht den Bauch und nicht die Nase und nicht die Brustwarzen und nicht die Haare und nicht die Hände. Es sei also, wie er sehe, nicht viel, aber dafür um so entscheidender. Der einzige Schwanz, den er begehre, sei sein eigener.

Cook plante, von Tahiti aus eine Westschleife zu segeln und später nach Süden zu wenden, um in Neuseeland Proviant für einen erneuten Vorstoß ins Eis aufzunehmen. Georg zeichnete die Route in die kleine Weltkarte, die er auf eine Doppelseite des Tagebuchs übertragen hatte. Am unteren Rand der Karte, wo das legendäre Südland vermutet wurde, hatte er eine auf der Seite liegende Frau gezeichnet, die den Kopf in die Hand stützte.

An Deck wurde wieder viel gesungen. Einige Matrosen hatten sich tahitianische Panflötenmelodien eingeprägt und summten sie im Chor. In Georg kam erneut das Gefühl einer Vergnügungstour auf, wie er es zu Beginn der Reise gehabt hatte. Der Kanonenschuß, die Musketenschüsse und die Auspeitschung wurden totgeschwiegen und nisteten nicht in den Erinnerungen. Wäre es auf Neuseeland oder anderswo zu solchen Zwischenfällen gekommen, würde viel mehr darüber geredet, dachte er. Tahiti blieb makellos.

Dr. Patton sagte, es sei doch nur eine Insel. Nein, sagte Hodges, das sei Tahiti.

»Wie kann so ein Sarkast wie Sie romantisch werden wegen ein paar Palmen und Brüsten?«

»Ich bin Künstler. Künstler brauchen keine logische Stringenz. Was meinen Sie, Georg?«

»Menschen sind nicht logisch. Mathematik ist logisch«, sagte Georg.

Selbst sein Vater pfiff wieder Liedchen. Er wußte nicht, daß Georg ihn beim Geschlechtsakt in der Kabine gesehen hatte. Georg beschloß, sich nicht in das Sexualleben anderer Menschen einzumischen. Auf seinen Vater wartete eine Frau, die ihrerseits jetzt und daheim Begierden stillen mußte.

Die Schiffe erreichten die Societäts-Inseln. Die Häuptlinge begrüßten Cook wie einen alten Freund, umarmten ihn und klopften ihm auf die Schulter. Georg bewunderte Cook. Wenn der Kapitän von den fremden Menschen hier bewirtet und beschenkt wurde, weil er Jahre zuvor Freundschaft mit ihnen geschlossen hatte und nun aus dem fernen England zurück war und Grüße des englischen Häuptlings überbrachte, dann mußte er seine Sache gut gemacht haben. Georg sah Cook Schulter an Schulter mit einheimischen Häuptlingen lachen und plaudern, und er konnte sich den Kapitän kaum noch als jähzornigen Mann vorstellen, der wegen eines geklauten Bestecks nach fliehenden Insulanern schoß.

Das Einlaufen in die Naturhäfen der Südseeinseln wurde ihnen zur Routine. Nackte Frauen waren auf den Schiffen, und bis auf die Seesoldaten rannten die Männer kreuz und quer über Deck, stießen sich um, rotteten sich zusammen und verfolgten hordenweise die kichernden Frauen. Cook schüttelte so oft den Kopf, daß Hodges Georg ins Ohr flüsterte, der Kapitän müsse eine beachtliche Nackenmuskulatur haben. Maheine trug eine bis oben zugeknöpfte Uniform und versuchte, sein Tahitianisch hinter ein paar Brocken falsch ausgesprochenem Englisch zu verbergen. Er legte größten Wert darauf, von den Insulanern nicht als Einheimischer erkannt zu werden.

Die Schiffe segelten von einem Fest zum nächsten. Der Papierstapel der Reiseaufzeichnungen wuchs unter Georgs Händen von Tag zu Tag. Pickersgill tanzte Hand in Hand mit einem Fürsten zu Dudelsackmusik und redete und scherzte stundenlang mit dem Mann.

»Ja, Mr. Forster«, sagte Clerke, »Menschen haben nur eine Seite, aber die ist groß.«

Allmorgendlich, wenn Georg Hodges traf, grinste der Maler und sagte, sein Pinsel komme kaum noch zur Ruhe. Dutzende von Schweinen wurden den Engländern geschenkt, teils geschlachtet und eingepökelt, teils an Bord gehalten, und an den Wanten und Masten hingen Stauden von Obst und Gemüse, Blumen wuchsen, Setzlinge sprossen. Die Inseln Middelburgh und Amsterdam, von denen Abel Tasman berichtet hatte, wurden wiederentdeckt. »Und noch eine Insel«, hörte Georg den Kapitän flüstern.

»Wahrscheinlich hat der eine Strichliste unterm Kopfkissen«, sagte Hodges. Die Schiffe näherten sich unbekannten Inseln mit geladenen Kanonen. Aber auf den Neuentdeckungen herrschte Friede, und wenn die umschweifenden Engländer nicht beschenkt und bewirtet wurden, dann wurden sie ignoriert, als interessiere niemanden, was sie taten.

Immer wieder handelten Matrosen Hähne ein und veranstalteten am Fuße des Großmastes Kämpfe mit ihnen. Fetzen und Federn flogen, und geschlagene Hähne schrien und starben unter den wütenden Schnabelhieben ihres Widersachers. Die Hahnenkämpfe erfreuten sich auch unter den Offizieren großer Beliebtheit. Nach jedem Kampf tauschten die Leutnants, Maate und der Obersteuermann Münzen. Clerke schien eine glückliche Hand zu haben und neigte den Kopf, wenn Patton oder Pickersgill ihm Münzen reichten. »Sie setzen immer auf den, der sofort rangeht wie ein Berserker, Mr. Pickersgill«, sagte er. »Sie sollten mal in sich gehen und darüber nachdenken, ob das klug ist.«

»Und wie erklärt sich Ihre Durchlaucht mein Pech?« fragte Patton.

»Sie, mein guter Doktor, Sie wollen verlieren.«

»Scheiße, Clerke, Sie sind so verdammt klug. Ich freu mich schon darauf, Sie eines Tages im Lazarett unter die Finger zu kriegen.«

Georg sah die drei Männer an und schüttelte den Kopf, als der Koch den toten Hahn aus der Blutlache hob und den stolzen Sieger am Hals durch die Luft schleuderte, daß man das Genick brechen hörte.

Georg zeichnete die Lanzen, Beile und Bambusmesser der Eingeborenen. Er versuchte, einen Hahn zu zeichnen, der auf dem Bauch eines anderen stand und mit triefendem Schnabel den Kopf des Unterlegenen zerhackte. Es gelang nicht. Als sein Vater mitzuwetten begann, sagte ihm Georg, er sei primitiv.

»Sag doch, Clerke, daß du ihn für primitiv hältst, du Grünschnabel. Glaubst du, wenn du Kapitän wärst, wäre hier irgendwas besser?«

»Ja«, sagte Georg.

Je länger die Reise währte, desto mehr zweifelte er. Oberflächlich war während der Fahrt alles friedlich, aber ihm war, als habe er filigrane Fühler für die Konflikte, die schlummerten und ausbrechen würden. Er ging nachts oft an Deck spazieren, um der unerträglichen Nähe seines Vaters beim Schlafen auszuweichen. Er hielt sich die Ohren zu, um das Gemurmel der Männer an Deck nicht zu hören, und starrte auf das Meer und in den Himmel. Heimat war immer da, wo er war. Aber wo war er? An Bord der Resolution, die mit ihren astronomischen Geräten und ihrer Bibliothek ein schwimmender englischer Gedanke war, nach dem hier auf den Inseln niemand gefragt hatte.

Als die Schiffe bei den Freundschafts-Inseln lagen, beobachtete Georg von Bord aus mit einem Fernrohr, daß Matrosen am Strand nach einem Insulaner schossen, der eine Jacke geklaut hatte. Der Mann war in eine Gruppe von Fischern gerannt, und die Salve fuhr in die Gruppe hinein. Männer fielen um. Blut war im Sand. Die Jacke lag im Wasser.

Einem anderen Dieb, der aus Cooks Kajüte ein Lineal gestohlen hatte und über Bord gesprungen war, warfen Matrosen von einem Beiboot aus Bootshaken hinterher. Einer der Haken riß in den Schwimmer. Georg hörte einen Schrei, sah den Mann untertauchen und die Leine lose werden. Mit einer Blutspur hinter sich erreichte der Mann den Strand und taumelte auf den Waldrand zu. Als sei nichts geschehen, ging der Handel weiter, die Empfänge und Zeremonien. Irgendwo wurden die Verwundeten gesundgepflegt oder starben. Niemand erfuhr davon. Georg stellte die Theorie auf, daß sich der hiesige Frieden durch Musketenkugeln nicht erschüttern ließ. Er stellte die These nicht zur Diskussion und warf den Zettel, auf den er sie notiert hatte, über Bord. Irgendwo, dachte er, irgendwo auf der Insel dort sitzt jetzt auch jemand und macht seinerseits Notizen. Wir sind das Ziel seiner Schrift, und er wird über die Toten berichten.

Während gehakt und geschossen wurde, saß Georg im Boot, stand an der Reling oder lehnte an einer Palme und schrieb. Einmal saß nicht weit von ihm ein Seesoldat auf einem Baumstamm, zielte mit der Muskete nach Vögeln und sagte peng, pengpeng.

Das Schiff läuft aus dem Ruder, notierte Georg auf einen der

Jackentaschenzettel, die er, wenn es ihrer zehn waren, ins Tagebuch legte.

Überladen mit Nahrungsmitteln, einem Zoo und botanischen Garten gleich, nahmen die Schiffe Südkurs auf Neuseeland.

Je weiter sie sich von den Inseln entfernten, desto grauer wurde der Himmel, desto höher schlugen die Wellen. Auf den Gipfeln Neuseelands lag Schnee. Das Großsegel zerriß, als sei es träge und schlapp geworden auf Tahiti. Die Fetzen knatterten im Sturmwind. Maheine übergab sich ununterbrochen. Er schaffte es nie bis zur Reling. Der Tahitianer besudelte seine Uniform und den Mastfuß oder das Beiboot, an das er sich klammerte. Der Regen und die Brecher wuschen alles Halbverdaute wieder fort. Clerke sorgte dafür, daß Maheine sich ein Tau um den Bauch schlingen mußte, das am Achterniedergang festgezurrt wurde.

Georg beobachtete die Matrosen, die in der Großrah arbeiteten, sie klammerten sich fest und versuchten, die schlagenden Fetzen loszuschneiden und das neue Tuch zu verlaschen. »Das müssen Sie malen, Hodges«, schrie er.

»Was glauben Sie wohl«, schrie Hodges zurück, »wie es aussieht, wenn ich Männer in römischen Togas auf den Rahen herumklettern lasse, hm?«

Wie hart Cook die Resolution auch gegen den Wind kreuzen ließ, der Sturm drückte das Schiff gefährlich nah an die Küste. Georg, Hodges und der Vater halfen in den Laderäumen aus, wo Belegtaue gerissen waren und Fässer und Kisten drohten, durch das rollende Schiff zu schlittern und die Bordwand zu beschädigen. Matrosen klopften Georg auf die Schulter. »Auf den Mann ist Verlaß«, sagte einer.

»Neue Freunde?« fragte sein Vater. Alle Fenster wurden durch Holzschieber ersetzt. Weil mehr Tauwerk als erwartet schwach geworden war, wurden die Kanonen doppelt vertäut.

»Schmeißt die Dinger über Bord«, schrie Georg ein paar Matrosen an.

»Nix da, Mr. Forster, lieber jedes einzelne Schwein, aber nicht unsere Artillerie.«

Tag um Tag tobte der Sturm. Nachts waren die Brecher schwarz wie der Himmel, tags flaschengrün oder dunkelgrau. Abwechselnd kümmerten sich die Männer um Maheine. Pickersgill hielt ihn im Arm und redete mit Engelsgeduld auf ihn ein. Sie verloren die Adventure. Furneaux war weiter ab von der Küste gesegelt und sein Schiff dem Sturm stärker ausgesetzt gewesen. Eine Suche nach dem Schwesterschiff war ausssichtslos. Clerke wies die Toppgasten an, auf Trümmer zu achten.

Georg überlegte, wie lange ein Mann sich in solchen Wellen halten konnte. Der unglückliche Kapitän Furneaux war erneut verschwunden. Weil er stets betrübt und unsicher gewirkt und in den letzten Tagen eine kurze Jacke unter seiner Uniform getragen hatte, damit die nicht völlig haltlos an ihm herabhing, rechnete jedermann bei ihm mit dem Schlimmsten.

Georg überlegte, wie lange es dauern würde, bis er für tot erklärt würde, wenn die Resolution unterginge. Jahre, dachte er. Würden sie in zwei Jahren nicht zurück sein in England, würde man dort unbekümmert noch Monate verstreichen lassen und frühestens nach einem halben Jahr eine erste Suchexpedition losschicken. Die mußte dann alle Inseln der Südsee absuchen, auch die, die Cook erst jetzt entdeckt hatte und von denen niemand wußte. Georg spuckte aus.

»Diesmal hat's die Adventure endgültig erwischt«, meinte Pickersgill.

Maheine fragte, ob das große Boot des sehr weißen Kapitäns mit den sehr roten Augen versunken sei. Ja und Nein waren die Antworten.

Ohne ernsthaften Schaden an Mannschaft und Material erreichten sie den Charlottensund, der erneut als Treffpunkt dienen sollte. Cook ließ unmittelbar nach dem Ankerwurf mit den Ausbesserungsarbeiten beginnen. Die Segel wurden allesamt gewechselt, Schiffsnähte kalfatert, Planken ersetzt. Den ganzen Tag schlugen die Hämmer der Zimmerleute, der Nieselregen prasselte, und Tahiti erschien Georg weiter entfernt als England. Daß die Resolution tauglich gemacht wurde für die Fahrt ins Eis wollte ihm nicht in den Kopf. Die Adventure kam nicht. Der Tod war in den Gesprächen allgegenwärtig. Das Leben von über achtzig Männern war keine Alternative. Georg fragte Maheine, was er über den Tod denke. Die Sprachbarriere war zu groß, als daß er die Antwort hätte verstehen können.

Georg, sein Vater, Wales und Hodges besichtigten die Pflanzungen, die sie vor Monaten angelegt hatten. Georg zeichnete in des Vaters Karte, welche Bohnen angegangen, welche Kartoffeln ausgegraben und welche Samen von Vögeln gefressen worden waren. Irgendwo hier hatte der Vater die Formulierung vom selbstgemachten Paradies fallenlassen. Übermüdet und durchnäßt machten sie ein Lagerfeuer in einer verfallenen Hütte und starrten in die Flammen.

Georg ritzte mit einem Stöckchen das Bild eines Segelschiffs in die Erde. Das Feuer beleuchtete die Skizze oder ließ sie im Dunkeln verschwinden, wenn der Wind die Flammen niederdrückte. Hodges' Gesicht wirkte schmal. Zum ersten Mal fiel Georg auf, wie viel Ernst in Hodges' Miene hauste, wenn der Maler müde war oder sich unbeobachtet fühlte. Er hatte sich oft gefragt, ob Hodges' Unbekümmertheit echt war oder vielmehr eine Art Galgenhumor. Hodges war, soweit Georg wußte, weder Hofmaler noch fest bei der Admiralität oder der Royal Society angestellt. Seine Zukunft war so weiß wie große Teile der Land- und Seekarten. Wales wirkte, ans Feuer gehockt, noch kleiner, als er ohnehin war, Georgs Vater sah grau und abgearbeitet aus.

Beobachteten die anderen Georg so wie er sie? Und wenn ja, was sahen sie? Einen ernsten jungen Mann mit geränderten Augen, der stets etwas zu suchen schien? Sahen sie Teori? Nein, dachte er, den konnten sie nicht sehen. Den zu sehen war ihm selbst kaum möglich. Mit der Fußspitze radierte er das Schiffchen weg, und sie kehrten zur Resolution zurück.

Aus der Kapitänskajüte hörten sie laute Stimmen. Leutnant Pickersgill rief sie herein, es gebe Neuigkeiten. Clerke und er hatten eine Bootsexpedition nach Indian Cove unternommen und einen Haufen Eingeweide am Strand gefunden. Dr. Patton hatte sofort menschliche Därme, Mägen und Lungen erkannt. Cook hatte rote Wangen und befahl, früh am nächsten Morgen erneut nach Indian Cove zu rudern.

»Und da laufen wir durch die Gegend und machen ein Feuerchen«, sagte Hodges. Es entflammte ein Gespräch darüber, wie Menschenfleisch zubereitet würde. Dr. Patton wurde als Fachmann angesprochen. Cook versuchte, die Männer in ihrem Disput zu stoppen, und es verschlug ihm die Sprache, als ausgerechnet Clerke über Gewürze zu reden begann. Barbaren, sagte Georgs Vater und verließ die Kajüte.

Was er gesagt habe, fragte Clerke.

»Gulasch«, sagte Pickersgill.

Am nächsten Morgen brachen sie früh auf. Obwohl Georg wußte, was sie vorfinden würden, zuckte sein Magen und jagte ihm Säure in die Kehle. Es war ein glitschiger, grauer Haufen, der da im Sand lag. Vögel pickten mit roten Schnäbeln, Insektenwolken umwehten den Kadaver. Eingeborene saßen in der Nähe auf einem umgestürzten Baum. Sie kamen auf die beiden Boote zu und riefen Grußworte, als die Kiele in den Sand drückten und die Männer ins kalte Wasser stiegen. Am Waldrand standen drei Frauen und weinten. Sie schlugen sich die Hände vors Gesicht, schrien und krümmten sich.

Cook und Clerke redeten mit dem Anführer der Neuseeländer. Sie deuteten auf die Innereien, machten fragende Augen, und sofort lief ein Insulaner zum Waldrand und kam mit einer Wade samt daran baumelndem Fuß zurück. Er deutete auf seinen Mund und rieb sich dann mit flacher Hand über den Magen. Er zeigte auf Cook und machte fragende Augenbrauen. Nach langem Hin und Her wilder Gebärden und Sprachfetzen wurde klar, daß ein Stammeskrieg tobte und die Innereien verspeisten Feinden entnommen worden waren. Die Frauen seien vom eigenen Stamm und hätten ihre Männer verloren.

Während der Insulaner erzählte, fuchtelte er Cook mit der Wade und dem an einer Sehne schwingenden Fuß vor der Nase herum. Cooks Lächeln war eisenhart. Ein anderer Neuseeländer erschien mit einem Kopf, den er an den Haaren trug. Der Schädel war über dem linken Auge zertrümmert, das Auge fehlte ebenso wie der Unterkiefer und die Lippen des Oberkiefers, so daß die Zähne nackt und weiß glänzten. Es war der Kopf eines jungen Mannes, denn die Haut zwischen den verkrusteten Blutbahnen war glatt, die Zähne kräftig, das Haar voll und dick. Georg hörte, daß sich hinter ihm ein Matrose erbrach. Außerdem hatte er, seit sie an Land gegangen waren, immer wieder das Klacken der Musketenschlösser vernommen. Cook räusperte sich. Pickersgill flüsterte ihm etwas ins Ohr. Der Kapitän nickte, und Pickersgill tauschte den Kopf gegen einige Nägel und einen Uniformknopf ein.

Cook verbeugte sich vor dem Anführer und verabschiedete sich. Georg sah zu den Frauen. Sie weinten, eine hatte sich hingehockt, und ihr Haar berührte den Sand. Die Männer kehrten zu den Booten zurück, Pickersgill mit dem Kopf in der Armbeuge. Hodges skizzierte Pickersgill und sein Tauschobjekt. Zurück an Bord, stellte Pickersgill den Kopf auf die Heckreling und stemmte die Hände in die Hüften. Cooper, Edgecumb und der Rest der Mannschaft versammelten sich auf dem Achterdeck und betrachteten den Einäugigen. Wegen des fehlenden Unterkiefers und der bloßen Zähnen sah es aus, als wolle er in die Reling beißen.

»Wahnsinn«, sagte Georg.

Ob der Mann wohl schon ganz verdaut sei, fragte Hodges.

»Guter Mann, allmählich werden ihre flotten Sprüche ziemlich platt«, sagte Georgs Vater. Er war blaß, starrte aber unablässig den Kopf an, der schräg in den Himmel glotzte. Maheine kam aus der Kombüse, sah den Kopf, jammerte »Eijeijei«, begann zu weinen und schlug die Hände vors Gesicht. Vom Strand kamen Einheimische und begutachteten den Kopf. Sie redeten auf Pickersgill ein, aber der bot ihnen, als er ihre Bitte verstanden glaubte, lediglich eine Wange an und bekam einige an einer Schnur aufgereihte Fische dafür. Ein Eingeborener legte dem Kopf die Hand aufs Haar, schnitt mit einer einzigen schwungvollen Kreisbewegung die linke Wange aus dem Gesicht und stach das Messer hindurch. Sein Kamerad rieb die Hände aneinander, um Hitze anzudeuten.

Ein transportables Kombüsenfeuer wurde aufs Achterdeck gebracht. Der Neuseeländer drehte und wendete die aufgespießte Wange über den Flammen, daß es knisterte. Die Haut wurde schneller braun als das Fleisch. Als die Wange gar war, schnitt der Insulaner sie in vier Streifen, bot seinem Kameraden einen davon an, stopfte sich selbst einen Streifen in den Mund und hielt die anderen beiden auf offener Hand den Umstehenden hin.

»Nein danke«, sagte Hodges. Clerke hob die Brauen, Pickersgills Augenlieder flackerten, und er biß sich auf die Lippe. Cook ließ sein Gesicht versteinern. Georgs Vater war noch weißer als vorhin und schluckte. Abschlachten, die Schweine, hörte Georg einen Matrosen murmeln. Erst das Fressen, dann die Moral, ist bei denen nicht anders als bei uns, sagte ein anderer. Es war nicht der Magen, der Georg verbot, von der Wange zu essen, es war die Kultur des Magens. Der Insulaner schluckte, sein Kehlkopf machte einen Sprung, dann verzehrte er den zweiten Streifen, spuckte ein Stückchen verbrannte Haut aus und reichte seinem Kameraden den letzten. Mit dem Handrücken wischten sich die Männer den Mund ab. Einer rülpste.

Georg mußte sofort Tagebuch schreiben. Er ging zur Kabine hinunter. Er fand Maheine am Boden zusammengekrümmt vor der Tür. Er weinte, seine Schultern zuckten. Georg hockte sich zu ihm und legte ihm den Arm um die Schulter. Maheine stammelte ein Gemisch aus englischen Standardwörtern und einigen gängigen tahitianischen Wendungen. Georg verstand, wie erschüttert er über das Menschenfressen war, und daß diese Kannibalen so nah bei seiner Heimat lebten, und er verstünde nicht, wie die guten Engländer sich das alles ansehen konnten.

Georg half ihm hoch. Maheine umarmte ihn und legte den Kopf an seine Brust.

»Sie grillen die Toten. Wir die Lebendigen. Was glaubst du, was die Europäer in Amerika getan haben? Sie schlugen den Einheimischen die Hände ab, sie verbrannten sie bei lebendigem Leib, und das alles im Namen der katholischen Kirche. Sie zerstückelten Säuglinge vor den Augen der Mütter. Ich habe die Berichte des Bischofs Las Casas gelesen. Der da oben ist im Krieg erschlagen worden. Niemand hat ihn gefoltert. Dafür sind wir auf der Welt, wir foltern, wir fahren über die Ozeane, gehen an Land und pflanzen unsere Fahne auf und sagen, das ist jetzt unser. Kommt ihr mal nach London, schlagt eure Trommeln und sagt, London sei euer. Man wird euch aufhängen. Wehrt euch. Verbrennt unsere Schiffe.«

»Mr. Forster!«

Georg blickte auf. Leutnant Clerke stand im Niedergang.

»Das war wenig differenziert.«

»Sagen Sie das den Witwen und Krüppeln.«

»Ich habe niemanden verkrüppelt. Sie auch nicht. Ihr Monolog ist vielleicht ganz hübsch, aber Maheine versteht Ihre Worte nicht. Sie müssen anders weitermachen. Schreiben Sie. Schreiben Sie einen Bericht, der die Menschen aufrüttelt. Das ist es, was Sie tun können. Machen Sie das gut. Dann bewirken Sie mehr, als wenn Sie versuchen, die ganze Welt zu ändern.«

Georg brachte Maheine zur Kombüse und drückte ihn auf einen Stuhl. Tupia, Cooks tahitianischer Mitreisender von der ersten Reise, war in Batavia an der Ruhr gestorben. Bougainville hatte ebenfalls einen Insulaner mit nach Europa genommen. Aoturu, Rousseaus Bestätigung des Edlen Wilden. Angeblich liebte Aoturu die Oper und die Frauen ihn. Bougainvilles Südsee, der Garten Eden. Als habe Georg es verdrängt, fiel ihm ein, daß Bougainville auch davon geschrieben hatte, daß er und seine Männer gezwungen waren, Ratten zu verspeisen, daß sie sich mit Insulanern schossen und daß viele von ihnen elend verreckt waren.

13

Die Adventure kam nicht. Die Resolution lag allein und grau im Regen. Beim Abendessen bat Wales, sagen zu dürfen, daß er seinen Kollegen Bayley vermisse und sich die Welt so groß nicht vorgestellt habe. »Wir schaffen das schon, Mr. Wales«, sagte Pickersgill.

Das Zeltlager wurde abgebrochen und Schweine und Hühner an Bord gebracht. Schweinekot und Fußspuren waren die letzten Marken am Ort der Landung. Es freute Georg, daß in wenigen Tagen keine Spur von ihnen mehr zu sehen sein würde. Cook schrieb einen Brief für Furneaux, steckte ihn in eine Flasche, verkorkte die Flasche und ließ Siegelwachs um den Flaschenhals tropfen, bis eine dichte Schicht entstanden war. Vom Achterdeck aus suchten die Offiziere einen Baum, unter dem die Flasche vergraben werden sollte. Sie versuchten, die Bucht mit den Augen eines Neuankömmlings zu sehen, der eine Nachricht von ihnen an einem markanten Punkt suchen würde.

Clerke entdeckte einen Baum nahe einem Bachlauf. Der Baum war von einem Blitz gespalten, grünte aber wie alle anderen. Cooper wurde mit einem Boot losgeschickt, ließ die Flasche vergraben und schlug mit dem Säbel Stücke aus der Rinde. Georg beobachtete den Seesoldaten durchs Fernrohr und mutmaßte, daß Cooper nicht an den Baum dachte, während er die Klinge ins Holz sausen ließ. Als er fertig war, schrie er einen Matrosen an, der sofort stillstand und salutierte.

Sie verließen Neuseeland. Vor jeder Bucht schossen sie die Kanonen ab. Nie gab es Antwort. Die Adventure blieb verschollen. Das Land blieb zurück und verschwand hinter der Kimm. Die Resolution segelte Süd-Süd-Ost dem Eis entgegen. Es wurde still an Bord. Mit sinkenden Temperaturen igelte sich jeder mehr und mehr ein. Wissenschaft, Forschung und Entdeckung forderten Winterkleider und Räucherkessel.

Wer Zeit fand, hielt das Gesicht in die Sonne, wenn die gegen Mittag für einige Minuten durch die Wolkendecke brach. Die Abwesenheit der Adventure war ihnen nie so traurig erschienen wie jetzt. Vielleicht würde Georg nie wieder von den Männern um Kapitän Furneaux hören. Er kannte Furneaux kaum, aber der nervöse Mann hatte zur Expedition gehört, genau wie die kleine Adventure. Sollte die Adventure irgendwo vor Neuseeland gesunken sein, wäre sie fort, und trotz aller Strapazen und allen Mutes hätte sie keine Spur hinterlassen. Die Entdecker, die durch Afrika oder Amerika zogen, schlugen Wege, die wenigstens eine Zeitlang von ihrem Kampf zeugten, auf deren Spuren vielleicht eine Straße befestigt wurde, aber ein Schiff hinterließ nichts als die Oberfläche des Meeres, und wo jetzt die Qual des Versinkens war und aufgerissene Münder und Schreie, war einige Minuten später nur Wasser. Als die Adventure noch dagewesen war, hatte Georg gewußt, daß er ab und zu im Rund eines Fernrohrs aufgetaucht war. Manchmal hatten sich die Männer von den Schiffen zugewunken.

Georg und Hodges standen oft gemeinsam an der Reling und sahen aufs Meer. Sie sahen sich an, lächelten, nickten, und manchmal sagte einer von ihnen »Jaja«, oder daß das Meer doch immer wieder schön sei, und der andere sagte Ja.

Georg hatte mit seinem Vater kontinuierlich an den Reiseaufzeichnungen gearbeitet. Sie hatten sich über Formulierungen gestritten, und Georg schämte sich dafür, daß jeder, der an der Kabinentür vorbeikam, die Schreiereien mit anhören konnte. Jetzt blieben die Papierbögen weiß. Georg lag in der Koje und las zum vierten Mal D'Anteroches *Voyage en Californie*. D'Anteroche schrieb, das Seeleben sei nur denen langweilig und einförmig, die nicht gewohnt seien, um sich zu schauen. »Haha«, sagte er laut.

Sein Vater hatte schlechte Laune. Jede noch so kleine Berührung beim Aufstehen verursachte bissige Bemerkungen, und als Georg eines Morgens stolperte und sich an Vaters Arm festhielt, schrie der Vater ihn an, er solle ihn verdammt noch mal nicht anpacken. Georg maulte zurück, der alte Bock solle die Schnauze halten, und für Sekunden standen Vater und Sohn sich mit geballter Faust gegenüber. Georg blieb stehen. Sein Vater verließ die Kabine.

Das Thermometer fiel auf 31,5 Grad Fahrenheit. Maheine weinte. Er erstarrte beim Anblick des ersten Eisberges, der vor dem Bug der Resolution auftauchte. Was das sei, fragte er. Ein Eisberg, sagte Georg.

»Berge können nicht schwimmen, Teori. Eure Sprache ist dumm.«

Es begann zu schneien. Maheine saß die meiste Zeit beim Koch in der Kombüse und wärmte sich am Herdfeuer. Er war blaß, anhänglich und traurig, daß Cook ihm immer noch nicht gestattete, in der Kapitänskajüte zu wohnen. Er sprach mittlerweile ein einfaches Englisch von etwa vierzig Wörtern. Hilfe war das Wort, das er am häufigsten gebrauchte. Begegnete Georg ihm unter Deck, sah Maheine ihn großäugig an, versuchte zu lächeln und sagte »Hilfe«, und grüßte man ihn am Morgen knurrig und zurückhaltend, piepste er »Hilfe«.

Die Sonne sank nur für kurze Zeit unter den Horizont. In Georgs Kabine wellte sich das Papier, und die Luft roch nach Schimmel. Die Gelenke begannen wieder zu schmerzen, jeder Stuhlgang wurde zur Qual. Dr. Patton prophezeite, daß es diesmal zuviel sein würde für die Mannschaft und daß die Resolution, dieser alte Kasten, sie alle überleben würde.

Die Zähigkeit dieser Reise sei in der Tat ein harter Gegner, bestätigte Clerke.

Die Agonie aus ständiger Dämmerung, Langeweile, Stille, Kälte und Nässe dauerte an in dumpfer Gleichförmigkeit. Die Tage sanken ineinander, und die Grenzen dazwischen verwischten. Georgs Vater wurde krank. Cook wurde krank. Von Booten aus wurden Sturmvögel geschossen, und gefährlich nah passierte die gefrorene Resolution kantige Berge, die mal silbern, mal grau, mal weiß im Meer schwammen.

Weihnachten wurde gesoffen. Auch Georg hatte diesmal gleich den Matrosen Branntwein gesammelt, wickelte sich in der Koje in zwei Decken, schlang sich den Schal um den Kopf und trank genüßlich das scharfe Zeug. Das war besser als das gebratene Huhn, das Burns in der Kapitänskajüte aufgetragen und mit rheumatisch verkrallten Fingern tranchiert hatte.

Georg trank, schloß die Augen und legte den Kopf zurück. Er wußte, daß Alkohol auf lange Sicht den Körper noch mehr frieren lassen würde, jetzt aber, im Moment des Zurücklehnens, wärmte der Branntwein, rann heiß durch die schmerzende Speiseröhre in den Magen und brannte. Irgendwo im Mannschaftslogis schrien sich Männer an, ein Gefäß zerplatzte, dann hörte er Clerkes ruhige, durchdringende Stimme, und das Schreien erstarb. Georg zog einen Zettel aus der Tasche und drehte den Stift zwischen den Fingern, wollte schreiben, machte aber nach längerer Überlegung nur einen horizontalen Strich auf den Zettel, starrte ihn an, knüllte ihn zusammen und warf ihn gegen die Tür. Er trank. Ogottogottogott, dachte er, trank weiter, trank alles aus und hoffte, in tiefen Schlaf zu fallen. Aber der Schlaf blieb aus, Georg döste vor sich hin, murmelte ein paar Worte mit seinem Vater, als der vom Doktor zurück war und nach Schnaps roch.

»Wie mag es wohl deiner Mutter gehen?« fragte der Vater.

Patton untersuchte Cook alle vier Stunden. Es gehe dem Kapitän sehr schlecht, wenn er nicht bald wieder etwas Vernünftiges zu essen bekomme, müsse man das Schlimmste befürchten. Er habe diese ganze Scheiße immer vorhergesehen. Das einzige noch lebende Tier an Bord war der Hund, den Georgs Vater auf Tahiti geschenkt bekommen hatte. Clerke und Pickersgill redeten mit Forster senior, der röchelnd in seiner Koje lag. Der nickte lethargisch. »Freßt den lieben Hund auf, ich kann es eh nicht verhindern.«

»Das war definitiv ein Einverständnis«, sagte Pickersgill.

»Keine Frage«, sagte Clerke.

Der Koch lockte den Hund mit einem letzten Schweineknochen in die Kombüse und erschlug ihn hinterrücks mit einem Beil. Eine Brühe wurde gekocht und in dampfender Schale zur Kapitänskajüte getragen. Der Geruch von Salz und heißem Fett zog eine Bahn durchs Schiff, und mehr und mehr Nasen schnupperten hinterher.

Georg wollte sich der Trägheit nicht hingeben. Er hatte wenig zu arbeiten, und um nicht lahm zu werden, traf er sich zweimal täglich mit Hodges zum Spaziergang an Deck. Sie redeten nicht viel, gingen Seite an Seite an der Steuerbordreling hinab, übers Vorschiff und dann an der Backbordreling wieder hinauf zum Achterdeck, wo die Offiziere grau und mit verschränkten Armen standen und sich alle furchtbar ähnlich geworden waren. Endlich fiel Georg eine gute Formulierung ein. Eisberge und Treibeis wirkten wie die Trümmer einer zerstörten Welt, schrieb er.

»Die Flucht in die Kreativität gelingt hier nicht allzu oft«, sagte Hodges heiser. »Aber ist es nicht wunderbar, wie wir uns an einer trefflichen Formulierung oder einer gelungenen Skizze erfreuen können?«

»Gestern«, sagte Georg, »als die Sonne schien, hab ich einen Eisberg gesehen, der rosa war. Makellos rosa. Minuten später war er wieder grau.«

»Ihr Zahnfleisch blutet.«

Georg streifte den rechten Handschuh ab und fuhr sich mit dem Zeigefinger über die obere Zahnreihe. Dickes Blut klebte am Finger. Er spuckte über die Reling. Scheiß drauf, murmelte er.

»Kommen Sie mit, ich zeig Ihnen etwas. Sie sind der einzige, der das zu sehen bekommen wird.«

Sie schlitterten über die spiegelglatten Planken zum Niedergang und gingen in Hodges' Kabine. Hodges zündete die Lampe an.

»Meine Wohnung. Für zwei Leute etwas knapp, aber nehmen Sie Platz.«

Georg legte eine zusammengefaltete Decke aus Hodges' Koje auf den Stuhl, grub die Hände in die Hosentaschen und setzte sich. An den Wänden lehnten Bilder von der Tafelbucht, von der Resolution und von Aitepieha. Dutzende Skizzenblöcke mit eselsohrigen Ecken stapelten sich auf dem Boden, auf der Koje und dem Tisch.

»Eine Menge der Bilder werden die Reise nicht überstehen«, sagte Hodges. Er kniete sich vor die Koje und zog eine Mappe darunter hervor. Er schniefte, putzte sich mit dem Unterarm den Rotz von der Nase und legte die Mappe auf die Koje.

»Sie wissen, daß in der Brust eines Künstlers mehr als ein Herz schlägt«, sagte Hodges.

»Spätestens seit ich die Bücherstube gegen das Meer getauscht habe«, sagte Georg.

Hodges schlug den Deckel der Mappe auf.

Eine Insel mit Sandstrand und satt mit Palmen bewachsen fliegt über den Ozean, einige Wolken gesellen sich zu ihr. Vom rechten Rand der Insel winkt eine kleine Figur zu einem Segelschiff hinab.

Cook steht breitbeinig auf dem Achterdeck. Englands Fahne flattert im Rücken des Kapitäns. Cooks Beine wachsen in die Decksplanken, die weißen Strümpfe gehen ins Holz über, werden braun und brettrig, und der Kapitän ist mit dem Schiff verwachsen.

Ein Hai frißt einen Seemann. Der Mann reißt den Mund auf und streckt die Arme in die Luft, als könne er dort Halt finden und sich aus dem Wasser ziehen, wo rosa das Maul des Raubfisches klafft.

Ein Schiff fährt in den Sonnenuntergang. Auf dem Rumpf wachsen Palmen und Farne, Lianen ziehen sich, Dschungel wuchert vor dem roten Licht der ins Meer sinkenden Sonne. Vögel sitzen in Geäst, ein Affe hockt im höchsten Palmenwipfel und breitet die Arme gegen den Sonnenuntergang aus.

Im Wind zeigen alle Palmwipfel in die gleiche Richtung. Georgs Zopf weht in die entgegengesetzte Richtung.

Georgs Gesicht, schwarzweiß, groß, geränderte Augen, hängendes Kinn, eine Strähne in der Stirn. Seine Augen sind groß und kreisrund, die Pupillen schwarz mit weißen kleinen Flecken darauf.

»Ich wollte Sehnsucht darstellen, die kein Ziel hat«, sagte Hodges. »Aber versuchen Sie das mal.«

Paarungsszenen. Eine Frau schöner als die andere. Ein ganzes Skizzenblatt voller weiblicher Brustwarzen, nebeneinander, übereinander, im Profil. Das Dreieck des Schamhaars im Zentrum eines sonst weißen Blattes.

»Ich biete Ihnen das Du an«, sagte Georg und streckte Hodges die Hand hin.

»Der König wird nicht gerade begeistert sein.«

»Diese Bilder sind für mich. Ich werde sie keiner Öffentlichkeit zeigen. Ich will mein Glück.«

Georg nahm das Blatt mit den Brustwarzen in die Höhe.

»Glück?« fragte er.

In Eis und Schnee exerzierten die Seesoldaten. Gleichzeitig ließ Edgecumb mit der Artillerie kleine Eisberge zerschießen. Clerke hatte Dutzende roter Punkte im Gesicht, und sein Haar war lichter geworden. Bei ihm fiel Georg eine solche Veränderung am stärksten auf. Cook war wieder auf den Beinen und schwieg. Niemand mehr an Bord war vollkommen gesund. Die Stille war gespenstisch, und das heutige Krachen der Kanonen schien viele Männer zu entspannen. Sie jubelten leise, wenn eine Salve in einen Eisberg preschte, Splitter in den Himmel spritzten und die Kugeln im Eis verschwanden. Pattons Warnungen wurden lauter.

»Kommen Sie, Clerke, diesmal wetten wir nicht auf Hähne, sondern auf Überlebende. Schlagen Sie ein. Aber zahlen Sie vorher, man weiß ja nie.«

Abends an Cooks Tafel tauschten Patton und Cooper die Plätze, auch Pickersgill saß nicht mehr wie üblich Georg gegenüber, sondern auf Wales' Stuhl. Cook zog die Brauen zusammen, sagte aber nichts.

Die Resolution und ihre Schattenmannschaft, wie Georg die Leute bezeichnete, drang bis auf 70 Grad südlicher Breite vor. Kein Mensch war je hier gewesen. Georg stellte sich die Frage: Warum auch? Je länger sich die zähen Tage hinzogen, desto mehr Blicke trafen den Kapitän. Nachdem sie beinahe 100 Tage kein Land gesehen hatten, nachdem sie in einem Eissturm vor Schmerz geschrien hatten, kam endlich der Befehl zum Kurswechsel nach Norden.

Als Georg von dem Befehl hörte, lief er zur Kabine, um seinem Vater von der Umkehr zu berichten. Vor der Tür blieb er stehen, winkte ab und ging wieder an Deck.

Als Maheine begriffen hatte, was man ihm erzählte, sprang er Pickersgill um den Hals. »Eis und Schnee«, sagte Maheine, »sind Scheiße.« Pickersgill lachte, Seemänner seien gute Sprachlehrer, sagte er. Schwerfällig, mit nicht mehr als zweieinhalb Knoten Fahrt, drehte die Resolution sich nach Norden.

Mit jedem Grad, um den das Thermometer stieg, blühte die Fäulnis in den menschlichen Körpern mehr auf. Die Krankheiten hatten sich ebenso in die Kälte geduckt wie ihre Träger. Jetzt entfalteten sie sich. Georg schmeckte ständig Blut im Mund, seine Beine schwollen an, und sein Urin stank entsetzlich. Das wissenschaftliche Ergebnis der Tortur war, daß die Beweislast gegen eine Existenz von Terra Australis größer geworden war, beinahe erdrückend. Mochten sie auch an einem Tag 168 Eisberge gezählt haben, nirgends waren Anzeichen von bewachsenem Festland gefunden worden. Die Eisbarriere war das Land. Vögel, Robben und Fische waren Eistiere, und es waren keine auf ein Land deutenden Strömungen gemessen worden.

Georg fragte, ob Hodges eine Idee habe, wie er die Fahrt durch die Antarktis beschreiben solle, ohne daß der Bericht ihm allzu langweilig gerate.

»Dir? Ich denke, dein Vater schreibt.«

Georg winkte ab. Das denke der auch, aber da habe sich einiges geändert.

In diesem Moment ertönten Schreie. Irgendwo prügelten sich einige Männer.

»Manchmal wundert es mich, daß es hier noch keine Toten gegeben hat.«

»William Howard«, sagte Georg.

»Der Zimmermann? Nein, nein, ich meine Tote durch Gewalteinwirkung. Das wäre doch Stoff für ein Theaterstück. Die

Resolution segelt in Plymouth ein, und die ganze Mannschaft ist tot. Ein Leichenhaufen zur Befriedigung aller dichterischen Kräfte.«

»Ein Haufen lachender Gesichter wäre mir lieber.«

»Man merkt dir deine Liebe zum Leben so gar nicht an.«

Georg sah Hodges in die gelblich unterlaufenen Augen.

»Du scheinst mir eher ein Theoretiker des Lebens. Du denkst, daß man das Leben lieben muß«, sagte Hodges.

Georg schlang den Schal enger um den Hals und sah auf die Eisfelder hinaus. Schüsse krachten, als von einem Beiboot eine Robbe gesichtet worden war. Irgend jemand jubelte. Georg spuckte blutdurchzogenen Rotz ins Meer. Er spürte Hodges' Blick. Ohne etwas zu sagen, ging er in die Kabine. Sein Vater war nicht da. Georg betrachtete den dicken Stapel der Reiseaufzeichnungen und die Flora- und Faunaskizzen. Er öffnete das Fenster und sah hinaus.

14

Am 11. März 1774 sichteten sie die Osterinseln.

Die Mannschaft stand an der Reling und blickte dem sich von Minute zu Minute stärker abzeichnenden Land entgegen. Die Männer waren ruhig, niemand jubelte, und von den Inseln kamen keine Kanus. Georg sah Matrosen abwinken, die Achseln zucken und sich abwenden. Cook meckerte vom Achterdeck, ob auf diesem Schiff niemand mehr etwas zu tun habe.

»Irgendwann bring ich ihn um«, murmelte Georgs Vater. »Nur maulen und befehlen und dann auch noch meinen Hund fressen. Der große Kapitän Cook, daß ich nicht lache.«

»Gegen den bist du ein kleiner Fisch«, sagte Georg.

Am Fuße des Großmasts schnauzte Pickersgill einen Matrosen an, auf dem Vorschiff maulte Edgecumb, und als Georg sich nach Clerke umdrehte, sah er den mit ärgerlich zusammengezogenen Brauen auf den Steuermann einreden. Als sie sich der Insel so weit genähert hatten, daß einzelne Menschen am Strand zu erkennen waren, kam ihnen ein Kanu entgegen. Zwei nackte, ausgemergelte Eingeborene banden trockene Früchte an ein herabgelassenes Tau. Die Insel war grau, felsig und trostlos. Maheine war das gleich, er hüpfte auf den Zehenspitzen, sagte, daß die Sprache der Eingeborenen seiner Sprache gleiche, und wollte so schnell wie möglich an Land.

Musketen wurden ausgegeben, Cooper ließ die Seesoldaten

antreten. Cook fuhr mit einer kleinen Delegation an Land. Etwa hundert Eingeborene sahen die Männer an, als sie aus den Booten kletterten und mit steifen Rheumabeinen durchs Wasser wateten. Georg konnte kaum laufen vor Schmerz.

»Ihr seid ja ein armseliger Haufen«, sagte Hodges zu den Eingeborenen.

»Sieh uns mal an«, sagte Georg.

Die Eingeborenen waren knochig, ihre Hütten wackelig, und die Insel war überzogen mit Moosflechten und Geröll. Müde und abgespannt wanderten die Forscher durch die Steine. Sie fanden steinerne Monumente von etwa 20 Fuß Höhe. Sie waren zu grob stilisierten menschlichen Abbildern gehauen, die große Nasen hatten und in den Himmel blickten.

»Ich hab ja nicht viel Ahnung von Kunst«, sagte Pickersgill, »aber wenn das Menschen sein sollen . . .«

»Das sind keine Menschen, das sind Skulpturen«, sagte Georg.

Totenschädel lagen um die Monumente herum, Beckenknochen, Wirbelsäulen. Pickersgill trat nach einem Schädel, und der Knochen zersprang in vier gleich große Stücke. Die Insulaner, die sie begleiteten, murrten, und einer mußte von seinen Kameraden zurückgehalten werden, um Pickersgill nicht anzugehen. Je weiter sie zogen, desto unfruchtbarer und kahler wurde das Land. Immerhin aber brach gegen Mittag die Sonne die Wolkendecke auf, und die steinerne Landschaft reflektierte die Wärme. Georg setzte sich auf einen flachen Fels und streckte die Beine aus.

Als sie gegen Abend zur Resolution zurückkehrten, war er müde, aber die Schmerzen hatten nachgelassen. Die Insulaner waren durch das Elendsbild der Engländer gerührt worden und hatten ihnen zwei dürre Hühner geschenkt.

»Man kann nicht zwei Hühner unter 120 Männern aufteilen«, sagte Cook. »Ohne Führung ist das Schiff verloren.« Er befahl, die Hühner für das Abendessen in der Kapitänskajüte zuzubereiten.

»Wir werden nicht lange an diesem gottverlassenen Ort bleiben. Zur Proviantauffrischung reicht das hier sowieso nicht. In ein, zwei Tagen werden wir das Nötigste erledigt haben und verschwinden von hier und damit basta«, sagte Cook.

Maheine beschloß seine Betrachtungen mit dem Wort, das Volk sei gut, die Inseln aber sehr elend.

Sie segelten auf Nord-West-Kurs weiter. Mit Pökelfleisch angelten sie Haifische. Georg lachte vor Lust, wenn die Fische an Deck um sich schlugen, das Maul aufrissen und von Matrosen und Seesoldaten mit Belegnägeln und Bajonetten getötet wurden. Einem besonders zähen Hai, der nach seinen eigenen Eingeweiden schnappte, schoß ein Seesoldat durch den Kopf. Georg klopfte dem Mann auf die Schulter. Der Koch machte Suppe aus dem fetten Fleisch. Die Sonne schien wieder ständig, und der Passat blies. Wo der wehte, war Tahiti nah. Erneut legte sich der Name der Insel wie eine luftene Glocke um das Schiff. Georg dachte an den Weißen, den er im Dschungel entdeckt hatte. In den Augen eines James Cook mußte die Tat dieses Mannes außerordentlich sein und würde, wäre er ein Engländer, mit dem Tode bestraft.

Georg empfahl, Maheines Zitat von Volk und Insel in den Text aufzunehmen. Sein Vater stimmte zu, ein einzelnes Zitat eines solchen einfachen Naturmenschen könne wahrscheinlich nicht schaden.

Cook und Clerke blätterten auf dem Achterdeck in den Reiseberichten Mendannas, der 1595 in diesen Breiten die Marquesas entdeckt und als artenreiche Inseln beschrieben hatte. Auch Georg las die Schriften nach. Er kannte sie beinahe auswendig. Mendannas Beschreibung bestätigte sich. Cook entdeckte die Marquesas neu, und noch am selben Abend wurden den Eingeborenen Schweine und Fisch abgekauft. Dr. Patton legte besonderen Wert auf die Früchte, die die Einheimischen den Matrosen schenkten. »Der Koch soll soviel Obst wie möglich einlegen. Zum Ende hin werden diese Reisen immer Katastrophen.«

Georg aß mitten im Sonnenlicht eine Brotfrucht und lachte zu den Eingeborenen hinunter, die sich gegenseitig in die Ohren flüsterten und nicht an Bord zu kommen wagten. Maheine trug wieder Uniform, kauderwelschte sein Privatenglisch und schüttelte den Kopf ob der Nacktheit der Insulaner.

Zum Abend gab es gebratenes Schweinefleisch mit einer braunen Sauce, Rotwein, Krüge voll Wasser und Fruchtsalat. Die Männer schmatzten und putzten sich mit dem Handrücken die Lippen ab, wenn sie zu den Gläsern griffen. Es sei ein wahrhaft großes Vergnügen, an Bord der Resolution zu sein, sagte Georgs Vater. Cook hob darauf sein Glas, lachte und nickte. Georg fand das peinlich, wollte aber diesen Moment von Harmonie nicht zerstören. Er stieß mit den Männern an.

Am nächsten Mittag wagten drei Eingeborene sich aufs Deck und handelten mit Matrosen und Offizieren. Georg sah, daß einer der Insulaner mit drei Belegnägeln in der Hand über die Reling hechtete, ins Wasser platschte und flink in sein Kanu schlüpfte.

Cook befahl Cooper, über den Kopf des Mannes feuern zu lassen. Sekunden später krachten Musketenschüsse. Die Insulaner an Deck und am Strand warfen sich flach auf den Boden. Der Dieb paddelte hastig gen Ufer. Pickersgill legte an und murmelte etwas. Georg stand einige Meter von ihm entfernt, streckte die Hand aus und sagte: »Nein!«

Pickersgill schoß. Der Kopf des Insulaners schien sich für Sekundenbruchteile zu verformen, dann sackte der Mann seitlich aus dem Kanu, das Boot kippte um und trieb kieloben im Wasser. Die drei Belegnägel schwammen neben dem Kanu. Die Insulaner an Bord sprangen auf und stürzten sich über die Reling.

Am Strand war niemand mehr zu sehen. Minuten später ertönten Trommeln im Wald, und Hunderte von Eingeborenen kamen aus Büschen und Pfaden zum Strand, schwangen Lanzen und Keulen und schrien gegen die Resolution. Die Seesoldaten traten an, die Kanonen wurden geladen und ausgerannt.

»Sie sind doch ein Riesenarschloch, Pickersgill«, sagte Georg.

Cook stützte die Fäuste auf die Reling und betrachtete die Krieger am Strand. »Sie sollen in solchen Fällen über den Kopf schießen, Mr. Pickersgill«, sagte er.

»Scheißkerl«, sagte Georg.

»Seien Sie still«, befahl Cook, »Leutnant Edgecumb ist an anderer Stelle gelandet. Wenn ihm und seiner Abteilung etwas zustößt, mach ich Ihnen die Hölle heiß, Pickersgill. Pickersgill und Cooper bleiben an Bord. Geben Sie mir Ihre besten Seesoldaten mit, Mr. Cooper. Die Gentlemen Forster, Leutnant Clerke und acht Matrosen samt Korporal Gibson kommen mit.«

»Es waren Belegnägel, Pickersgill«, sagte Georg.

»Es war Diebstahl, Mr. Forster«, fuhr Cook dazwischen. »Unterstehen Sie sich, meine Offiziere zu maßregeln.«

»Ich hab die Schnauze allmählich voll von dieser ganzen Scheiße hier.«

Es war Clerke, der das gesagt hatte. Die Männer verstummten. Das Trommeln war dumpf und laut. Es mußten Hunderte von Trommeln sein, die ganze Insel dröhnte von den Schlägen. Georg schien, als sagte minutenlang niemand mehr etwas. Alle starrten den Leutnant an, der das umgeschlagene Kanu ansah.

»Ist schon in Ordnung, Clerke. Ist in Ordnung. Kommen Sie jetzt, alter Kamerad«, sagte Cook. Die Männer kletterten in die Boote.

Georg konnte mittlerweile sogar im Gehen schreiben, und jetzt im schaukelnden Boot geriet ihm seine Schrift beinahe so ordentlich wie am Tisch in der Kabine. Er notierte auf einen Jackentaschenzettel, daß Maheine unaufhörlich weinte. »Seine

Empfindlichkeit ist für gesittete Europäer, die so viel Menschenliebe im Munde und so wenig im Herzen haben, eine demüthigende Beschämung.«

»Haben Sie nichts Besseres zu tun?« fragte Cook.

»Schreiben, das ist es, was ich tue, Sir. Augen, Hirn, Feder, das ist eine vortreffliche Reihenfolge.«

»Ist gut jetzt«, sagte Clerke. »Es muß jetzt gut sein. Wir werden jetzt Frieden stiften. Und dann ist es gut.«

Die Trommeln wurden von Ruderschlag zu Ruderschlag lauter, Kriegsschreie gellten über das Wasser. Georg versuchte sich das Ausmaß der Vernichtung auszumalen, wenn die Insulaner ihre Lanzen gegen die Boote schleudern würden. Cook, Clerke, Hodges, er selbst, allesamt von Lanzen durchbohrt ins Wasser fallend. Wegen dreier Belegnägel.

Cook ging als erster an Land, er war unbewaffnet und kehrte die Handflächen nach oben. Im Boot wurden die Hähne der Musketen gespannt.

»Die Waffen unten halten«, befahl Clerke.

Cook hatte eine Hand auf der Schulter des Häuptlings, der hatte eine Hand auf Cooks Schulter. Georgs Vater, Hodges, Georg und einige Matrosen stiegen auf einen Wink des Kapitäns aus dem Boot und wateten an Land. Clerke starrte auf die Eingeborenen, die ruhig geworden waren und die Waffen hatten sinken lassen. Im Wald verstummten die Trommeln.

Ungläubig hörte Georg Korporal Gibsons Übersetzung zu, in der die Schuld an dem tragischen Vorfall dem ehrlosen Dieb und Stammesverräter zugeschanzt wurde. Georg traute Augen und Ohren nicht, saß aber mit den anderen plötzlich im Sand, und der Häuptling plauderte mit Cook, als schwimme da nicht irgendwo ein Toter mit zerschmettertem Schädel in der Bucht. Clerke kam und lächelte. »Tayo, Tayo«, sagte er. Er hatte Tränen in den Augen. Alt war er geworden, er hatte Augenringe, und manchmal hing sein Kopf.

Georg begegnete Pickersgill am Strand. Der Leutnant blieb stehen und starrte ihm in die Augen. Georg starrte zurück. Er mußte schlucken und hörte den Speichel durch die Kehle gehen. »Sie werden vor Ende der Reise auch noch hierbei ankommen«, sagte der Leutnant. Er nahm die Muskete von der Schulter, klopfte auf das Schloß und hielt das Gewehr hoch. »Das schwöre ich Ihnen.« Georg wollte zu Boden schauen, kämpfte aber gegen diese Schwäche an und hielt Pickersgills Blick stand.

»Sie stehen mir in der Sonne«, sagte er. Er ging weiter und streifte Pickersgills Schulter. Nach einigen Metern sah er sich um. Pickersgill hielt immer noch das Gewehr in die Luft, hatte aber den Kopf auf die Brust fallen lassen. Jetzt nahm er den Arm herunter und ging gesenkten Hauptes weiter.

Georg setzte sich zu einigen Matrosen an ein Feuer. Die Männer brieten aufgespießte Fische und boten ihm davon an. Er aß den knusprigen, würzigen Fisch einer unbekannten Art. Er hätte fragen müssen, woher die Männer die Fische hatten und wie sie im unbefeuerten Zustand aussahen, aber er trennte mit dem Messer die Filets von den Gräten und aß.

Die Resolution lag in der Bucht, die britische Flagge hing schlaff über der Heckgalerie. Georg legte sich zurück und stützte sich auf die Ellenbogen. Das Schiff gefiel ihm gut, aber es war überflüssig. Wer hier wohnte, brauchte keinen Kompaß, keinen Sextanten und keine Mondtabellen. Wer hier war, war glücklich. Wer glücklich war, der forschte nicht. Was hatte er Maheine gesagt? Verbrennt unsere Schiffe. Er stellte sich vor, welch loderndes Flammenschiff die Resolution wäre. Bliebe Cook ihr Herrscher, wenn sie schiffslos auf eine der Inseln hier verbannt wären? Oder war ein Kapitän ohne Schiff bar jeglicher Autorität? Würden Cooper und Pickersgill einen eigenen Staat gründen und gegen den Rest in den Krieg ziehen?

Ja, dachte er und fingerte eine Gräte aus dem Mund, Krieg

würden sie führen, die letzte Munition verbrauchen und dann mit selbsthergestellten Waffen aufeinander einschlagen.

Er bedankte sich für den Fisch und folgte einem Pfad in den Wald hinein. Er roch an Blüten und strich über Farne und Blätter. Aus einem Gebüsch beobachtete er drei Mädchen. Sie standen in einem Bach, wuschen sich das Haar, und ihre Brustwarzen waren klein vom kalten Wasser. Georgs Knie wurden weich, als er die Frauen beobachtete und seine Hose aufknöpfte. Er schluckte, sein Herz ging schnell, er war angespannt, und die Anspannung wuchs und wurde härter, und gleichzeitig gab es nichts, das ihn so versöhnlich gestimmt hätte wie der Anblick der Frauen. Es spritzte auf ein federförmiges Blatt. Er atmete aus und ließ den Kopf hängen. Die Schönheit der Frauen verblaßte ein wenig, war jetzt mehr Bild als Fleisch. Er knöpfte sich die Hose zu, schloß einen Moment die Augen und schlich rückwärts aus seinem Versteck.

Auf dem Pfad traf er Clerke und Wales, die aus verschiedenen Richtungen aus dem Busch erschienen. Beide hatten rote Wangen. Die Männer sahen sich an und gingen schweigend zum Strand zurück.

Dort war ein Karree von Wasserfässern aufgebaut, Boote pendelten zwischen der Resolution und der Insel. Um das Fässerkarree, die Landungsstelle und Wales' Laboratorium hatten Seesoldaten mit Bajonetten rechtwinklige Linien in den Sand gezogen. Eine Gruppe von Insulanern stand beisammen, redete und zeigte auf die Grenzlinien. Georg trat auf eine der Sandschneisen.

»Vorsicht, Sir«, rief ein Seesoldat. Er nahm die Muskete von der Schulter und zog mit dem Seitengewehr die Linie neu. »Eine neue Methode, um Ärger zu vermeiden, Sir. Funktioniert ganz gut. Den Buschmännern wird das Lachen noch vergehen, Sir.«

»Mir auch«, sagte Georg.

Er setzte sich zu Hodges, der auf einem Faß saß und zeichnete. Aus den Wäldern kamen mehr und mehr Insulaner. Einige klopften sich auf die Schenkel, als sie die Grenzlinien erblickten.

»Davon werden die ihren Enkeln noch erzählen«, sagte Hodges. Er skizzierte die Sternwarte mit dem Rechteck der Sandlinien darum, dessen Kopfseite im Wasser endete. Georg fragte, wessen Idee das gewesen sei. Sei von oben gekommen, von Cook oder Clerke oder sonstwem.

»Wir segeln ins dritte Jahr, Georg, da muß man mal was Neues bieten.«

Mittlerweile hatten sich ganze Familien am Strand versammelt. Kinder standen an den Schenkeln ihrer Mütter, guckten fragend auf und lachten über die Striche im Sand.

Ein Insulaner löste sich aus einer Gruppe, drehte sich nach seinen Leuten um und wechselte einige Worte mit ihnen und ging auf die Grenze des Landungsplatzes zu. Mit dem Fuß verwischte er ein Stück der Linie. Ein Seesoldat drohte ihm mit dem Zeigefinger, nahm die Muskete von der Schulter und zog mit dem aufgepflanzten Bajonett die Linie nach.

Der Insulaner lachte. Er wandte sich erneut zu seinen Leuten um und rief ihnen etwas zu. Sie lachten. Zwei Kinder kreischten und wurden von ihrer Mutter in die Arme genommen. Der Mann ging in die Knie, sprang hoch, drehte sich in der Luft wieder dem Soldaten zu und landete mit beiden Füßen auf der Linie. Er breitete die Arme aus und grinste. Der Seesoldat grinste zurück, hob die Muskete und schlug ihm den Kolben auf die Nase. Georg glaubte, Knochen brechen zu hören. Blut spritzte.

Der Mann fiel nach hinten um und schlug die Hände vors Gesicht. Das Lachen brach ab. Der Insulaner setzte sich auf, und der Seesoldat richtete aus der Hüfte die Muskete auf ihn. Dünnflüssiges Blut tropfe auf Bauch und Schoß des Insulaners. Georg nahm Zettel und Stift aus der Tasche, Hodges skizzierte den Mann mit dem starren Blick auf den Soldaten.

Georg erwartete jeden Moment das erneute Hämmern der Kriegstrommeln. Einen Schuß würde jeder von ihnen abgeben können, die gut ausgebildeten Soldaten fänden vielleicht Zeit, einmal nachzuladen, dann aber würden sie unter Lanzen und Keulen fallen, und ihr Blut würde den Sand tränken. Georg schlug vor, sich ganz langsam zum Boot zu bewegen. In diesem Moment aber stand der Geschlagene auf und trat in den Sand. Der Seesoldat wurde bespritzt und sprang zurück.

Der Insulaner ging zu seinen Leuten am Waldrand, eine Frau legte ihm den Arm um den Hals, und sie verschwanden über einen Pfad. Alle Insulaner verließen den Strand.

»Als wären wir auf einer unbewohnten Insel«, sagte Georg.

Sein Vater erschien mit einigen Matrosen aus dem Wald und winkte. Er hatte Blüten gesammelt und einen Vogel geschossen, der auf den ersten Blick aussah wie eine europäische Uferschwalbe, im Untergefieder aber untypische Farben zeigte. Georgs Vater fragte, wo die Wilden Freunde seien, antwortete aber selbst, daß das nicht so wichtig sei, und ließ sich mit Georg zur Resolution rudern. Sie sprachen nicht miteinander.

Während des Diktats schüttelte Georg immer wieder den Kopf. Irgendwann hörte er Holz auf Holz schleifen, als sein Vater heftig von außen die Tür zuzog.

15

Am nächsten Tag liefen sie aus und steuerten Tahiti an. »Eine letzte, sichere Zwischenstation«, sagte Cook.

Der Weiße, dachte Georg, Traumauge. Teori. Ta-hi-ti.

Die Fahrt verlief ruhig. Der Koch starb. Ein Matrose fand den Mann auf dem Stuhl in der Kombüse. »A-A«, sagte Dr. Patton, »Alter und Alkohol.« William Howard war allein in den Wellen versunken, der Koch wurde in Leinenbahnen eingenäht und mit einer Kanonenkugel an den Füßen ins Meer gekippt. Georg sah nach der Bestattung einen Matrosen mit Tränen in den Augen, ein anderer stieß ihn an und murmelte etwas, und der Mann wischte sich über die Augen.

Die Tahitianer jubelten ihnen von weitem zu.

»Warum tun die das?« fragte Georg.

»Die Frage ist nicht, warum die das tun«, sagte Hodges. »Die Frage ist, warum uns das wundert.«

Noch bevor die Anker geworfen waren, war am Strand O Tu mit seiner Gefolgschaft eingetroffen. Georg stand mit offenem Hemd an der Reling. Er breitete die Arme aus und riß den Mund auf. Er ließ sich in einem der ersten Boote mitnehmen. Er sprang ins Wasser, tauchte einmal unter, kam hoch, spuckte Wasser aus, strich sich das Haar zurück und watete durch die seichte

Brandung. An Land warf er sich sofort in den Sand. Er wälzte sich und schrie und spürte Nässe, Sand und Wind auf dem Körper.

»Bist du jetzt völlig verrückt geworden?« fragte sein Vater.

Cook, Clerke, Hodges – alle sahen ihn an. Cook preßte die Lippen aufeinander, machte den oberen Knopf seiner Uniform auf, zog den Kragen zurecht und schloß den Knopf wieder. Georg lachte. Er grub die Hände in den Boden und fühlte Tahiti am Rücken. Er blieb lange so liegen.

Am ersten Tag bekam Cook zwölf Schweine geschenkt, für die ein Stall am Strand gezimmert wurde. Patton ließ drei der Schweine sofort notschlachten und verbrennen. Sie seien krank, davon zu essen könne tödlich sein.

Die Resolution war von einem so dichten Ring von Kanus umlagert, daß Hodges meinte, man könne trockenen Fußes vom Schiff bis zum Strand gelangen. Er fühle sich schon nach einem Tag viel leichter, sagte er, rieb sich zwischen den Beinen und roch an den Blüten, die, wie beim ersten Tahitiaufenthalt, um seinen Hals hingen. Einer der Kränze jedoch mußte aus alten Blüten gemacht worden sein, denn bei jedem Schritt, den Hodges tat, fielen Blütenblätter von ihm ab und zeichneten eine Spur des Malers.

Georg hatte nach Traumauge geschaut, sie aber nirgends gesehen. Und er suchte den Weißen. Er ging den Pfad hinan, über den er dem Weißen während des ersten Aufenthalts auf Tahiti gefolgt war. Er sah in den See unter dem Wasserfall und setzte sich auf den moosigen Felsen. Eine dünne Schicht von Blütenstaub, Laub und Erdteilchen schwamm auf dem See und machte ihn matt. Georg aß eine Orange und schlief im Schatten.

In der Hütte, vor der er Traumauge kennengelernt hatte, lebten nur noch die Männer und die beiden älteren Frauen. Sie lachten Georg an, gaben aber zu verstehen, daß sie sich nicht um ihn kümmern konnten, es gebe Wichtiges zu tun.

Als er am Abend zum Strand zurückkehrte, brannten dort Feuer. Die Fischer waren vom Meer zurückgekommen, und im Sand zappelten Hunderte Fische, die im Schein der Feuer glühten oder silbern waren im Licht des Mondes. Insulaner tanzten zu Trommelmusik und zum Dudelsack. Am Rande der Feststätte standen Wachtposten, und manchmal kamen Boten aus dem Wald und tuschelten mit den Posten. Georg ließ sich zum Schiff paddeln.

Am nächsten Tag holte Pickersgill das Glas mit dem eingelegten Kopf des Neuseeländers aus seiner Kabine. Er zeigte es den Eingeborenen. Maheine erzählte seinen Leuten von den Kannibalen, legte eine Hand vor den Mund, und es schien Georg, daß Maheine versteckt lachte. Te Tae Ai nannten die Tahitianer den Kopf, Mannesser. Maheine hatte nie erwähnt, daß es auf Tahiti ein Wort für Kannibalismus gab.

Die Eingeborenen lachten über die fehlende Wange und piekten sich gegenseitig mit Zeigefingern in den Bauch. Georg dachte, daß Maheine nicht der repräsentative Tahitianer, sondern ein individueller Tahitianer war und daß viele seiner Landsleute keinen Ekel vor zerschlagenen Schädeln empfanden. »Sag, Maheine«, sagte Georg, »kennst du das Wort Schauspieler?«

»Ja.«

Dr. Patton trank Branntwein aus einer Tasse. Er klagte über all die entzündeten Schwänze, die er sich täglich ansehen und behandeln mußte.

»Es gibt kein Geschöpf auf der Welt, das so unbefriedigt ist wie ein Mann. Ein christlicher Mann. Der Schwanz war Gottes unbedachteste Erfindung«, sagte er.

»Wenn wir Männer dieses Unbefriedigtsein schöpferisch umsetzen, können wir viel leisten«, sagte Hodges.

»Wir führen Kriege, Mr. Hodges. Das ist die absolut überwiegende Leistung des Mannes.«

»Wir müssen einen anderen Weg kultivieren. Menschlichkeit, Liebe, Gerechtigkeit«, sagte Georg.

Patton und Hodges sahen ihn an. »Sie können die Menschheit niemals ändern, Georg«, sagte Patton. »Das einzige, was Bestand hat, ist das Böse. Der menschliche Körper ist etwas Wunderbares, er entsteht im Mutterleib, er wächst und bildet die Organe aus. Er braucht viele Jahre bis zur Reife. Und dann genügt ein Bajonettstich oder ein Syphillisfick, und das Wunder ist für immer zerstört.«

»Der Bajonettstich ist ein kulturelles Ereignis«, sagte Georg.

Patton klopfte mit der Hand auf die Reling, tippte mit dem Fuß auf die Decksplanken, zog ein paar Zettel aus der Jackentasche und wedelte damit vor Georgs Gesicht. »Nicht ablegbar. Sie können das schon gar nicht ablegen. Als Schreibender und Lesender sind Sie noch weiter verwickelt als ich oder einer der Matrosen hier. Sie werden das nie los.«

»Ich für meinen Teil will das gar nicht loswerden«, sagte Hodges. »Und Georg auch nicht.«

Georg sah zum Ufer. Er setzte einen Fuß auf die Lafette eines Vierpfünders. »Ich weiß nicht«, sagte er.

»Sokrates«, sagte Patton. »Nicht wissen ist vielleicht das beste. Die Insulaner hier wissen vieles nicht von dem, was wir wissen. Aber wofür auch? Die geistige Reisekiste, die wir mitbringen, findet hier keinen Platz, jedenfalls so lange nicht, wie wir nicht gewaltsam Platz dafür schaffen.« Er stopfte sich eine Pfeife. Um sich zu beruhigen, wie er sagte. »Das liegt alles an den Schwänzen. Jeden Tag stinkende, häßliche Schwänze zu untersuchen, das macht kritisch.« Er wandte sich von der Reling ab und kletterte zu einigen Insulanern in ein Kanu, das zum Ufer ablegte.

In einem anderen Kanu näherte sich Georgs Vater und winkte. »Arbeit«, rief er. Ein anderes Wort kenne der kaum noch, murmelte Georg. Minuten später saß er in der Kabine und nahm seines Vaters Diktat auf. Die Stunden vergingen schnell unter dem

Kratzen der Feder und dem Wind, der durch das Fenster hereinkam. Es ist eine ewige Wiederkehr, dachte Georg. Er hatte all das hier bereits erlebt, nur daß sich der Inhalt des Diktats unterschied von anderen Diktaten und er deutlicher seinen Stil schrieb statt den des Vaters. Eine Wiederkehr ewig gleicher Szenen während der größten Forschungsreise aller Zeiten. Seinen Vater schien diese Festigkeit zu beruhigen, er war ausgeglichen und höflich.

Am nächsten Morgen gab Georg seinen Beutel und seine Kleider in ein Kanu und schwamm zum Strand. Er blickte sich über die Schulter zum Schiff um. Im Sonnenglanz auf dem Wasser war die Resolution kaum zu erkennen, selbst wenn er die Augen zusammenkniff, konnte er den Umriß des Rumpfes inmitten des goldenen Flimmerns nur ahnen. An Land angekommen, ging er den Pfad entlang, auf dem er dem Weißen gefolgt war. Auf der Wiese vor einer Hütte lag ein dicker Mann. Er aß Trauben und Gebäck und winkte mit kurzen Fingern einer Schar von Bediensteten und forderte frisches Wasser. Georg hatte nie einen so dicken Mann gesehen. Er bezweifelte, daß der Mann ohne Hilfe seiner Diener würde aufstehen können. Er fragte in abgehacktem Tahitianisch nach dem Weißen. Der Dicke sagte, er habe von diesem Mann gehört. Der lebe weit weg am anderen Ende Tahitis, hier kenne man ihn nur als Geist. Ob Georg ein paar Trauben wolle, oder von dem Gebäck. Georg lehnte ab und ging. In Gedanken spottete er über Rousseaus Idee vom Edlen Wilden, jenem Asketen humanster Gesinnung.

Am nächsten Tag schloß er sich einer Bootsexpedition unter Leutnant Edgecumb an, die zum Westteil der Insel führte, und fragte in einem Dorf erneut nach dem Weißen. Der lebe am Hang eines Berges mit einer Frau zusammen. Der Insulaner sagte noch mehr, aber Georg verstand ihn nicht, hörte nur den unfreundlichen Tonfall. Georg ließ sich den Weg beschreiben und bat Edgecumb, sich von der Gruppe trennen zu dürfen. Der

Leutnant zuckte die Achseln, und sie vereinbarten einen Zeitpunkt zur Abfahrt.

Georg wanderte, aß eine überreife Frucht und glaubte den beschriebenen Pfad gefunden zu haben. Er ging bergan und fand nach einer Stunde eine Hütte, vor der eine weinende Frau hockte. Sie sah ihn an und wiegte den Kopf. Georg sah in die Hütte. Der Weiße lag auf einem Lager von Blättern, er war nackt und rührte sich nicht. Georg fragte die Frau, ob er die Hütte betreten dürfe. Sie nickte. Er ging hinein. Käfer krabbelten auf dem Weißen, und seine Augen waren tief in den Kopf gesunken. Georg kniete sich zu ihm und schnippte die Käfer von der Brust des Mannes. Er sei von einem katholischen Schiff gekommen, sagte die Frau von draußen. Er habe ihr nie gesagt, was katholisch sei, aber es müsse etwas Schlimmes sein. Er sei ein guter Mann gewesen, aber sehr unglücklich und katholisch.

Georg nahm die kalte Hand des Toten und drückte sie, und einen Moment lang sah er sich selbst dort im Schatten liegen und hörte eine Frau um ihn weinen. Er sah sich in der Hütte um. Am Kopfende stand eine selbstgezimmerte Kiste. Georg öffnete sie und fand darin eine blaue, von Ungeziefer zerfressene Hose, ein löchriges weißes Hemd und eine Pistole mit rostigem Lauf. Unter der Pistole lag eine Bibel, deren Seiten herausgerissen worden waren. In einige der Seiten hatte der Weiße Muscheln, Kieselsteine und getrocknete Käfer eingeschlagen. Georg schloß die Kiste.

Der Weiße hätte Georgs Vermittler sein können, ein Bote aus fremder Welt, der mit seinen Kleidern die Heimatkultur abgelegt hatte. Aber auch hier wurde Georg enttäuscht. Zuerst hatte Tahiti sie nicht gewollt, dann war da für Minuten eine Frau gewesen, die sich ihm wieder entzog, erschossene Insulaner, jetzt der tote Weiße und irgendein Geheimnis, das bewaffnete Posten verlangte, und Melder, die über die Insel liefen und Botschaften hin und her trugen.

Er verließ den Toten, setzte sich zu der Tahitianerin und bot ihr von den Früchten an, die er in seinem Beutel mitführte. Sie hatte aufgehört zu weinen. Sie aß eine Orange. Dann streifte sie ihren Überwurf ab und legte sich auf den Rücken. Wenn Georg richtig verstand, sagte sie Trost, Trost und zog ihn zu sich heran. Es ging sekundenschnell, und die Frau verzog den Mund und sagte, nicht gut, und beim zweiten Mal war es gut, und dann zog sie sich wieder an. Noch Stunden später, als Georg bei Edgecumb im Heck des Bootes saß, meinte er die Brustwarzen der Frau an den Innenseiten seiner Hände zu spüren.

Er besuchte Hodges in der Kabine. Der Maler saß auf der Koje, zeichnete und hatte eine Flasche Wein geöffnet. Georg fragte, woher er den Wein habe, und Hodges lächelte, zuckte die Achseln und bot Georg die Flasche. Georg nahm einen kräftigen Schluck. Durch die Hitze war der Wein suppenwarm und schmeckte wie Zuckerwasser. Besser als nichts, sagte Georg und trank mehr. Er erzählte von der Leiche.

»Ist er getötet worden?«

An diese Möglichkeit hatte Georg nicht gedacht. Er hatte den Körper des Toten kaum betrachtet und auch nicht festzustellen versucht, ob er von einem Pfeil oder einer Lanze in den Rücken getroffen worden war. Er hatte nicht gefragt, er hatte alles vergessen, als die Frau vor ihm im Gras gelegen hatte. Dann hatte er sich geschämt, weil es so schnell gegangen war, und er hatte die Frau überall geküßt und gestreichelt und an nichts gedacht, als sie minutenlang aufeinander gekämpft und gestöhnt hatten. Er hatte auch nicht an die Leiche gedacht, die keine drei Meter entfernt zu verwesen begann. Die Frau hatte die Augen zu und den Mund auf, und er hatte sich auf ihre Brüste gestützt und geschrien.

»Was ist los, Georg?«

»Ich weiß nicht, woran er gestorben ist. Keine Ahnung. Ich fahre morgen noch mal hin.«

Er erfuhr nicht, woran der Weiße gestorben war. Es wurde keine weitere Expedition nach Westen geschickt. Der Fußweg war zu weit und wäre ihm allein auch nicht gestattet worden. Außerdem waren für die nächsten Tage Expeditionsmärsche ins Landesinnere vorgesehen, und so blieb der Tag, an dem er mit der Frau des Toten geschlafen hatte, der letzte, an dem er den Weißen gesehen hatte.

Trotzdem notierte er sorgfältig, wann er ihn zum ersten Mal gesehen und bis wohin er ihn verfolgt hatte. Er skizzierte den See, in den der Weiße gesprungen war, beschrieb das Totenlager und die Frau, die Trost bei ihm suchte. Es waren nur wenige Zeilen und ein kleines Bild. Er knüllte den Zettel zusammen und warf ihn über die Heckreling. Der Zettel landete zwischen zwei Kanus. Ein Tahitianer angelte ihn aus dem Wasser, paddelte zum Fallreep und brachte Georg den Zettel zurück. Was er da treibe, fragte Cook.

»Verzeihung, Sir. Das war ein Schmierzettel, den ich gedankenlos über Bord geworfen habe. Der gute Mann hier hielt das wohl für ein Versehen.«

Georg ging in die Kabine hinab, machte das Fenster auf und schmiß die Papierkugel in dem Moment hinaus, in dem ein Insulaner in einem Kanu stehend das Fenster passierte. Der Mann bekam das Papier an den Kopf, sagte etwas ähnliches wie Hoppla und lachte. Er stoppte das Kanu, hangelte an der Bordwand entlang zum Fenster zurück und reichte Georg den Zettel hinein.

»Verdammt«, sagte Georg.

»Gern geschehen«, sagte der Insulaner.

Georg ging in die Kombüse. Der neue Koch schnarchte wie der verstorbene auf seinem Stuhl. Die Kombüsenfeuer waren gelöscht.

Georg strich den Zettel auf dem Tisch glatt, faltete ihn einmal längst und einmal quer und steckte ihn in die Hosentasche.

Vor Sonnenaufgang am nächsten Morgen brachen Clerke, Georgs Vater, Wales, einige Matrosen und Georg mit ihrem Führer Tahea in die Berge auf. Sie unterwanderten Wasserfälle, schlugen mit Säbeln und Messern Pflanzenarme ab und reichten sich ihre Gewehre, wenn sie beidhändig einen umgestürzten Baum oder einen Felsen überwinden mußten. Georg und sein Vater fanden unbekannte Holzarten und schnitten Rinden ab, die sie in ihren Beuteln sammelten.

Zu Mittag reichte Tahea ihnen Kokosnüsse, Clerke hatte für jeden Mann Pökelfleisch und geräucherten, grünlich schimmernden Speck dabei.

Sie überquerten einen Berg, stiegen in ein Tal hinab, in dem ein Fluß rauschte, und kletterten den nächsten Berg hinauf. Von dort aus konnten sie in die Bucht sehen, wo die Resolution lag, und Flußläufe in weiten grünen Tälern erkennen. Georg machte unter Clerkes Aufsicht eine Skizze der Flüsse. Sie nahmen Bodenproben vom Gipfel mit. Tahea zeigte ihnen Blüten und dickes Laub, aus deren Säften man Duftwasser mache. Er zählte ein Dutzend verschiedener Duftnoten auf. Vor allem für Frauen, sagte er, sei das sehr schön.

»Wie viel Zeit diese Menschen mit den Spielarten der Schönheit verbringen«, sagte Clerke. Der Leutnant wirkte verträumt, aber die tiefen Ränder unter seinen Augen waren trotz Tahiti nicht verschwunden, und er war abermals dünner geworden.

Tahea fragte, warum sie keine Frauen an Bord hätten und wen sie denn ficken würden. Doch etwa keine Männer?

Das sei eine Unverschämtheit, sagte Georgs Vater.

Er solle nicht vergessen, daß Tahea diese Vokabeln von ihnen habe, sagte Georg.

Sie schlugen das Nachtlager unter einem Felsvorsprung auf und entzündeten ein Feuer. Tahea verschwand für eine Stunde und kam mit Fischen aus dem Fluß zurück. Georgs Vater fragte Clerke nach Pickersgills Herkunft.

Warum er davon wissen wolle?

»Wir sind jetzt so lange zusammen und wissen nichts voneinander.«

»Man muß schon wagen, sich zu entblößen«, sagte Georg.

Was er damit meine, fragte Clerke.

Sie seien es, die uniformiert an Land gingen und von den Einheimischen begrüßt und eingeladen würden, sagte Georg. Sie forschten die anderen aus, und die hatten bis zu einer gewissen Schwelle nichts dagegen. Aber Maheine dürfte nicht einmal in Cooks Kajüte kommen und schon gar nicht dort wohnen, wohingegen jeder Häuptling der Südsee halbnackt und lachend dem Kapitän Gewänder einheimischer Edler umhänge, ihn mit Königsfedern schmücke und behandle wie seinesgleichen. »Wir machen zu, die machen auf. Das ist eine eigennützige Art und Weise zu forschen.«

»Aber die Einheimischen lassen es zu.«

»Mr. Clerke, Sie glauben doch selbst nicht, daß die hier nur dumm sind. Die behalten ihre Geheimnisse für sich. Wenn Sie sich unsere Aufzeichnungen ansehen, werden Sie feststellen, daß wir von ihrem Seelenleben wenig wissen. Die Freunde hier haben kein Interesse, es uns mitzuteilen. Und das liegt daran, daß wir ihnen gar nichts zu geben bereit sind.«

»Von mir hat er diesen Unsinn nicht. Das ist ja hanebüchen«, sagte Georgs Vater. Georg sah Clerke an und zuckte die Achseln.

Gerne hätte Georg die Erzählungen der Tahitianer mitgenommen, Bücher, ganze Bibliotheken über Geschichten, Mythen und Gebräuche. Aber niemand hier schrieb etwas auf. Der Großvater erzählte dem Vater, der Vater dem Sohn und so fort. Die Sprachkenntnisse der Reisenden waren nicht fortgeschritten genug, um die Erzählungen wirklich verstehen zu können. Statt dessen machten die Matrosen sich einen Spaß daraus, den Insulanern Flüche und Fäkalworte beizubringen. Vor wenigen Tagen hatte ein Delegierter Leutnant Edgecumb freundlich lächelnd mit den Worten »He, Sie Hosenscheißer« begrüßt.

Sie hätten auf Tahiti bleiben sollen, Teori, Oreo, Matara, nur hier, nackt und sich vertiefen in die Kultur, in Tage und Nächte und Essen und Reden der Einheimischen und die Sprache perfekt erlernen, statt von Insel zu Insel zu segeln und dabei eher den Tod in Kauf zu nehmen, als sich um eine detaillierte Beschreibung einer fremden Kultur zu kümmern.

Was hatten sie schon er-fahren, er-segelt, er-laufen? Daß es Prostitution gab, mit ledigen und manchmal mit verheirateten Frauen, daß es Herrschaftsstrukturen gab mit Königen, Unterkönigen, Vasallen und Dienern, daß es Kriege gab, den Gott Tane und Untergötter Eatuas, daß die Insel die Menschen so versorgte, daß diese sich ums tägliche Leben nicht kümmern mußten.

Aber was war in den Köpfen, was dachte der Tahitianer, was fürchtete er, woran glaubte er, was interessierte ihn? Welchen Eindruck hinterließen sie hier, die Weißen?

»Tahea, was erzählt ihr über uns?«

»Eure Schiffe sind gut, und ihr habt Kanonen. Euer König Teori in England ist ein weiser Mann, behauptet ihr. Wir sagen, ihr sucht etwas, das ihr nicht finden könnt. Ihr habt euer Heim bei euch. Aber das macht euch nicht zufrieden.«

Clerke klatschte leise in die Hände. Georgs Vater sagte, das sei Unsinn und gute Nacht.

Beim Rückmarsch am nächsten Tag stürzte der Vater in eine Schlucht und verstauchte sich dabei den Knöchel. Tahea stützte ihn den Rest des Weges, ließ ihn am Strand in den Sand fallen und rannte mit einem Herausforderer bis zu einer Felsgruppe um die Wette.

An Bord der Resolution erzählte Pickersgill: »Die sind gut hier. Da will einer unserer Jungs eine Frau kaufen. Der Mann trägt aber eine Augenklappe, und die Frau ekelt sich davor. Was macht sie also? Sie nimmt ihn bei der Hand und führt ihn zu einem Mädchen, das ebenfalls nur ein Auge hat. Fall erledigt. Die beiden verschwinden unter Deck.«

Georg grinste, Pickersgill lachte ihn an, und für einige Sekunden der Belustigung herrschte Freundschaft. Am Abend kam Cook von einem Empfang zurück. Er lud die Offiziere und Wissenschaftler zum Schweinebraten in die Kapitänskajüte und berichtete von einem bevorstehenden Krieg. Schauspiel nannte er das.

»In einem Fluß liegen Hunderte Kriegskanus. Häuptling O Tu erzählte mir von einem Streit mit dem Nachbardistrikt. Ich hoffe sehr, daß wir zu dieser Vorstellung eingeladen werden. Ein Seegefecht der Tahitianer wäre hochinteressant. Ein neues Forschungsgebiet.« Georg sah vor seinem inneren Auge Hunderte Leichen schwimmen und stellte sich vor, wie das Wasser rot aufbrodeln würde, wenn die Haie zur Mahlzeit schnellten.

Cook berichtete, daß er dem König für das größte Kriegskanu einen Anker und eine britische Flagge geschenkt habe. Über hundert Krieger, schätzte Cook, fänden Platz in solch einem Auslegerboot, das je nach Bauart am Heck oder in der Mitte ein Palmwedeldach für einen der Truppenführer habe, die Boote seien prächtig geschmückt und müßten, so vermute er, trotz ihrer Größe blitzschnell und sehr wendig sein, auch wenn sie nur durch Paddel angetrieben würden. Cooper nickte, grandios sei das, die Flagge ihrer Majestät über dem Kriegskanu, ganz wunderbar.

Als Georg später mit Hodges vom Vorschiff aus den Sonnenuntergang beobachtete, sagte er, Hodges könne jetzt zu seinen antiken Togas auch noch englische Fahnen auf tahitianische Kanus malen.

»Etwas mehr Gelassenheit, Georg. Aus Gelassenheit kann man eher gute Auswege finden als aus Verkrampfung. Ich mach mir keine Sorgen, weil ich mir keine machen will. Und meine Zukunft ist unsicherer als deine. Ich weiß noch nichts über die Zeit nach der Rückkehr. Wenn ich die Bilder von der Expedition erst einmal verkauft habe, stehe ich vor dem Nichts. Aber ich sorge mich nicht. Wer sich Sorgen macht, stirbt jung. Sieh dich unter den Tahitianern um, die sind so gelassen.«

Am nächsten Tag erschien Maheine in rotem Überwurf und mit Federschmuck im Haar an Bord. Er hatte eine junge Frau bei sich. Pickersgill knuffte ihn in die Rippen und lachte.

»Unser Freund Maheine hat geheiratet«, sagte er.

Die Offiziere gratulierten Maheine. Hodges küßte der Angetrauten die Hand. Georg umarmte Maheine. »Ohne die Uniform gefällst du mir viel besser«, sagte er.

Ob Maheine etwas Neues über den Krieg wisse, fragte Cook.

Das kümmere ihn nicht, sagte Maheine und legte den Arm um die schmale Schulter seiner Frau. Er verabschiedete sich bei den Männern. Georg brachte ihn zur Pforte. Wenn er sehen wolle, wie Menschenfleisch zubereitet werde, sagte Maheine, solle Georg noch einige Tage auf Tahiti bleiben. Es sei nett gewesen, einen Engländer zu spielen. »Theater – heißt das so?« Georg sah Maheine die Leiter hinabsteigen, sich ins Boot zu seiner Frau setzen und davonpaddeln.

Georg stützte sich auf die Reling und sah die Insel an. Ein wirklich hübscher Ort, dachte er.

Cook erklärte, daß er an Land gehen und O Tu Artillerieunterstützung anbieten wolle. Mr. Edgecumb solle alles für eine Präsentation der Geschütze vorbereiten.

Gegen Mittag wimmelte es am Strand von Schaulustigen. Der Häuptling war mit seinen Vasallen und Dienern an Deck der Resolution. Das Schiff war mit einem Schleppanker spitz zum Strand gestellt worden. Pickersgill und Edgecumb hatten Flöße mit weißen Fahnen darauf zimmern lassen, die an Steuerbord der Resolution etwa hundert Meter entfernt schwammen. Cook nickte Edgecumb zu. Der gab Feuerbefehl. Die Breitseite ging einige Meter vor dem ersten Floß ins Wasser und schäumte das Meer auf. Das Floß schaukelte. Am Strand jubelten die Einheimischen. Ein Mann machte aus dem Stand einen Salto. Edgecumb richtete eigenhändig die Geschütze aus. Die zweite Breitseite zertrümmerte das Floß in eine Wolke von Splittern und Tauwerk, die Fahne flog in den Himmel. Das zweite und dritte Floß wurden ebenso zerschossen. Pulverqualm biß in den Nasen und senkte sich träge auf Schiff und Meer.

Der Häuptling verbeugte sich vor Cook. Georg überlegte, welche Wirkung allein die wenigen leichten Geschütze der Resolution gegen eine Flotte tahitianischer Kanus haben würden. Er verschränkte die Arme und schüttelte den Kopf.

»Warum laden wir nicht die Führer der gegnerischen Parteien zu einer Konferenz auf die Resolution, Sir?«

»Wir werden uns nicht aktiv in die Angelegenheiten dieser Menschen hier einmischen, Mr. Forster«, sagte Cook.

»Aber wenn Sie ohnehin Artillerieunterstützung …«

»Seien Sie still«, unterbrach Cook.

»Bürschchen«, sagte Cooper.

»Einfaltspinsel«, erwiderte Georg.

Georg bekam wieder Durchfall. Auch Hodges und Georgs Vater wurden krank. Sie vermuteten, es liege an Taheas Fischen, und hielten sich in den nächsten Tagen im Zeltlager am Strand auf. Maheine kam bei ihnen vorbei. Er schien betrunken zu sein, sein Gang war unsicher und die Aussprache verschliffen. Seine Pläne, mit nach England zu kommen, hatten sich in der Sonne aufgelöst. Er lächelte unaufhörlich und erzählte, daß seine Frau bereits das erste Kind erwarte. Georg wünschte ihm viel Glück, dem Schauspieler.

»Ich hab eine Frau, Teori. Jetzt ist alles gut.«

»Ja, du bist auf Tahiti und hast eine Frau. Es war eine dumme Idee, mit nach England fahren zu wollen.«

»Der Krieg wird ein Festmahl, Teori.« Das waren die letzten Worte, die Georg von Maheine hörte.

Um das Krankenlager herum wurden die Schweineställe, Wales' Sternwarte und das Karree der Wasserfässer abgebaut und an Bord des Schiffes gebracht. Georg und Hodges lagen auf die Ellenbogen gestützt auf den Pritschen und sahen den Männern zu.

»Warum bleibst du nicht hier, William?«

»Warum bleibst du nicht hier?«

Georg sah den Strand entlang. Welch ein Narr er gewesen war, als er vor Monaten daran gedacht hatte, hier eine Bibliothek aus Bambusregalen aufzubauen. Wahnsinn. Ohne die Dauerhaftigkeit des Papiers hätte er hier mit gespitzten Stöcken Texte in den Sand schreiben können. Gute, ausgefeilte Texte, die täglich von Wind und Wetter aufgenommen würden. Vorübergehende Schriften.

Sie kehrten mit dem letzten Boot zur Resolution zurück. Häuptling O Tu war an Bord, redete mit Cook und kratzte sich den Bauch. Korporal Gibson stand zwischen ihnen, hatte eine Hand in der Hosentasche und dolmetschte. Er war sich seiner Sache sicher geworden und sah Cook mit gehobenen Brauen an, wenn der sprach, und wandte sich dann lächelnd an den Häuptling O Tu.

O Tu verzichtete auf die Kampfunterstützung durch die Engländer. Er wollte seinen Krieg alleine führen. Cooper wollte sich einmischen, aber Clerke zeigte auf die Reling und schickte ihn fort. Der Häuptling verließ das Schiff.

Gekrümmt vor Magenschmerzen beobachtete Georg, wie ein Matrose, der hastig voranschwamm und sich immer wieder nach der Resolution umblickte, von einem Beiboot verfolgt wurde. Vom Strand her wurde dem Mann ein Kanu entgegengepaddelt. Es schien, als sei die Flucht verabredet.

Aber das Boot unter Leutnant Pickersgill war schneller, und

Seesoldaten legten ihre Musketen auf das heraneilende Kanu an. Der Matrose wurde an den Armen aus dem Wasser gezogen. Pickersgill schrie ihn an. Auf der Resolution wurden Segel gesetzt. Kreidebleich und tropfnaß stand der Flüchtling vor Cook. Der Kapitän hatte einen roten Kopf. Er ließ den Mann in Eisen legen.

Georg schleppte sich in die Kabine. Er setzte sich an den Tisch, rückte das Schreibpult zurecht und schrieb: »Wenn man erwägt, wie groß der Unterschied ist, der zwischen der Lebensart eines gemeinen Matrosen an Bord unseres Schiffes und dem Zustande eines Bewohners dieser Insel stattfindet; so läßt sich leicht einsehen, daß es jenem nicht zu verdenken war, wenn er einen Versuch wagte, den unzähligen Mühseligkeiten einer Reise um die Welt zu entgehen, und wenn er, statt mancherley Unglücksfälle, die ihm zur See drohen, ein gemächliches, sorgenfreyes Leben in dem herrlichsten Clima von der Welt zu ergreifen wünschte. Das höchste Glück, welches er vielleicht in Engelland hätte erreichen können, versprach lange nicht so viele Annehmlichkeiten, als er, bey der bescheidenen Hoffnung, nur so glücklich als ein ganz gemeiner Tahitianer zu leben, vor sich sahe. Er durfte sich nicht schmeicheln, bey seiner Zurückkunft nach Engelland von den Mühseligkeiten der Reise um die Welt in Frieden ausruhen zu können, sondern mußte sich vielmehr gefaßt machen, sogleich wieder auf ein anderes Schiff abgegeben zu werden, und bey ebenso ungesunder, elender Kost, eben solchen Mühseligkeiten, eben solchen Nachtwachen und Gefahren, als er kaum überstanden hatte, von neuem wieder entgegen zu gehen. Sollte es ihm aber auch wirklich geglückt seyn, auf eine oder die andere Art zum ruhigen Genuß des Lebens zu gelangen; so mußte er doch immer besorgen, mitten in seinen Freuden gewaltsamer Weise zum Dienst geworben und wider seinen Willen zum Streit fürs Vaterland gezwungen zu werden, mithin, entweder sein Leben in der Blüthe seiner Jahre zu verlieren, oder das traurige Los eines elenden Krüppels zu haben. Gesetzt aber, er hätte das alles vermeiden können, so mußte er sich in England doch wenigstens dahin bequemen, sein tägliches Brot im Schweiß seines Angesichts zu verdienen, und die Wirkung jenes allgemeinen Fluches zu empfinden, der Tahiti nicht erreicht zu haben scheint, oder daselbst fast gar nicht gefühlt wird.«

Er legte den Stift auf den Tisch. Er betrachtete die Schreibunterlage, die er unter dem Arm gehalten hatte, als er von Bord der Resolution gesprungen war, um den Fisch auf der Kaimauer in Plymouth zu retten. Die Kälte der Antarktis, die Stürme, Hitze und Feuchtigkeit der Südsee hatten das Holz spröde und weich gemacht. Er zerbrach das Pult über dem Knie und schmiß die Teile aus dem Fenster.

Er kletterte in die Koje und hoffte, einschlafen zu können. Er erlebte nicht mit, wie Tahiti hinter dem Horizont versank. Sehnsüchte züchten, dachte er, Tahiti hatte Sehnsüchte in ihm gezüchtet. Aber Sehnsucht war geistige Habgier, war Traum, der sich nicht an dem maß, was wirklich war. Er schlief ein, und es war vorbei. Als er das nächste Mal aus dem Fenster sah, war Tahiti verschwunden.

16

Mit vollbeladenem Schiff ließ Cook nach Westen segeln. Während des zweiten Aufenthaltes auf den Gesellschafts-Inseln wurde nochmals jeder Stauraum der Resolution mit Obst und Gemüse gefüllt. Dr. Patton meldete, daß all das, was man sich auf Tahiti eingefangen habe, jetzt zu sprießen beginne: Zwei Drittel der Mannschaft habe Geschlechtskrankheiten. Cook sagte, dann solle Patton sich darum kümmern, und vielleicht sei es gut, wenn einer der Männer wegen eines verfaulten Genitales sterbe, vielleicht würde man sich dann auf das Wesentliche besinnen.

»Das Wesentliche hat ein Mann zwischen den Beinen, Sir«, sagte Patton.

»Wenn das tatsächlich Ihre Meinung ist, Doktor, dann enttäuschen Sie mich.«

»Es geht hier nicht um meine Meinung, Sir, es geht um die Wirklichkeit.«

»Ich habe keine Geschlechtskrankheit, Mr. Patton, und meine Offiziere auch nicht.«

»Soweit Sie informiert sind, Sir. Und bei allem Respekt, wären Sie ein gemeiner Matrose, stünde es um Ihre Gesundheit auch anders.«

»Unterstehen Sie sich, Doktor. Charakter ist keine Frage von Rang.«

»Nun, und Sex ist keine Frage von Charakter. Sir.«

Georg grinste und flüsterte Hodges ins Ohr, diesen Dialog könne man unbearbeitet in ein Theaterstück einbauen.

Als er in die Kabine kam, stand sein Vater breitbeinig vor dem Fenster, hatte in beiden Händen Papiere und starrte ihn wütend an. »Du verfälschst meinen Text«, sagte er. »Das hier«, er riß die Arme hoch und schüttelte die Hände, »das ist nicht, was ich dir diktiert habe.«

Er schmiß die Zettel zu Boden und kam auf Georg zu. Der trat mit der Ferse die Türe zu, und schon hatte er die Fäuste seines Vaters am brüchigen Kragen, Stoff riß, der Vater preßte bei offenem Mund die Zähne aufeinander, sie rangen, stöhnten, Georg drückte dem Vater den Unterarm vor den Hals, der Vater quetschte Georg das Ohr, sie stießen an, umschlangen sich, aus Georgs Darm löste sich im Kampf ein stinkender Leibwind, und der Vater rümpfte die Nase, sie rutschten an der Tür hinab auf den Boden. Erst lag der Vater oben, aber dann schaffte es Georg, ihn zur Seite zu wälzen. Keiner sagte ein Wort, sie stöhnten und versuchten, sich zu schlagen, ohne Platz zum Ausholen zu haben, es war ein einziges Drücken und Schieben. Georg quietschte, als er einen Daumen ins Auge bekam, gewann aber die Oberhand, als er seinem Vater das Knie zwischen die Beine preßte. Dann klopfte es plötzlich.

Sie sprangen auf, fuhren sich durch die Haare und riefen gleichzeitig »Herein.«

Es war Hodges. Ob er störe? Keineswegs. Er wollte ihnen die fertiggestellten Bilder des zweiten Tahitiaufenthalts zeigen und breitete die Bögen auf der Koje und dem Tisch aus. Ah ja und oh ja, sehr schön, sehr lebhaft, nein wirklich, so war es. Hodges sah von einem zum anderen. Er komme ein anderes Mal wieder, sagte er, nahm die Bilder und verschwand. Georg und sein Vater blieben Seite an Seite stehen und sahen die Tür an.

Beim Abendessen erzählte Cooper, er könne sich gut vorstellen, daß in diesem Moment ein Kriegskanu unter englischer Flagge in den Gewässern um Tahiti in ein Gefecht gerate. Was dabei fehle, sei die Feuerunterstützung der Resolution. »Hätte der Mannschaft gut getan, wenn es zum Gefecht gekommen wäre, Sir«, sagte Cooper.

»Der Mannschaft tut es gut, wenn sie vernünftig ißt, ihre Krankheiten auskuriert und die Augen offen hält, um was zu lernen«, sagte Patton.

»Lernen? Dadurch baut man keine Kampfeslust ab«, sagte Cooper. Georg sah den Soldaten an, und zum ersten Mal fiel ihm auf, welch ein stattlicher Mann Cooper war, groß, breitschultrig, mit harten Wangenfalten und grauen Augenbrauen, ein Mann, der bei Frauen sicher gut ankam. Es war nicht recht, daß dieser Mann so zufrieden mit sich war, daß er mit seinem Säbel und seinen Soldaten in der Welt herumfuhr und für die Reise immer wichtiger wurde, eins mit sich auf erstaunlich niedrigem Niveau, auf militärischem Niveau.

Als Cooper und Patton weiterstritten, befahl Cook ihnen, Ruhe zu geben. »Ich will, daß Sie alle mit daran arbeiten, daß die Stimmung auf meinem Schiff nicht wieder so schlecht wird, wie sie es wiederholt gewesen ist. Wir haben noch viel zu arbeiten. Die Resolution segelt in unbekanntes Gebiet. Konzentrieren Sie sich darauf.«

Cook sah sie der Reihe nach an.

»Sie sind Offiziere der britischen Marine, die Herren Forster, Wales und Hodges sind verpflichtete Gäste seiner Majestät.« Cook klopfte mit den Fingerspitzen auf die Tischplatte. »Die Resolution ist ein Bote der englischen Kultur. Sie sind Repräsentanten. Benehmen Sie sich dementsprechend. Und jetzt raus!«

Schweigend verließ Georg mit den anderen die Kajüte. Nicht einmal Clerke wurde zurückgerufen. Cook blieb allein an der Tafel mit den halbgeleerten Tellern sitzen und stierte vor sich hin.

Cooper und Patton rempelten sich an, und obwohl Cooper erfahrener Soldat war, vermutete Georg, hätte er gegen den Doktor mit den Schaufelhänden keine Chance gehabt. Georgs Vater nannte Clerke einen Kapitänssklaven, Clerke sagte »Soso«, Wales lief mit eingezogenem Kopf fort.

Georgs Nerven waren so angespannt, daß er bei der leichtesten Berührung zugeschlagen hätte. Er lehnte sich an die Tür der Kapitänskajüte und wartete, bis die Männer aufs Deck oder in ihre Kabinen gegangen waren. Pickersgill ging millimeterdicht an ihm vorbei, und Georg spürte den Atem des Leutnants. Als er allein war, schloß er für einige Sekunden die Augen und hörte Burns in der Kajüte die Teller abräumen.

Schließlich ging er durchs Unterschiff zum vorderen Aufgang, stieg an Deck, stellte sich an die Bugreling und sah in die Nacht hinaus. Er stand mit dem Rücken zum Schiff und riß den Mund auf, bis seine Wangen schmerzten, er schrie lautlos ins Klüversegel, er stampfte auf, stoppte den Tritt aber kurz über den Planken und setzte den Fuß leise auf.

Die Resolution segelte mühelos und leicht im Passat. Georg graute es bei dem Gedanken, zum Schlafen in die Gemeinschaftskabine hinabzusteigen. Aber an Deck zu schlafen war verboten, und jemand anderen zur Nacht zu besuchen war wegen der Enge der Kammern nicht möglich. Dafür wäre ohnehin nur Hodges in Frage gekommen, und der war sich selbst schon zuviel in seinem Verschlag.

Ein Matrose rief, ob Georg einen Schluck Branntwein haben wolle. Georg setzte sich zu den Männern am Fockmast. Sie redeten über die Frauen auf Tahiti und über ihren eingeketteten Kameraden. Georg vermutete, daß sie wegen seiner Anwesenheit nicht über ihr Verständnis für den Fluchtversuch sprachen. Er könne den Deserteur schon verstehen, sagte er. Er habe auch daran gedacht, auf Tahiti zu bleiben.

Ob er denn niemanden in England habe, fragte ein Matrose.

Mutter und Schwestern, aber sonst niemanden.

»Kein Mädchen?«

»Nein.«

»Ach wissen Sie, Sir, das ist ja alles schön und gut hier, aber England bleibt England. Ob es unsereinem nach ein, zwei Jahren auf Tahiti noch gefallen würde, ist ja auch nicht klar, was.«

»Ich dachte, Sie sehen das anders.«

»Wir denken alle viel, Sir. Die auf Tahiti denken nicht soviel wie wir. Oder irgendwie anders. Das ist ganz in Ordnung, so wie die das machen. Aber wir können das nicht. Und mal ganz ehrlich, Sir, was glauben sie, wie sehr ich mich auf die Kneipen in London freue? Und auf die Mädchen?«

Georg trank vom Branntwein, bedankte sich und ging in die Kabine. Sein Vater schnarchte.

Am nächsten Mittag sichteten sie die Insel Huaheine. Zur Mittagsstunde warfen sie den Anker vor einem Riff, das die Bucht vor dem Meer schützte. Cook verbot vom ersten Tag an, Frauen an Bord kommen zu lassen.

Expeditionen wurden ausgeschickt und hatten sich nach wenigen Stunden wieder an Bord zu melden. Während sie in mehreren Gruppen über die Insel zogen, hörte Georg, als er sich nach einer Blume bückte, einen Schuß. Er sah auf. Sein Vater, Wales und die drei Matrosen schauten in dieselbe Richtung. Georg sah unrasierte Kinnladen und zehn Nasenlöcher vor blauem Himmel. Die Männer nahmen die Musketen von der Schulter. Nachmittags auf der Resolution erfuhren sie, daß ein Insulaner versucht hatte, Hodges das Fernrohr zu entreißen. Ein Seesoldat habe sofort geschossen und den Mann an der Schulter getroffen. Hodges sagte, er habe den Luftdruck der Kugel im Gesicht gespürt.

»Die Chancen, diese Reise zu überleben, sind eh nicht groß.

Aber ich will nicht von einem schießwütigen Seesoldaten erlegt werden«, sagte er. Cooper sagte, seine Männer seien allesamt ausgezeichnete Schützen.

Sie segelten weiter nach Nordwesten. Georg entspannte sich, sooft es ging, beim Anblick des Meeres und in der Sonne. Wie die Matrosen hatte er Branntweinrationen in Flaschen gesammelt und betrank sich zu Weihnachten. Sein nicht mehr heilender Magen brannte, und Georg beugte sich über die Reling und erbrach sich und sah Fische seine Spur aufnehmen. Er trank weiter. Irgendwer schimpfte mit ihm, und Georg knickte in den Knien ein und sah den Großmast mit den Segeln über sich und Gesichter, er wurde getragen, und alles drehte sich, und jeder schimpfte, aber endlich war auch alles leicht, bitter zwar und schmerzhaft, aber leicht, und sein Kopf konnte fliegen, zwischen den Masten hindurch, übers Deck, aus dem Fenster von Cooks Kajüte und über Strände und Berge und einen Wasserfall hinab in einen See. Er hörte nicht auf zu kotzen. Einmal nur hörte er jemanden lachen, es war Hodges oder der Weiße, einer von beiden, und dann wurde es dunkel. Er blieb tagelang krank.

Ein Zahn fehlte ihm. Sein Vater sagte, den habe er beim Sturz auf Deck verloren, als er mit dem Kopf an die Reling geschlagen sei. Ob ihn das nun weitergebracht habe.

Ja, sagte Georg. Das wäre doch mal was, die Resolution wirft Anker, und alle Mann sind betrunken und feiern. Das wäre doch auch mal ein Experiment.

»Du wirst mir immer fremder, Georg.«

»Wir sind hier, um die Welt zu erforschen. Aber die Welt wird uns immer fremder. Wir werden uns fremder. Wir sollten segeln, die Fremden an Bord holen, sie Berichte schreiben lassen, und mit diesen Berichten sollten wir heimkehren.«

Die Resolution segelte. Der Wind verurteilte das Schiff, das Schiff verurteilte Georg. Manchmal dachte er, die Resolution habe zu schrumpfen begonnen. Die Enge der Kabine und die Nähe der anderen Männer beim Essen oder an Deck wurde von Tag zu Tag bedrückender. Er wußte nicht, wie er seine Anspannung abbauen sollte, der Bewegungsmangel war quälend.

Schon lange wurde beim Abendessen nicht mehr geredet, die Männer saßen am Tisch und bemühten sich, jeden Blickkontakt zu vermeiden, so leise wie möglich zu schlucken und das Besteck zu führen. Georg fühlte sich, als säße er allein an der Tafel.

Wo Seekarten weiße Flächen aufwiesen, wurden Inseln gesichtet, die vor den Männern der Resolution kein Europäer gesehen hatte. Und falls doch, sagte Pickersgill, dann habe er das mit dem Leben bezahlt. Die Inseln waren Lesezeichen des Ozeans, sie markierten Punkte in der Wasserwüste. Cook, erfreut über die Erfüllung seines Entdeckerdrangs, ließ zum Jahreswechsel viel Wein von Burns auftischen. Die Vorräte gingen ohnehin zu Ende, sagte er, das letzte Jahr der Reise würde entbehrungsvoller als die ersten beiden, das Sauerkraut gehe aus, Teile der konservierten Nahrungsmittel seien verdorben, wie der Equipagenmeister berichte, und ob man noch einmal soviel Vorräte erhandeln könne wie auf Tahiti, sei schließlich auch fraglich.

Georg wunderte sich über den Fatalismus bei Cook und über die sechs Flaschen Rotwein auf dem Tisch. Er achtete darauf, daß sein Glas stets gefüllt war.

Sie segelten nach Mallicolo und von dort weiter nach Nordwesten, wo sie die Inselgruppe der Neuen Hebriden entdeckten. Besonders unfreundliche Felseninseln wurden Savage Island genannt, lebendige und tote Admirale, Lord Sandwich und seine Söhne, stifteten ungefragt ihre Namen für Land in der Südsee.

»Wir könnten die Eingeborenen nach den Namen der Inseln fragen«, sagte Georg.

»Ja«, sagte Cook, »könnten wir.«

Hodges schlug die Namen berühmter Malerkollegen vor. »Botticelli. Tizian.«

Patton sagte: »Warum nicht Pest, Cholera, Scharbock?«

Wenn die Resolution wegen einer Flaute an einem Ankerplatz festsaß, ließ Cook das Schiff mit Beibooten und Ziehankern aufs Meer ziehen. Einmal brachten Eingeborene ihnen auf Pfeile gespießte Fische, und erst als es zu spät war, als beinahe die ganze Mannschaft von den Fischen gegessen hatte, erfuhren sie, daß die Pfeile vergiftet gewesen waren und die Fische nur nach besonders langer Garzeit dieses Gift verloren. Der Großteil der Mannschaft und sämtliche Offiziere wurden krank, erbrachen sich, bekamen Schüttelfrost. Dr. Patton wußte sich nicht mehr zu helfen und schrie Scheißescheißescheiße und maulte Matrosen und Seesoldaten an, die Kotze von den Planken zu putzen.

Als stinkendes, dümpelndes Lazarett segelte die Resolution weiter. Brüchiges Tauwerk konnte von den geschwächten Männern kaum geflickt werden, das eingerissene Focksegel wurde unter Qualen abgenommen. Ein Matrose bekam während der Arbeit in der Rah Durchfall, und es spritzte aufs Vordeck. Ein neues, helles Segel wurde an die Rah geschlagen, und die Resolution hatte jetzt verschiedenfarbige Segel.

Sie gerieten in einen zwei Tage währenden Sturm. Georg, kaum in der Lage, sich auf den Beinen zu halten, schlug sich die Augenbrauen an der Koje auf, sein Vater stürzte und verstauchte sich beide Knöchel, Dr. Patton wurde von Flaschen aus einem Regal verletzt, ein tahitianischer Hund flog still über Bord und verschwand im Meer. Männer rackerten an den Brassen, bückten sich, erbrachen sich und arbeiteten weiter. Ein Seesoldat drohte, sich umzubringen. Pickersgill redete mit dem Mann. Wales weinte vor Erschöpfung. Im Lee einer unbewohnten Insel fand Cook schließlich Schutz vor dem Sturm.

Der Wind ließ nach, und auf der Insel wurde eine Quelle gefunden. Georg schätzte, daß er sieben bis acht Kilo abgenommen hatte. Das Gesicht, das er im Spiegel sah, war ausgezehrt und dünn und eher rot als gebräunt. Er zog sich Kleider an, die er drei Tage nicht getragen hatte und der Einfachheit halber als sauber bezeichnete, und ging an Deck, um sich in die Sonne zu stellen. Clerke, Edgecumb und Cook standen auf dem Achterdeck.

Die Kendall-Uhr laufe immer noch exakt. Er solle das in seinem Bericht erwähnen, sagte Cook.

Clerke fragte, ob Georg eine Art Quintessenz der Reise erkenne.

»Ja, Sir, wir reisen mit zu schwerem Gepäck.«

»Wir verteidigen uns, wenn wir angegriffen werden«, sagte Cook.

»Wir verteidigen uns, um uns nicht ändern zu müssen. Interessant ist, daß nicht die Einheimischen den Engländern hinterherlaufen und sie beschimpfen, sondern die Eindringlinge den Einheimischen«, sagte Georg.

Bevor Cook etwas erwidern konnte, sagte Clerke, daß er Georgs kritische Einstellung für erfrischend halte. Man wolle keine dummen Schreiberlinge an Bord der Resolution haben. Georg sei ein sehr junger und geistreicher Mann.

»Zu große Zweifel können einen Forscher bremsen«, sagte Cook.

»Unkritisches Selbstvertrauen birgt viel mehr Gefahren in sich«, sagte Georg.

»Also muß man einen vernunftgeleiteten Mittelweg finden«, sagte Cook.

»Mittelwege führen zu Mittelmaß«, sagte Georg.

»Ein Revolutionär«, sagte Clerke.

»Das wollen wir nicht hoffen«, sagte Cook. »Das wäre wirklich das letzte.«

Sie kreuzten zwischen Äquator und südlichem Wendekreis östlich von Australien und Neuguinea. Sie entdeckten Ambrrym, Aphi, Three Hills Island, Pa-uhm, Two Hills Island. Sie angelten Haie, in deren Mägen sie Schildkröten und Vögel fanden. Die Vorräte schrumpften, das Schiff verlor an Gewicht und lag höher im Wasser. Der Alkohol wurde noch strenger rationiert. Matrosen prügelten sich um ihre Branntweinzuteilungen. Ein Matrose hatte es geschafft, im Kabelgatt ein Huhn zu verstecken. Als er von einem Kameraden beim Füttern des Leckerbissens überrascht wurde, begann eine Prügelei, in deren Verlauf das Huhn in Stücke gerissen wurde. Die Todesschreie des Tieres waren durch das ganze Unterdeck zu hören, und als der Oberbootsmann den Streit beigelegt hatte, war von dem Huhn kaum etwas Bratbares übrig, lediglich eine Art Gulasch, wie Hodges Georg ins Ohr flüsterte.

Georg fragte sich, auf welchen Pfaden der Tod durch Verhungern schlich, wie sich das Denken ändern würde, wenn Magen und Darm leer waren. Unter Seefahrern ging das Gerücht, daß Kannibalismus das Ende manch einer verschollenen Expedition gewesen sei. Er dachte an Neuseeland und Maheine und an Entdeckungsreisende wie Frobisher, die im Eis verschollen waren. Er fragte sich, wen er lieber verspeisen würde, einen Mann, den er schätzte, oder einen, den er nicht mochte. Er spuckte ins Meer und dachte, daß er um nichts in der Welt in Coopers Fleisch beißen würde.

»Wenn man aus Mangel an Nahrung einen Kerl frißt, der denselben Mangel leidet, nützt das gar nichts. Also beißt euch nicht«, erklärte Patton.

Pickersgill fragte, ob es grundsätzlich nicht mehr Sinn mache, eine Frau zu essen, weil die größere Fettgewebe besitze als ein Mann. Patton hielt das für eine interessante Frage. Hodges sagte, es sei müßig, darüber nachzudenken, man habe keine Frauen dabei, und obwohl es ihm widerstrebe, das zu sagen, sei es gut, keine Frauen an Bord zu haben. Vor allem für die Frauen selbst.

Wir wollten die Südsee erforschen, Terra Australis suchen, dachte Georg, jetzt sind wir an dem Punkt der Reise angekommen, an dem wir diskutieren, Frauen zu verspeisen.

Sie segelten im Morgengrauen in eine Bucht. Die Insel gehörte zur Gruppe der Neuen Hebriden und wurde von einem Vulkan überragt, dessen Spitze in den Wolken verborgen war. Am Ufer sammelten sich Hunderte dunkelhäutiger Menschen und liefen neben der Resolution her, bis die Segel eingeholt waren und der Anker geworfen wurde.

Einige Insulaner schwammen dem Schiff entgegen, sahen zum Deck hinauf, redeten miteinander und drehten kurz vor der Bordwand wieder ab. Cook ließ zwei Boote aussetzen. Er betrachtete den Strand durchs Fernrohr und sagte, die Insulaner seien alle bewaffnet. Er ließ Waffen ausgeben und befahl Cooper, die Seesoldaten auf die Boote zu verteilen. Georg sah dem Leutnant zu, der seinen Leuten Anweisungen gab und mit ernsten Brauen und geradem Mund zum Strand guckte.

Cooper hatte sich nicht verändert. Er würde als der Mann von Bord gehen, als der er in Plymouth auf die Resolution gekommen war. Georg war gewachsen, weil er seinen Vater hinter sich gelassen hatte, die Expedition hätte wachsen können, aber Cooper war Cooper. Solche Militärs hatte es immer gegeben und würde es immer geben. Georg konnte sich nichts Langweiligeres vorstellen, als über einen solchen Mann schreiben zu müssen.

Die Männer stiegen in die Boote und ruderten dem Strand entgegen. Cook im ersten Boot stand aufrecht und hielt einen vertrockneten Pisangzweig als Friedenssymbol in der Hand. Im Gürtel steckte eine Pistole. Er wandte sich nach Clerke und Georg im zweiten Boot um und rief, Clerke solle vom Ufer entfernt bleiben. »Landen Sie erst, wenn ich den Befehl dazu gebe!«

Die Menschenmenge am Ufer schwieg. Die Insulaner waren mit Pfeil und Bogen, Keulen und Lanzen bewaffnet, und die

Lanzenspitzen bewegten sich über den Köpfen. Clerke ließ beidrehen, als Cooks Boot in den Sand fuhr und der Kapitän ausstieg. Georg sah ihn mit einem Mann reden, der wie alle anderen nur einen Lendenschurz trug und ungeschmückt war, aber als einziger aus der Wand der Einheimischen vorgetreten war. Es mußte der Häuptling sein. Durchs Fernrohr betrachtete Georg die Spitze des Vulkans, die jetzt flach aus den Wolken hervortrat und von der Rauchfäden den Wolken folgten. Nachts, dachte Georg, würde die Vulkanspitze rötliches Licht auf den Dschungel herabsickern lassen. Als Clerke »Achtung« sagte, senkte er das Fernrohr und sah ganz nah vor sich Insulaner nach den Riemen des Kapitänsbootes greifen. Andere spannten die Bögen, Cook fuchtelte, der Pisangzweig war weg, ein Matrose schlug nach einem Eingeborenen, der ihm das Ruder entreißen wollte, und dann krachte ein Schuß.

»Feuer!« befahl Clerke. Seesoldaten und Matrosen schossen in die Menschen am Strand. Georgs Herz pochte. Er stand auf. Er sah Pfeile fliegen. Ein Matrose in Cooks Boot fiel um. Er sah Cook mit der Muskete nach dem Häuptling zielen. Georg drückte ab. Die Muskete zündete nicht. Von der Resolution krachten die Geschütze. Kugeln flogen über die Männer hinweg und rissen Schneisen fliegender Blätter und splitternder Stämme in den Wald. Die Insulaner rannten fort. Vier lagen im Sand. In Cooks Boot vibrierte ein Speer. Hastig luden die Seesoldaten nach, die Matrosen waren wieder an den Riemen und begannen zu rudern. Eine zweite Breitseite zerschmetterte den Himmel. Georg dankte irgendwem, daß Edgecumb hoch in die Baumkronen feuern ließ und nicht auf den Strand. Er betrachtete das Schloß seiner Muskete, setzte sich auf die Ducht und ließ den Kopf hängen.

Die beiden Boote kehrten zur Resolution zurück. Aus Cooks Boot kletterten zwei Verletzte an Bord, der eine hatte eine aufgeschlitzte Wange, dem anderen steckte ein abgebrochener Pfeil im Oberarm. Georg sah zum Strand zurück. Die vier Verwundeten oder Toten lagen noch dort und wirkten pechschwarz im Sand.

»Verdammte Sauerei«, sagte Cook. Diese Mistkerle hätten sie nicht gehen lassen wollen. Er ließ doppelte Wachen aufstellen und die Artillerie bereithalten und verschwand zornrot unter Deck. Das ist es, dachte Georg. Die Hände zitterten ihm, und er steckte sie in die Hosentaschen. Jetzt hatte die Reise ihm klargemacht, wohin auch er gekommen war. Ein schwerer Lauf, ein Zündstein, eine Kugel. Pickersgill. In Europa würde man seine Schriften lesen, in der Südsee hätte er sich beinahe als Mörder in das Gedächtnis der Menschen geschrieben. Er spuckte aus.

Gegen Mittag näherten sich Kanus. Die Männer darin waren bewaffnet, hielten die Waffen aber gesenkt und sahen zur Bordwand hinauf. Cook winkte ihnen mit einem Zweig und redete ruhig zu ihnen hinab. Georg hatte den Kapitän stets um die Fähigkeit bewundert, große Erregung binnen kurzer Zeit dämpfen oder völlig abbauen zu können. Friedlich und lächelnd stand Cook an der Reling und winkte den Männern. In verschiedenen Booten erhoben sich Insulaner und zielten mit ihren Bögen zum Deck. Cook blieb stehen und gab Edgecumb aus dem Handgelenk ein Zeichen. Der Leutnant ließ eine Kanone abfeuern. Krach und Qualm, und im Wald stürzte eine Palme um. Die Insulaner ließen sich bis auf einen Mann aus ihren Kanus kippen, und die Männer auf der Resolution lachten und zeigten auf die wippenden Boote. »Ruhe!« befahl Cook. Er sah den Mann an, der allein in einem der mittleren Kanus saß und zu ihm aufschaute, während vom Rest seiner Kameraden nur Köpfe über dem Wasser zu sehen waren. Die Leute kletterten in die Boote zurück und paddelten zum Strand. Der Mann, der im Kanu geblieben war, sah sich über die Schulter nach Cook um.

Cook ließ zwei Boote aussetzen und die Resolution tiefer in die Bucht ziehen.

»Wieso verschwinden wir nicht von hier, Sir?« fragte Clerke.

»Wieso sollten wir, Mr. Clerke?«

»Nun ...«

Cook sah Clerke an. Der Leutnant senkte den Kopf. Das hatte Georg bei ihm während eines Gesprächs noch nie gesehen. Er wandte sich ab und gab seine Muskete einem Maat. Sie habe nicht gezündet. Das geschehe oft, sagte der Maat, die Großmacht, die kein Geld für vernünftige Musketenschlösser habe, Expeditionen in die Antarktis schicke und verdammt teure Chronometer baue, aber keine ordentlichen Flintenschlösser, zum Heulen das Ganze. »Tut mit sehr leid für Sie, Sir«, sagte der Maat. »Wird nicht wieder vorkommen.«

Hodges stellte sich zu Georg an die Reling. Er klopfte ihm auf die Schulter. »Ich hab dich im Fernrohr gehabt«, sagte er.

»Ladehemmung«, sagte Georg.

Sie unternahmen keinen weiteren Landeversuch an diesem Tag. Sie angelten ein paar Fische und blieben über Nacht an Bord. Von der Insel dröhnten Trommeln, und einzelne Feuer leuchteten orange wie die Spitze des Vulkans. Hodges zeichnete im Laternenlicht ein Bild der Landung: Cook mit dem Zweig in der Rechten und einer Muskete in der Linken, die Bordwand der Resolution in Qualm gehüllt, der bis zur Großrah aufstieg, die Bajonette in Clerkes Boot hoch in den Himmel gerichtet, die Insulaner wild am Ufer, einige flüchten, andere drohen mit Keulen und Steinen.

Georg sagte, das sei Hodges' bestes Bild, wegen der Fülle an Bewegung darin. Auch Georgs Vater hielt das Bild für gut, hätte aber gerne mehr Charaktere als nur den des Kapitäns erkannt, sich selbst zum Beispiel, oder Georg oder auch den unterwürfigen Leutnant Clerke. Er möge es nicht, daß Cook immer im Mittelpunkt stehe.

»Wir leben in einer Heldenkultur. Von Cook wird man in hundert Jahren noch reden, von uns nicht«, sagte Hodges.

Das werde sich noch herausstellen, sagte Georg.

Am nächsten Morgen fuhren zwei Boote zum menschenleeren Strand. Die Boote wurden auf den Sand gezogen und in Halbkreisformation von Seesoldaten gesichert.

Cook ging mit Georg, dessen Vater, Hodges, Clerke und einigen Seesoldaten und Matrosen zu einer Stelle, von der neben einer verfallenen Hütte ein Weg in den Wald führte. Als sie in den Weg bogen, traten links und rechts von ihnen Eingeborene aus den Büschen, Laub raschelte und schliff aneinander. Die Insulaner sagten kein Wort und starrten die Fremden an.

Die Seesoldaten hoben die Musketen, aber Cook befahl, die Waffen langsam wieder zu senken. Er gestikulierte mit dem Anführer, der sich ihm in der Mitte des Weges entgegengestellt hatte. Der Mann war von Kopf bis Fuß tätowiert, er schien mehrere Augenbrauen übereinander und schwarze Falten auf den Wangen zu haben. Georg meinte in ihm den Mann zu erkennen, auf den Cook gestern geschossen hatte. Der Kapitän zeigte auf die Resolution, er deutete auf seinen Mund und legte den Kopf zurück, rieb sich den Magen, zeigte auf den Boden und die Wälder, hob die Brauen und die Achseln.

Der Häuptling nickte. Er ließ sich von einem Hintermann einen Palmwedel und eine Kokosnuß geben und reichte sie Cook. Der Kapitän verbeugte sich, winkte einen Matrosen heran und übergab eine Kiste mit Nägeln, einen Spiegel und einige Äxte. Es war immer noch kein Wort gesprochen worden, alles, was Georg hörte, war das Laub, einige Vögel und das Rauschen des Wassers in der Bucht.

Cook befahl Pickersgill, am Strand ein Lager für die Kranken aufzuschlagen und die Wasserfässer entladen zu lassen, er, Clerke und einige andere begleiteten den Häuptling zu einem Dorfplatz. Mehr und mehr Insulaner tauchten auf. Georg wurde klar, daß sie die ganze Zeit beobachtet worden waren. Sie wurden mit Wasser und Früchten bewirtet. Es wurde kaum gesprochen, und Georg sah sich, genau wie alle anderen, mißtrauisch um, blickte in die dunklen Hütten rund um den Sandplatz, in die Büsche und die Löcher, die die Pfade ins Grün machten. Er hatte die Muskete auf den Schenkeln und fühlte sich wie ein ungebetener Gast, der wußte, daß sein Gastgeber lang und entspannt ausatmen würde, wäre er nur endlich wieder verschwunden.

Nach einer Stunde schleppender Konversation gingen sie zum Strand zurück. Seesoldaten hatten winklige Linien um die englischen Besitzungen in den Sand gezogen und standen Gewehr bei Fuß. Cook teilte den Leuten mit, daß er den Einheimischen verboten habe, am Strand Waffen zu tragen, und daß die Linien im Sand Hoheitsgebiet seiner Majestät Georgs des Dritten seien. Die Insel, auf der sie sich befänden, heiße Tanna, was soviel wie Erde bedeute. »Ein guter Name für eine Heimat«, sagte Georg.

Er stand mit Hodges und Patton zusammen in der Sonne auf dem schmalen Sandstreifen vor dem Wald.

»Das geht nicht gut hier«, sagte Patton.

Seit wann sich der Doktor zu solchen Mutmaßungen hinreißen lasse, fragte Hodges.

Ihm gehe der Tabak aus, sagte Patton. »Ich kann mir nur noch am Wochenende eine Pfeife leisten. Hab ich Ihnen übrigens schon dahingehend Mut gemacht zu erzählen, daß Ihr Vorgänger, Sydney Parkinson, bei der letzten Reise an Skorbut gestorben ist?«

Georg grinste. Sie standen alle drei mit verschränkten Armen und lächelten sich an.

Gegen Abend befahl Cook alle Männer zurück an Bord, auch das Krankenlager sollte über Nacht geräumt werden. Am nächsten Morgen näherte sich ein Kanu. Ein alter Mann mit weißen

Haaren bot Cook Kokosnüsse und war versessen auf einen roten tahitianischen Umhang. Cook reichte ihm den Umhang hinunter. Der Alte paddelte zurück zum Ufer und spazierte als weithin sichtbare Gestalt auf und ab durch den Sand und warf die Arme in die Luft, als jubele er.

Kurz darauf erschienen von rechts und links Hunderte von Kriegern. Sie rissen das Zelt nieder, schwenkten ihre Lanzen und Keulen und schrien. Der Alte forderte sie mit Handzeichen auf, die Waffen zu senken, aber die Männer reagierten nicht auf ihn.

»Zwei Boote fertig machen!« befahl Cook.

»Sir, das sind mindestens dreihundert Männer da drüben«, sagte Clerke.

»Mein guter Leutnant Clerke, ich werde mir von diesen Affen nicht sagen lassen, was ich zu tun habe. Alle Seesoldaten in die Boote! Mr. Edgecumb, Sie wissen, was Sie zu tun haben.«

Georg beobachtete durchs Fernrohr den alten Mann, der Pisangzweige in beiden Händen hielt und abwechselnd zu den Kriegsmeuten und zur Resolution winkte. Als sich die Boote dem Ufer näherten, ließ Cook die Musketen abfeuern. Sand spritzte auf, einige Krieger wichen zurück. Als die erste Lanze flog, ließ Edgecumb das Feuer eröffnen.

Es war Georg, als sterbe der Wald. Hohe, gebogene Palmen knickten um, Blätter flogen, Vögel schnellten in den Himmel. Die Krieger flohen. Nur der alte Mann im roten Tuch stand und winkte mit den Zweigen, sah sich um und ließ die Arme sinken.

Diesmal spannten die Soldaten Seile um Pflöcke, die sie in den Sand schlugen. Auf die Rufe des Alten hin erschienen die Krieger unbewaffnet und beobachteten die Engländer. Georg fuhr mit Hodges an Land. Cook stellte ihnen den Alten als Pao vor. Georg verbeugte sich tief vor ihm. »Das ist ein Mann«, sagte er.

Pickersgill leitete das Wasserladen und berichtete, in den Büschen wimmele es von Insulanern. Als Georg mit seinem Vater und einigen Matrosen auf Pflanzensuche einen Pfad hinanging, äugte er ins Grün und zuckte bei jedem Rascheln zusammen. Der Dschungel fingerte von allen Seiten nach dem Weg und den Männern.

Georgs Vater schlug vor, lieber umzukehren. Georg, die Muskete in der Rechten, einen Dolch im Gürtel und Angst im Kopf, stimmte zu.

Cook stand mit vorgestrecktem Kinn und verschränkten Armen am Strand. Hodges saß auf einem Stück Treibgut und zeichnete.

»Der einzige, der sich hier sichtlich wohlfühlt, ist Cooper«, sagte er.

»Cook auch«, sagte Georg und setzte sich zu ihm. »Er fühlt sich wohl, wenn er sich durchsetzt. Er hat das Zeug, ein wirklich großer Mann zu sein. Aber er verspielt es.«

Hodges tippte auf Georgs Muskete. »Je länger man in der Welt ist, desto weltlicher wird man«, sagte er.

Kein Einheimischer war in der Hitze am Strand, nicht einmal mehr der Alte im roten Tuch. Georg sah auf Hodges' Zeichnung.

»Das Bild von gestern hab ich weggeschmissen«, sagte der Maler. Er zeigte ihm die Neufassung. Es war wieder die Landung auf Tanna, aber diesmal war Cook in seinem Boot zum rechten Bildrand gerutscht, und im Zentrum der Zeichnung stand Pao mit den Zweigen, um ihn herum fliehende und drohende Krieger, ganz rechts der Pulverqualm, der die Resolution unkenntlich machte. Über den Palmwipfeln stand der rauchende Vulkan. Georg nickte.

»Dieser alte Mann, dieser Pao ...« Hodges sprach nicht weiter.

»Er gehört ins Zentrum des Bildes«, sagte Georg. »Solche Männer braucht die Welt. Das ist der Montaigne der Insel.«

Trotz der Gefahr, die im Schatten eines jeden Busches zu lauern schien, schickte Cook Clerke und Pickersgill zu einem Sondierungsmarsch aus. Es dauerte nur eine Stunde, da hörten die

Männer am Strand Schüsse. Cooper ließ seine Seesoldaten den Pfad sichern, über den Clerke mit seiner Truppe vorgestoßen war. Die Männer kamen aus dem Wald. Clerke und Pickersgill redeten aufeinander ein. Sie hatten Enten auf einem See geschossen, und Pickersgill hatte einen Eingeborenen ins Wasser geschickt, die toten Tiere herauszuholen. Nach drei oder vier Schwimmgängen habe es dem Mann gereicht, und er sei am anderen Ufer mit dem erlegten Wild aus dem See geklettert. Da habe Pickersgill auf ihn geschossen.

»Dann sind wir überfallen worden, Sir«, sagte Clerke. »Ich konnte verhindern, daß es zu einer größeren Schießerei kommt. Aber einige Fernrohre, Mützen und Uniformjacken haben wir trotzdem verloren. Die Männer, die uns angegriffen haben, scheinen allerdings zu einem anderen Stamm zu gehören. Ihre Tätowierungen waren mir fremd.«

»Wollten Sie den Eingeborenen als Ihren Pudel benutzen, Pickersgill?« fragte Georg. Pickersgill ging sofort auf ihn los. Georgs Vater schrie irgendwas. Clerke griff nach Pickersgills Schulter, Cook brüllte rot vor Zorn und so laut, daß die Männer in ihrer Bewegung erstarrten. Der Kapitän trat in den Sand, schrie einen nach dem anderen an, schlug um sich, als würde er von allen Seiten angegriffen, und versprühte Speichel aus saftigen Mundwinkeln.

Der Häuptling trat zu ihnen und gab zu verstehen, daß der Überfall nicht von seinen Leuten verübt worden sei.

»Wir marschieren gegen die Rebellen«, schrie Cook.

»Affentheater«, sagte Hodges.

»Das Ende einer Forschungsreise: ein Feldzug«, sagte Georg.

Die Schreierei ging weiter. Zeigefinger und Fäuste stießen in die Luft, Münder wurden aufgerissen, die umstehenden Seesoldaten und Matrosen guckten betroffen, einige legten die Hand an die Stirn oder vor den Mund, Eingeborene setzten sich in den Sand, sahen ihre Kameraden an und hielten sich die Ohren zu.

Georg stand Zentimeter von Pickersgill entfernt und preßte die Hände zu so harten Fäusten, daß ihm die Fingernägel ins Fleisch schnitten. Cooper schoß in die Luft. Die Schreie erstarben.

Cook räusperte sich und wischte sich über die Lippen. Als sei nichts geschehen, redete er mit dem Häuptling. Der sagte ihm Unterstützung zu. Die kleine Armee wurde in zwei Gruppen geteilt, die erste bestand aus den Engländern mit einigen eingeborenen Führern, die zweite, aus den Kriegern des Häuptlings, sollte den Rückzug sichern.

Sie stießen in die Wälder vor, folgten Pfaden, Klettersteigen und zertrampelten Blumen. Sie marschierten zwei Stunden ins Landesinnere. Georg wußte nicht, warum er mitging. Vielleicht, so vermutete er, schlummerte in ihm die tödliche Lust, das ruhmlose Ende der Expedition des Kapitäns James Cook nach der Terra Australis mitzuerleben. Er war müde.

Als Hodges ihn fragte, was um alles in der Welt sie hier täten, sagte er, daß es besser sei, hier zu sterben als in England.

»Wenn ich ein wenig kampfeslustiger wäre, würde ich dir dafür in den Arsch treten«, sagte Hodges.

»Du tätest gut daran«, erwiderte Georg.

Coopers Späher meldeten, daß die Truppe Gefahr liefe, eingekesselt zu werden. Außerdem hätten ihre Hilfstruppen hier keine Ahnung, sagte Cooper. »Die Nachhut ist viel zu dicht bei uns, Sir, die können uns keinen Rückweg freihalten. Meine Männer sagen, da lauern Hunderte im Busch.«

Cook ließ die Abteilung halten. Tatsächlich erschien schon nach einer Minute der erste Mann der Nachhut auf dem Pfad, aß einen Apfel und lachte sie an. Kurz darauf kamen weitere Krieger, die miteinander scherzten und die schwer bewaffneten, ernst dreinguckenden Engländer freundlich begrüßten und fragten, wann es weitergehe.

»Sir, Sie wissen, daß ich ungern zurückweiche, aber wir sind vierzig Mann in unbekanntem Terrain, und um uns wimmelt es von Hottentotten«, sagte Cooper. Cook massierte sich die Stirn.

»Wir müssen hier weg«, sagte Georg.

Cook verbot ihm das Wort. Er befahl den Rückzug. Sie marschierten den gleichen Weg zurück. Die Männer der Nachhut saßen auf Lichtungen, aßen Früchte und winkten ihnen. Georg winkte zurück und lachte. Sie kamen an einem See vorbei, auf dem er zwei tote Enten schwimmen sah. Er suchte nach Pickersgill, der irgendwo vorne bei Cook ging. Georgs Vater sagte, so etwas nenne man dann ja wohl ein Desaster.

»Eher ein Glücksfall«, erwiderte Georg.

Gegen Abend wurde die Stellung am Strand geräumt, und alle Mann kehrten auf die Resolution zurück. Vom Strand aus zeigte ein Insulaner den Wegrudernden den nackten Hintern.

Beim Abendessen wurde diskutiert, von Tanna zu verschwinden. Am Strand wimmelte es wieder von Bewaffneten. Die Unterstützung am heutigen Tag sei kaum ernst zu nehmen gewesen, vielmehr, sagte Cooper, habe es so ausgesehen, als hätten die hiesigen Krieger die Engländer in den Kampf gegen den anderen Stamm schicken wollen. Cook sagte, Tanna werde ebenso erforscht wie alle anderen Inseln, wenn sich die Einheimischen ihnen in den Weg stellten, müsse man sich durchsetzen.

In der Kabine räumte Georg Beutel mit Kugeln und ein Pulverhorn vom Tisch, um an die Reiseaufzeichnungen zu kommen. Zwei Musketen lehnten an der Wand. Er schrieb: »Solchergestalt lief die vorgehabte Kriegs-Expedition ohne Blutvergießen ab, so wie es alle diejenigen unter uns gewünscht hatten, denen das Leben ihrer Mitmenschen keine geringschätzige Kleinigkeit zu seyn dünkte. Andere hingegen schienen ganz unzufrieden damit, daß es nicht zum Todschlagen gekommen war. An die schrecklichen Auftritte des Krieges und Blutvergießens gewöhnt, thaten sie, als ob es gleich viel sey, nach einem Menschen oder nach einem Ziele zu schießen.«

Er sah in den Spiegel. Er starrte sich in die Augen. Mit der Linken stieß er die beiden Musketen an. Die Waffen rutschten an der Wand entlang und wurden vom Türrahmen aufgehalten. Georg schrieb weiter:

»Übrigens ist wohl nichts augenscheinlicher und gewisser, als daß die Zusätze, die auf dieser Reise zum Ganzen der menschlichen Kenntnisse gemacht worden, obschon nicht ganz unbeträchtlich, dennoch von geringem Werth sind, sobald wir sie mit dem, was uns noch verborgen bleibt, in Vergleichung stellen.«

Schwerbewaffnet zog Georg mit seinem Vater, Hodges und einer Begleitmannschaft am nächsten Tag ins Landesinnere. Sie hatten zwei Führer verpflichtet, die sie zum Vulkan geleiten sollten. Georg schnallte sich die Muskete quer über den Rücken und ließ die Hände über Laub und Ranken streifen. Er roch an Blumen und wusch sich das Gesicht im Wasser eines Baches. Er atmete tief ein, die Luft roch nach feuchter Erde und Pflanzen, er meinte aber auch Schwefel zu riechen, der aus dem Vulkan kommen mußte.

Nach anfänglichem Widerstand hatten sie von Cook die Erlaubnis bekommen, über Nacht an Land bleiben zu dürfen. Cook hatte zwei Abgesandte des Häuptlings an Bord gelockt und ließ sie nicht zurück. »Ein Pfand«, hatte er gesagt.

Bei Anbruch der Dunkelheit schlugen sie ihr Lager im Dschungel auf, der bis dicht an den Fuß des Vulkans grenzte. Blätter, Farne und Ranken glühten orange auf, wenn der Vulkan Feuer spie. Das Gesicht des Vaters war zweigeteilt, die eine Hälfte schwarz, die andere zuckte rötlich auf. Hodges saß mit dem Rücken zum Vulkan an einen Baum gelehnt, und Georg drehte sich so, daß sein Gesicht entweder ganz im Dunkeln war oder rot aufleuchtete, wenn der Vulkan es wollte.

Am Vormittag stießen sie bis zum Fuß des Vulkans vor, machten Zeichnungen und sammelten Gesteinsproben, bevor sie den Rückmarsch antraten. Am frühen Abend waren sie wieder am Strand. Eine Gruppe Krieger stürmte aus dem Busch. Schreie gellten. Georg sah, daß Hodges umfiel. Ihm war kalt. Sein Vater brüllte unverständlich.

Noch Stunden später wunderte Georg sich, daß er die Lanze gesehen hatte. Vielleicht hatte ihr abgegriffener Schaft in der niedrigen Sonne geglänzt, oder sie war über einen Sonnenfleck im Sand geschleudert worden, er sah sie und sprang zur Seite. Die Lanze blieb im Boden stecken. Georgs Muskete krachte. Ein Mann fiel um. Plötzlich war Cooper neben Georg, Georg lachte und streckte die Hand nach Coopers Schulter aus, Seesoldaten feuerten, ein Bordgeschütz feuerte in den Wald. Georg sah sich nach Hodges um. Der saß im Sand und starrte auf zwei Pfeile, die zwischen seinen gespreizten Beinen staken. Der Vater lud zitternd die Muskete nach. Sein Mund zuckte. Sein Gesicht war Georg vollkommen fremd. Cooper ließ Salve um Salve feuern. Die Krieger waren verschwunden. Drei Männer waren liegengeblieben. Cooper untersuchte sie.

»Alle tot«, sagte er. Es müsse auch Verwundete gegeben haben, denn nicht überall, wo Blut sei, liege auch jemand.

Sie ruderten zur Resolution zurück. Die beiden Geiseln waren am Nachmittag schwimmend geflohen.

»Wir bleiben«, sagte Cook. Es wurden weiter Expeditionen unternommen. Die Resolution lag in der Bucht von Tanna. Georg wußte nicht, wieviel Menschen dadurch zu Tode gekommen waren. Er wußte auch nicht, ob er jemanden getötet hatte.

»Sie werden das nie herausfinden«, sagte Clerke.

Ob Clerke schon Menschen getötet habe, fragte Georg.

»Ja«, sagte der Leutnant.

»Endet eine Entdeckungsreise nicht mit dem ersten Schuß?« fragte Georg.

»Man muß sich wehren«, sagte Clerke.

»Ja, gegen Ungerechtigkeit und Ausbeutung. Aber nicht gegen Insulaner, denen man ausweichen könnte.«

»Da der Wind nunmehro günstig war, so lichteten wir die Anker und stachen, nach einem Aufenthalt von 16 Tagen, am 20. August wiederum in See. Die Insel Tanna liegt unterm 19ten Grad 30 Secunden Süder-Breite und dem 169sten Grad 38 Secunden östlicher Länge, hat aber nicht über 24 See-Meilen im Umfang«, schrieb Georg nach des Vaters Diktat.

Ins Tagebuch trug er ein, daß man hier solange gewesen sei wie auf Tahiti. Er wisse nicht, wie oft er in Gedanken schon ermordet worden sei, aber er wisse, wie oft er Pickersgill und Cooper und auch Cook und einige Seesoldaten und ein paar der ganz hartgesottenen Matrosen schon über Bord geworfen habe. Bisher seien das Gedanken gewesen. Und so wie das Räuspern eine Vorform des Wortes war, sei der Gedanke eine Vorform der Tat.

Er schlang das Band wieder um das Tagebuch, aber als er das Band verknoten wollte, riß es auseinander. Er löste den Lederriemen von seiner Umhängetasche und band den um das Tagebuch, das dick war durch die Jackentaschenzettel.

Georg arbeitete mit dem Vater, schrieb über Schießereien, Tote und Verwundete. Es war ein Kriegsbericht, und er schämte sich dafür.

»Zu Beginn unserer Reise dachte ich, es würde eine Vergnügungstour«, sagte er. »Wohin willst du, wenn wir wieder in England sind?«

Sein Vater sah ihn an, zuckte die Achseln und verließ die Kabine. Georg zog das Schnupftuch aus der Hosentasche und rieb Schloß und Lauf seiner Muskete ab. Er stapelte die Bücher und ordnete die Papiere zu einem dicken Haufen zusammen.

Sie entdeckten Neu-Kaledonien. Sie zogen Linien in den Sand. Lachende Insulaner knickten Stöckchen ab, stellten sich an den Strand, machten einen Kreis um sich und schlugen sich vor Spaß auf die Schenkel. Georg ahmte sie nach und streckte Pickersgill und Cooper die Zunge raus. Die beiden Männer sagten wütend, daß man eines Tages zurück sein werde in England. Cook sah Georg an und sagte, er habe ein gewisses Verständnis für ihn, aber das jetzt sei albern und eines Gentleman nicht würdig. Der Kapitän beobachtete Hodges dabei, eine Skizze dieses Schauspiels zu machen. Was das solle und ob es nichts Wesentlicheres festzuhalten gebe, fragte er.

»Ich finde, in dieser Szene liegt eine ganz bemerkenswerte Dramatik, Sir«, sagte Hodges.

Nachmittags zeigte Hodges Georg weitere der anderen Bilder. Der Maler hatte die Landung auf Tanna gezeichnet, Resolution und Adventure fuhren unter vollen Segeln in die Bucht und feuerten auf den Strand. Jede Menge zerstückelter Insulaner flogen kreuz und quer durch die Luft, und auf einer Wolke im Himmel lag König Georg der Dritte und blätterte in einem Buch mit den neuesten Landkarten.

Ein anderes Bild zeigte in dunkler Tinte den schreienden Leutnant Pickersgill, der von unterkieferlosen Köpfen befallen und totgebissen wird.

Cooper steht am Strand, pinkelt, und um ihn herum liegen dicht an dicht Tote mit großen Löchern im Körper.

Leutnant Clerke ist am Besanmast erhängt und sieht aus, als wolle er seine Zunge auskotzen.

Georg steht auf einer Horizontalen und legte die Muskete ins Leere des Blattes an.

Er hustete und rieb sich die Augen. Hodges knibbelte sich an den Lippen, während er die Bilder ansah.

Im Schiffszwieback bewegten sich Maden, Obst gab es nicht mehr, das Sauerkraut war verbraucht. Die Fettschwarte am geräucherten Speck war schwammig, das Fleisch war weich und schimmerte grünlich. Georg wußte, daß die Matrosen sich geschlagen hätten für so ein halbverdorbenes Stück Speck, das er beim Kapitänsdinner herunterwürgte.

Auf Botany Island fanden sie viele Pflanzen, aber wenig eßbares Gemüse, auf Norfolk Island träumten sie davon, daß ein Vorreisender hier Schweine ausgesetzt hätte, europäische Kultur mit Ringelschwanz, wie Hodges sagte, Kultur, die man jetzt essen könnte.

Bei gutem Wind und acht Meilen Fahrt kehrten sie zum dritten und letzten Mal im Charlottensund ein. Zu ihrem Entsetzen fanden sie die Gärten verwüstet oder verwahrlost. »Paradiese machen«, dachte Georg. Er sah sich um. Regen trommelte auf das Schiff und auf die See. Über die Reling hinaus gelang es Matrosen, Seebarsche zu angeln.

»Sparus Pagrus«, sagte Georg zu Hodges.

»Lecker?«

»Ja, lecker.«

An markanten Stellen suchten sie Nachrichten von der Adventure und Kapitän Furneaux. Die Nachricht, die sie für Furneaux hinterlassen hatten, lag noch vergraben unter dem gespaltenen Baum. Entweder war Furneaux nicht hier gewesen, oder er hatte ihre Nachricht nicht gefunden. Jagdexpeditionen wurden ausgeschickt, und die Männer schossen vor Hunger auf alles, was sich bewegte.

Die Einheimischen blieben ihnen fern. Clerke und Pickersgill berichteten von Bootsexpeditionen, vor denen die Neuseeländer geflohen seien, obwohl Clerke meinte, einige bekannte

Eingeborene in den Kanus gesehen zu haben. Georg ahnte Schlimmes.

»Die Adventure«, sagte er.

Cook nickte.

Der Kapitän leitete am nächsten Tag eine Bootsexpedition, und es gelang ihm, auf Motu Aro einige Eingeborene zu umschmeicheln, indem er lange auf sie einredete und dann sanft und ausdauernd seine Nase an der ihren rieb. Er ließ beinahe den gesamten Rest der Geschenke unter den Neuseeländern verteilen, das Tuch aus Tahiti und die letzten Äxte, Nägel und Spiegel. Die Männer versprachen, am nächsten Tag die Resolution zu besuchen. Im Boot nickte Cook durch den dichten Regen zu Georg hinüber. Da stimme wirklich etwas nicht.

Cook lud die beiden Anführer der Delegation in die Kapitänskajüte. Georg hatte ein Modell Neuseelands mit dem Charlottensund aus Papier geschnitten und auf den Tisch gelegt, außerdem hatte er zwei kleine Schiffsmodelle ausgeschnitten. Cook bewegte die Schiffsmodelle jetzt gemäß dem bisherigen Reiseverlauf in den Hafen und dann das Modell der Resolution zum dritten Mal dorthin. Die Insulaner schüttelten den Kopf, schoben die Resolution auf das hölzerne Meer zurück und dafür die Adventure in den Hafen.

»Furneaux war hier«, sagte Cook. Die Insulaner rieben sich den Bauch. Es habe Streit gegeben, gaben sie zu verstehen. Weitere Antworten auf Cooks Fragen lehnten sie ab, und als sie von Bord gingen, riefen sie ihren Landsleuten in den Kanus scharfe Befehle zu.

17

»Es war der gleiche Mist wie bei uns«, sagte Forster. »Furneaux war wirklich dort gewesen. Wir erfuhren von all dem, als wir in Kapstadt ankamen, wo die Adventure während der Heimreise Station gemacht hatte. Einer von Furneaux' Leutnants, Roberts oder so ähnlich, war mit zehn Leuten zum Kräutersammeln unterwegs. Die Männer zogen wegen der Hitze die Jacken aus, und die wurden dann prompt von den Neuseeländern geklaut. Roberts hat sofort feuern lassen. Der Kerl war so außer sich, daß er alle Munition verpulvern ließ und jede Menge Neuseeländer draufgingen. Dann war die Munition verbraucht. Die zehn Engländer sind überwältigt, zerstückelt und aufgefressen worden. Furneaux fand Eingeweide und ein paar Arme und Beine und die leeren Munitionsbeutel während einer Suchaktion. Er sah in den Wäldern Feuer qualmen. Er hat dann noch mal einen Militärschlag geführt, ein paar Leute getötet und Roberts' Hand gefunden. Er erkannte sie an einem Siegelring. Die Mutter dieses Leutnants Roberts hat nie verstanden, daß ihr Sohn aufgegessen worden ist. Sie ist in London ins Irrenhaus gekommen. Noch Wein?«

Ich lehnte ab. Forster trank gierig aus der Flasche. Als sie geleert war, ließ er mich eine weitere entkorken. Ich fragte ihn, ob ich eine Kanne Tee von der Wirtin besorgen solle, aber er lehnte ab und sagte, er wolle mehr von diesem Wein.

»Wir segelten von Neuseeland Richtung Kap Horn und umrundeten die Spitze Südamerikas. Die Versorgungslage war katastrophal. Irgendwo auf Tierra del Fuego oder auf den Inseln, die Cook Neujahrs-Eiländer nannte, war es dann soweit: Mein Vater verlor endgültig die Nerven. Er hatte sich seit Tagen mit Leutnant Clerke gestritten, und auch der Leutnant war dünnhäutig geworden. Und plötzlich stand mein Vater mit gezogener Pistole vor Clerke am Strand und zielte auf ihn. Ich nahm meine Muskete von der Schulter. Ich spannte den Hahn, legte an und sah den Kopf meines Vaters über der silbernen Linie des Laufs. Im Hintergrund waren graue, blattlose Bäume. Ich erinnere mich, daß mein Herz beinahe stillstand. Ich war vollkommen ruhig, während ich den Zeigefinger an den Abzug legte und mich darauf vorbereitete, meinen Vater zu erschießen, sollte der eine verdächtige Bewegung machen.

In diesem Moment aber fing Clerke an zu lachen. Er lachte so laut und herzlich, daß Vater die Pistole sinken ließ, einen Augenblick nachzudenken schien und dann selbst lachte. Ich bin also, wie Sie sehen, nicht dazu gekommen, auf meinen Vater zu schießen.«

Er trank wieder und bekam einen Hustenanfall.

»Mein Glück bestand dann darin, daß Cook, Lord Sandwich und Vater in einen fürchterlichen Streit über die Publikation der Reisebeschreibung gerieten. Vaters Text wurde zweimal von der Admiralität abgelehnt. So kam es, daß ich den Text komplett schrieb. Mein Buch ist erst in England und dann in Deutschland ein großer Erfolg geworden. Ich wurde berühmt. Der junge Gelehrte, der mit James Cook um die Welt segelte. Das war ein Spaß.«

Er trank und lächelte mich an. »Tja«, sagte er, »das war die Reise um die Welt. Im Grunde war es eine Katastrophe. Aber wie klar diese Erkenntnis auch ist ...« Er grinste, und sein Gesicht war eine weiße Fratze mit grauen Falten und tiefen schwarzen Augen. »Es war schön. Es war so wunderschön. Die Inseln der Südsee sind wie eine schöne Frau, man könnte sein Leben damit verbringen, sie anzusehen.« Er trank wieder.

»Ich denke, ich sollte zu schlafen versuchen. Verzeihen Sie.«

Ich reichte ihm die Hand und versprach, morgen wiederzukommen. Forsters Händedruck war fest, aber kurz. Ich war gefesselt von der Erzählung, die so viel Dunkelheit brachte in die größte Entdeckungsreise aller Zeiten. Ich war hierhergekommen, um über die Revolution zu schreiben, wenn ich jetzt in mein Notizbuch sah, wurde mir klar, daß ich über Forster und seine Revolution schreiben würde.

Als ich auf dem Weg zu meinem Gasthaus über das mit Schneematsch bedeckte Kopfsteinpflaster ging, wurde eine schreiende Frau und ein blutig geschlagener Mann von Revolutionssoldaten aus einem Haus gezerrt und auf einen Wagen geschmissen. Die Schreie wurden vom Klappern der Hufe auf den Steinen übertönt und verhallten zwischen den dunklen Häusern.

Forsters Revolution hatte während der Reise in die Südsee begonnen und würde hier enden. Ich trank viel Wein in dieser Nacht und sah zu dem Tisch hinüber, an dem ich Forster kennengelernt hatte. Vier Männer saßen dichtgedrängt um den Tisch herum und tuschelten miteinander, zwei von ihnen ritzten mit Messern in die Tischplatte.

Als ich am nächsten Tag zu Forster kam, war er tot. Ich drückte ihm die Augen zu. Später hörte ich, Forster sei mit einer Karte Indiens in den Händen gestorben. Das stimmt nicht. Die Indienkarte war vom Bett gefallen. Die Karte, die Forster im Moment seines Todes festhielt, war beinahe leer, der Äquator war eingezeichnet und oben rechts ein Kompaß mit einem stilisierten N über der oberen Spitze und einer blasenden Sonne in der Mitte. Das war Forsters Karte.

18

Er stand mit Hodges an der Heckreling. Sie hatten einen weiteren schweren Sturm überstanden, sie hatten zu Weihnachten mit dem Rest Branntwein ihre Gesundheit ruiniert, sie waren unterernährt und müde und näherten sich dem Kap der Guten Hoffnung. Nach allem, was sie hinter sich hatten, war es von dort ein Katzensprung nach England. Es war Nacht. Clerke hatte Wache und sah zu ihnen herüber. Hodges warf aus einer Mappe die »anderen« Bilder ins Kielwasser.

»Warum?« fragte Georg.

»Wir kehren in die Welt zurück.«

Georg griff in die Hosentasche, holte einen Zettel hervor, faltete ihn auseinander und sah ihn an. Dann ließ er ihn über die Reling fliegen. Clerke trat zu ihnen. Hodges klappte die Mappe zu. Clerke sah ihm in die Augen. Hodges überlegte einen Moment und reichte ihm die Mappe. Der Leutnant sah sich im Licht der Hecklampe die restlichen Bilder an, sah sich selbst mit hängender Zunge am Besanmast baumeln.

»Meine Hochachtung, Mr. Hodges«, sagte er und gab die Mappe zurück. Zu dritt sahen sie den Blättern hinterher, die in der Dunkelheit verschwanden.

Manchmal könne er nicht mehr, murmelte Clerke. »Behalten Sie das für sich, Gentlemen. Ich würde ohnehin immer abstreiten, das gesagt zu haben.«

Kurz vor Erreichen der Tafelbay ließ Cook alle Tagebücher einsammeln, versiegeln und in eine Kiste für die Admiralität schließen. Er versicherte den Männern, daß sie ihre Schriften nach einer Sichtung durch die Admiralität und die Royal Society wiederbekämen. Mit Salut wurden sie in Kapstadt empfangen. Dutzende schwarzer Sklaven standen bereit, die Resolution mit frischen Nahrungsmitteln zu beladen.

Nach 3 Jahren, 18 Tagen, über 300 000 Kilometern und der Entdeckung und Katalogisierung von 270 Pflanzen und 241 bis dahin in Europa unbekannten Tieren passierte die Resolution am 29. Juli 1775 den Leuchtturm von Eddiestone.

»Mr. Forster«, sagte Cook. »Die Kendall-Uhr läuft erstaunlich genau.«

»Ich werde auch das erwähnen. Sir.«

Solange er konnte, blieb Georg an Bord. Sein Vater war am Hafen verschwunden. Georg gab vor, etwas vergessen zu haben, als Hodges vom Kopfsteinpflaster aus nach ihm winkte. Er ging zurück in die ausgeräumte Kabine und setzte sich auf die Koje. Das Wasser gluckste zwischen der Kaimauer und der Bordwand der Resolution.

Costa Rica, Gran Canaria, Hamburg
Frühjahr 1996 bis Winter 1997/98

Nachwort

Georg Forsters Biographie ist bekannt.
Cooks Reisen ebenso.
Teori ist ein Roman.
Die geschilderten Ereignisse haben stattgefunden, ich habe sie verkürzt und zusammenfassend dargestellt.

Quelle

Georg Forster:
›Reise um die Welt‹
Herausgegeben und mit einem Nachwort
von Gerhard Steiner